晋矦 著

抱一为天下式

晋军新方阵·第三辑

山西出版传媒集团

北岳文艺出版社

图书在版编目（CIP）数据

抱一为天下式 ／ 晋侯著 . —太原：北岳文艺出版社，2016.5
（2023.6重印）
（晋军新方阵·第三辑）
ISBN 978-7-5378-4747-6

Ⅰ.①抱… Ⅱ.①晋… Ⅲ.①散文集-中国-当代
Ⅳ.①I267

中国版本图书馆 CIP 数据核字（2016）第 091857 号

书　　名：抱一为天下式
著　　者：晋　侯
责任编辑：王朝军
书籍设计：张永文

————

出版发行：山西出版传媒集团·北岳文艺出版社
地　　址：山西省太原市并州南路 57 号
邮　　编：030012
电　　话：0351-5628696（发行部）
　　　　　0351-5628688（总编室）
传　　真：0351-5628680
承 印 者：山西万佳印业有限公司

————

开　　本：890mm×1240mm　　1/32
字　　数：233 千字
印　　张：9
版　　次：2016 年 5 月第 1 版
印　　次：2023 年 6 月山西第 2 次印刷
书　　号：ISBN 978-7-5378-4747-6
定　　价：48.00 元

总 序

潞 潞

《晋军新方阵·第三辑》即将付梓出版。

在山西文坛，"晋军"之称谓始于 20 世纪 80 年代，一批文学新锐随着改革开放的时代潮流走上文坛，他们跃马扬戈、左右奔突，使文坛瞩目。其时不仅山西，而是整个中国都处于文学的黄金时代。我也有幸被时代的大潮裹挟，成为当年"晋军"中的一员。时隔三十年，山西省作家协会推出《晋军新方阵》系列丛书，再度为山西澎湃的文学浪潮推波助澜，沿用"晋军"这一称谓，其意无疑是想展示今日山西作家、诗人的阵容和实力。山西文学院具体承办这项工作，正值我在文学院任职，参与了这套丛书一至三辑的运作，这在我的文学生涯中自然是一件幸事。

《晋军新方阵·第三辑》与《晋军新方阵·第二辑》的格局大致相同，收录了四部中短篇小说集、三部诗集、三部散文集，而《晋军新方阵·第一辑》收录的是十部中短篇小说集。山西号称"文学大省"，确实如此。不管文学如何被边缘化，这块黄土地上永远有人做着文学梦，永远有人孜孜不倦地写作着，也许是《诗经》以来的文学传统使然，也许生命个体需要这样的表达和抒发。《晋军新方阵》只是从他们中遴选出的一小部分，"冰山"的绝大部分仍掩藏在生活深处，有待于今后不断发掘和显示。

对于本辑作品，虽然我在编选过程中已经阅读，但由于文学的内涵和外延日益变得复杂，作家本身的内心和面孔也游移多变，一一谈论他们大概是件费力不讨好的事。尽管如此，我还是愿意表达阅读中一些明晰的感受。

首先，这是一些非常热爱文学的作家和诗人。为什么这么说？真正的文学有自身的逻辑和规范，它排除各种功利的实用性，只对那些纯粹的作家和诗人敞开。我认为眼前这些作品是纯粹的文学，他们不是拿文学说事，不是把文学作为工具的。他们不期待用文学来获取任何功利，不在于一定要有"专业作家"的头衔，而在于你对于文学的态度和认知。他们的作品是对其身份的有力确认。

其次，不管小说、诗歌还是散文，从内容到形式都不再囿于山西这片地域，他们的文学观念是开放的，美学追求是高品位的，用某一种风格来界定他们早已经不适用了。即使那些描绘黄土地上人与事的作品，也表现出了人的想象力的丰富性、表达方式的多样性。山西曾经有着优秀的文学传统，但他们的创作已经在继承传统的基础上超越了传统。山西作家的创作不仅是山西的文化财富，更是对中国当代文学的贡献。

　　还有一点极其宝贵，那就是我在这些作品中看到了可能性。可能性是最吻合存在的表述。存在的丰富性、神秘性、不确定性，或许只有通过各种各样的可能才能显示。一段故事没有结局，一些面孔若有若无，没有答案，无需答案，没有判断，无需判断。生命的存在不正是由各种可能性构成的吗？阅读中，我对山西作家和诗人的敬佩之情油然而生，他们用一只手抓住了生命和文学这两个世界，并预示着文学未来的可能。作者有作者的可能性，读者有读者的可能性，我们只有充分地理解、感受，探寻形形色色、无穷无尽的可能性，文学才会进步，才会繁荣，才能表现我们这个色彩斑斓而又变化无穷的充满了诗一般魅力的时代。

　　是为序。

2016 年 6 月 1 日

晋侯　本名侯勇，生于福州，祖籍山西翼城，现居太原。自由职业者。著有《1个2个3个》(与他人合集，系列)、《马咀》、《柑蔗》、《北方有个前北屯》、《陈炯明》等诗歌、散文、小说多部。

目录

沸　泉

　　你来时已昏暗，那些云彩随后就到。在两山缝隙间，只有一块巨石。没有时间来描述它了，可能是宇宙的卵，坚硬，皱纹里渗些水，没有流下来。这块石头从山里面滚出来，一路下滑，至少在你祖上征讨四方之时，它就已到半途。接近它时，将要离开它。既然这样，你对这个卵就有了点兴趣，它让你想到了那个人。模样就不用说了，你也不知道，从没见过面，现在却要去找他，从进山开始。有人说这是无望之旅。离开繁华居所时听到这话，你一点都不惊讶。人生是多么长的一段空虚，中间那点实质性的东西，称不上多少斤两，是木头的重量放入空穴里，围观的送行的心里都清楚。想到这儿，你会让步履加快，可是过会儿又要减慢。时紧时松，想入非非，旅程显得多么漫长。那种无望的说法也有道理。相处时，他们就发现你患有焦虑症，经常独自一人喝酒。行囊里装着一壶酒，站在卵上，慢慢陷进去。因为天黑了，那些云彩转换了好几次，穿越了你的顶端，之后，成了水墨，隐在山背后，那里正是你要进入之地。

你不得不在此住下。站在两山夹缝略微舒展处，远眺一条小河，其实就百米上下，山坳里视野有限。在黑夜里摸索了这段路，好在刚才站在那个卵上，趁着云霞未散，留住了点记忆。往前是黑暗，往后退就被那个蛋挡住了，被设置障碍的感受很憋屈。它继续往下滚，只是太慢了，一千年才落到山口。要找的人比这要久远，但相见总有可能，在某个隐秘之处，那人等着。你还中年，不会在路上消耗完光阴，也许到那时已是白发相见，也保不准出山时没人再认识你，但不想回去了。这个想法只有自己知道，想喊几句都无益，动物们都安静了。今天到此为止，明天继续上路，这是废话，但刚才就是这样想的，在空旷却看不见摸不着四壁的山中，有些念头会很幼稚。老虎不会出来，都被赶尽杀绝，不像祖上那个人，经常动起围猎之心，狼豺都是箭下客，何必贸然出动。此刻倒不希望畜生们出来，不是你胆小，因为看不清彼此的面容，没有下狠手的决心。

睡着前，你进入了一个破庙。刚经过一个石碑，刻着"沸泉村"字样，石碑上写着你应该往左走，有个破庙在那里。你相信此言不假，立碑为誓的人太多了，一个充满谎言的阶层里，小心翼翼才对。信也不信，走着瞧。庙前的空场地堆满麦秸，六月中随处可见的收获景象。粮食的味道醇厚，踩着麦秸过去，破庙也浮在其上。轻浮之上的梦境，还在消化两个白馍。白日并不重要，所有的见闻都在重复，对也罢错也罢，回到各自的纠结里，消磨掉整个生命，一无所获。两个白馍充满了胃口，梦想就有了气力，会按照喜欢的样子不着边际地走去。破庙在土峁上，阶台都是挖出来的，你感觉到鞋底的柔软，踩上去尘土飞扬。接近它之前，远远就看到四根石柱，手掌收拢，竖起四指，正好映衬。这个自然而生的动作恰到好处，你有些得意，还是相信此行不会落空，应有尽有，都在前面等着你，甚至有了要找的那个人就坐在庙里的念头。你收起指头，掐了一下屁股，怎么会浮躁起来，这样的心态如何见人，见了也落下笑话。

站到庙前，正面的石柱后还有两根木柱，是后室的支撑，而庙内空无一物。真是个破庙，屋顶上几处大块的塌落，有的张开大口，好像一句话说了一半，等待回应。你不吱声，如果心存疑惑，那张大口会一下子闭合。宁愿相信这种可能，很多人曾死于如此非命，却来不及反悔。阳光有了倾泻的舒坦，看到山里的天空，一小块蓝，特别净。这只是瞬间的扫描，你回到石柱旁边。独自搂不住它，每根都是八棱，约四米多高，眼力的极限已读不清最上端的文字。左起第一柱的中端，依稀辨得"大清康熙二十八年三月吉日立"。这年是1689年，没什么大事，北方麦子收完的七月里，庙门口铺满了麦秸，迎着阳光，与你来时一样，一切都被晒得暖烘烘，有些人虚脱躺在了炕上。夏日的炕冰凉，一睡就是半晌，每日里吞咽着白馍，也算是幸福。那个叫洪昇的人在家里写戏，一场心烦一场焦虑。写字的人都会这样，你的那些字都是在烦躁与悠闲之间写出来的，等待这个机会多不易，更多时候是困惑，便漫无目的地走，或拿起古人的文集解闷。洪昇这个人不得了，他的苦闷深不见底。阴历七月里，佟佳氏被康熙册为皇后，为何要改她的皇贵妃名分，还不就是那个"情"字。距离太近，黏黏糊糊，总绕不过弯。外人看来，封了是国喜，却不知佟佳氏也就得了这个名号就走了。史载，谥曰孝懿皇后。后宫那么多佳人顿时来了机会，民间人士都要看热闹。两个人的纠缠叫爱情，一群人被缠入其中，该叫什么。你整理一下思绪，也没有找到一个恰当的词汇。看人家康熙，找来《尔雅》翻阅到"懿"字，美也，他一声令下，为自己的多情做个了断。凡夫俗子难做到，总爱多管闲事，没事了还要混进人家的爱情里纠缠。皇后死了，天下禁欲。写字的人就很难从，洪昇刚刚解开困惑，本该继续写他的戏，却一时兴起，约来一帮朋友在家里酒肉一番，粉墨登场。这些人都是他的粉丝，他也靠着他们成名，彼此称兄道弟，两相无猜，整日里情情爱爱的，就冲着他写下的那些戏走南闯北。今日唱什么，还是《长生殿》。"一时朱门绮席，酒社歌楼，非此曲不奏，缠头为之增价。"行文至此，你已在他们中间寻找角色，唐明皇杨玉环之外，诗人在那里，即便没有头脸，也可以旁吟几句。你实在喜欢他们的排场，传相搬演，玩于性情，将皇后丧葬期间的禁忌置之脑后。后来被人弹劾，以"大不敬"罪名入狱，冤与不冤？白日说颠规覆矩，黑夜说一曲"长生"，恨爱交加，你语无伦次。不提在吴兴醉酒，落水而死的事，好像是别人替他而去。替也不对，是他的"长生"让他走魂。此刻，你也走魂。洪昇也混得了"南洪北孔"之誉，可怜一曲《长生殿》，断送功名到白头。那年七月，远乡僻壤的此庙是否也禁过庙会，这都是比梦还缥缈的事，谁会记载。如果再经历一次，简直就是梦游。其实梦是没有规律的，如旅行到哪就算哪。可是，你想见到的人始终不遇，戏里也没有。如果长生无尽头，你们应该在怎样的场景里相见？

过了些时辰，星光灿烂，这是你意想不到的美景，一点都不觉得孤独。那些人都在星空里，彼此相邻。爱人还爱着，知音还知了，路人无视，仇恨依旧。此生没完结的事，到了天上也没完结。距离不算远吧，他们望着对方，你们看着生死，一如梦里梦外。你仰断了脖颈，最终无牵无挂，继续安然入睡。在将要离开第二个柱子时，你看到上方的文字，被风蚀成"□□□□"，仔细辨认，是"嘉靖十一年五月□□□□"。是 1532 年。破庙里两个相邻的柱子，一个嘉靖一个康熙，前后距离一百五十七年。你猛然拍了大腿，哈哈大笑，以为是洪昇的那些戏子们摆错的道具。坐起来一想，不对啊，嘉靖那会儿洪昇的爷爷都还没出生，在此庙里唱戏的人应该算得清，不至于唱了《长生殿》填错了年份。洪昇都死了，你在夜里却把他想得那么清晰，但你却想不起你要找的那个人的模样。你从床上走下来，站在窗口。那四根柱子靠在一起，手指一般，在夜风里摇动。庙宇之上，斗转星移，那些无关的人离开了，而人间却依然浑浊不堪。人与人，事与事，搅混一起，不得安宁。哦，你突然明白，在百年左右重修的庙宇，最有可能的是遇到重大事件。嘉靖十一年二月，蒲州地震，两地相距不过百余里，当受震撼，屋顶落下来，留下前后六根柱子。嘉靖十一年五月，重修一次，旧戏照搬上来，逃过一劫的戏子们在台上咿咿呀呀，装模作样。看的人如痴如醉，全然忘记了庙宇里曾压死了三个老汉。你不得不提及他们，除了你，没有人知道他们仨哥们是怎么死的。

人的命啊，天注定，谁说了也不算。顶子落下来，这个村子缺了不少人。二十多年后的1555年大地震，从蒲州到洪洞，有声如雷，地裂水涌，庐舍倒塌，此庙焉能逃过，县城的三个门楼都塌陷了。但此庙偏偏躲过天地崩裂的劫难，算得上惊奇。老人们说，嘉靖十一年刚重修过，阴历五月，麦收完结之后，家家户户捐了钱粮，或多或少，图个吉祥。此后，1568年、1591年、1622年、1695年多次地震，柱子们互为唇齿，终究抗不得天命。破庙摇摇摆摆过了百来年，到康熙那会儿就老掉牙了，经常一下雨就漏下瓦片来，砸碎供桌上的碗。有时候，一颗小土块掉下，恰巧折断烟火，很败兴，如果断了橡木，插在地上更让人伤感。年份不好，也许天意有所暗示。年复一年，连皱纹都没变化，那里蹲坐着几位老头，始终在固定的时间聚合，撂下无尽的闲话。麦秸铺满了庙前的场地，牛马在树林里歇凉，不用栓。刚碾压过的麦子，在阳光里发出脆脆的声响。老头们抽着水烟，呼噜呼噜，有的睡着了，靠着坚硬的门板，有的还在聊昨晚的事情。东家长，西家短，长短长短补齐，各回各家，喇叭开花。干吗要喇叭开花，一直搞不明白。说这话的老头死了，你来不及问他。

那年冬天寒冷异常，冰雪覆盖，煤炭运不下山。柴火烧完了，猫狗们在夜里都逃出了门，主人也阻挡不住。其实它们不会离开家园，是躲到庙里，那里香火不断。白天就跑出来，围着自家的门槛狂叫几声。它们的话，神仙听得懂。也许就是神仙指点，它们才去庙里避寒。那里的一炉香火，整夜都不熄灭。灾难面前，动物要比人精得多。活过了年头，人的精气神都散了架，可是开春后，天气还不见暖，连上了春寒，漫长得让人绝望。铜炉每天都是满满的香，猫狗们更不愿意离去。村里有几家嫁娶的都推了日子，土地被寒风刮裂，他们担心日子不祥，让先生跑了"空趟趟"。先生说，好日子不多，剩下几个，天意难违，还是等着吧。有几天，几个老头聚集到庙里，到了晚上还不走。他们中的一个是守庙人。往昔没有这个差，庙门按照天时开闭，无人照看，后来发生了失窃的事，村里才安排一个老人夜里打铺。丢的东西太重要，是墙上梁上的鎏金。龙头被人砍掉，这是犯了多大的事，十里八乡都惊奇不已，只有乱世才会这样。老头们说，自从龙头失窃，这太平日子就算过完了。守庙人闭目合掌，一言不发。谁也不相信灾难就此降临，他们眼里的天数还早着呢。庙里人多了，猫狗们也凑热闹，上蹿下跳，搅得烟火摇来摆去。守庙人本想说什么，也心神不定。

半夜里，炉火里掉下最后几块火星，猫狗们都跑出庙来，与星星们一起眨巴着眼睛。天上的亮光忽远忽近，惹得猫狗们跳跃起来。老头们在炉边睡着了，管不着外面热闹。那几声叫唤，不见得就将星星咬下来，谁信呢。守庙人却坚持这个说法，这是他亲眼看见的，他每天对着神位，从不敢说话违心。这也由不得别人猜想，天还没亮，他走到侧门，看见猫狗们在前院空地上舞蹈，他没觉得奇怪，转身在墙角尿了一泡。这时候，他看见星星们哗啦啦往下掉，瓦片互相撞击，栋梁扭动起来。光线从地下冒出来，这是被猫狗咬下的星星们砸出的火花。守庙人拎着裤带跑进了林子，接着又往回跑，他想起那里睡着三个老头。要叫醒他们，但来不及了，猫狗在他回头那会儿就四下散开。他的步子都踩偏了，还扭了左脚。庙宇顶部落下来，正好在脚边。他站在墙根，松软下来。后来，他跟别人描述时，握紧拳头，然后打开，剩下五根指头，接着，张开，展平。说，一下子平了，仨老头没了。

这就是嘉靖那年的地震，人们以为村里年岁最大的四个老头死了，结果却没有刨出来守庙人的尸首。人们说，这是丢了鎏金龙头的惩罚，可那是失窃之后才叫老头来守庙的，不关他的事。那就是老天爷将他领走了。他太愚钝了，能让猫狗逃生，却没让三个老头出门。庙里死了仨人。死得与众不同，被埋在庙里，好几天都没人发现。后来下葬时，守庙人哭哭啼啼跑回来。没下雨，他却一身泥巴，有的地方还没有被风干，好像他就是从附近出来的。村里人都以为他是鬼，白日里出来，吓死人。那些冬夜里跟他一起睡觉的猫狗们都不认识他，咬他的鞋子。他摔倒了爬起，似乎在找他尘世间的肉体。这件事，你印象非常深刻，好几次梦见到的，可能是他。后来重修庙宇，再后来又重修了一次，是康熙二十八年。有人告诉你，守庙人是在重修完工时毙命升天的。说是修好了庙宇，再次引来了盗贼，这次守庙人没那么幸运，被蒙面人一刀了结。这样的事完全有可能，每个人不可能一直走运，天下之运就那么多，别人拿走了，他就少了。拿走的还要还，这辈子占用着，那就下辈子还给人家。这是老天爷安排好的，人间都是欲望，必须有个秩序来维持。洪昇就是在重修庙宇这年入狱的，你记得此事。守庙人是不是在康熙年间走的，一时分辨不清，但洪昇跟修庙没什么相干，为何总是想起他，是因为这年实在没什么好运气。四个老头呜呼一命，去了一处，比洪昇更冤。

生生死死的故事，最后总绕不过去一个字，前面已经说了很多，不想再提，晦气得很，就说活着的吧。逃了命的人里，守庙人就是其中一个。他跑回来村里时，活像一个乞丐。惦记着他，是因为他是你的祖上，也是他让你与祖上的脉络从不断裂。你要找的人还不是他，他在重修庙宇那年就结束了使命。接下来你要做的，是开始继续寻找那个人。这不是梦，床摇了几下，是你心脏不好，听到外面的喧闹，就感到地动山摇。其实是一群鸟在窗口打斗，让窗户啪啪响。你一出生就惧怕地震，这是命里带出来的，说了谁也不信，就像有人一着风就过敏一样，与风有过节，连自己都不知道这是哪辈子的节，就是绕不开。守庙人既是你的祖上，你就要将他和这个庙说清楚。

此庙让你重笔一述的原因就在于四根柱子。嘉靖年的这根，一边雕刻了荷花，一边雕刻了长龙，款款数米蜿蜒而上，最终却仰望不到细微处，真是神龙见首不见尾。康熙年的那根只有正面文字。右边两根空白，也许是要留给后人重修时刻录。它们的底座说起来让人难以置信，四大块各不相同。最厚的就是嘉靖年的那个，直径有八十公分，高有一米。左右是小荷花浮雕，栩栩如生；正面是条小龙，被雨水和年代磨蚀，龙的回头都显得疲惫无力了。正对着就有些模糊不清，极易被忽略而过，但过去了再回眸来，龙的尊严立刻被光影显示出来了，让人肃然生敬。从高处看庙更像蹲着的老者，残断的屋檐如乱开的长发。接近的时候听到说话声，转过土墙，见四位老者歇凉。问最年长的，整八十。问他属龙否，果然。问此庙何名，老者答九龙庙。果然如此，石柱上的龙雕是有说法的。此庙一侧还有沸泉长流，游龙得水，占了好地势，村名便这样得来。再看一遍嘉靖年的那个石柱和底座，荷花也寓意了水源不尽。

你回到房间里，就在庙宇的旁侧。你不得不说说九龙。龙生九子各不同：老大是霸下，形龟，好负重。老二是螭吻，像掉尾的四脚蛇，宫殿阶柱及殿顶上雕的兽头就是它。老三是蒲牢，怕鲸鱼，古代在寺庙、祠堂上的铁铸钟纽就照它的形象做，而撞钟的木柱都雕成鲸鱼状。据说撞击声像这家伙在喊叫。老四是狴犴，形虎，狱门的虎头是它。老五是饕餮，形狼，鼎盖上雕的兽头就是。老六是狻猊，形狮，喜烟好坐，庙中菩萨坐骑和香炉上雕的兽头是它。老七是囚牛，好音乐，胡琴上刻了它的兽头。老八是睚眦，形豺，它在剑柄上藏着杀气。老九是椒图，形螺蚌，雕在门上取其好闭合之意。它们从天上降临人间，不过是区区小庙，但主人将它们安放在各自的位置，形成一个团队，抵御着各种歪风邪气。你的祖上说，他的祖上就有人为匠，木匠的做在室内，石匠的做在室外，还有雕花的，将它们描绘得惟妙惟肖。人们说生龙活虎就是这个道理，祖上也为此沾了很多光。这些手艺人不敢离开家门，平常的日子也会打磨一些小玩意儿。一两百年三五百年重修一次九龙庙，那需要多大的耐心等待，将手艺传承，派用上，工对工，力接力。临死时，九龙庙的来龙去脉都要交代得一清二楚。守庙人说出真相的时候，你心惊胆战，前世与后身都不得安宁。

很多时候，你不希望真实的世界里存在那个人，但又做不到，还要继续寻找。所以千里迢迢来到沸泉村，将自己安放在九龙庙里。前人烧过的香火还旺着，刚才那个雷鸣或许是上苍的咳嗽声，暗示你。他在最后说，你们都是祖上的后人。当年他年少轻狂，四处狩猎，不惧狼罴，听说此处有十龙出没，便顺着沸泉下游一路寻上来。到了沸泉源头，果真见九条龙在此嬉耍，疑惑那第十条龙去了何处。正好源头有位老者路过，少年便问十龙何在。老者说，你看见的你就是十龙啊，九龙在天，你是真龙在人间。从此，少年便怀天下之心，忍了十九年磨难，终成霸业。书中写着这个人的名字：重耳，春秋五霸之一的晋文公。说到此处，雷声轰鸣，电灯明灭。你拉掉光源，点上蜡烛，端起古书来读。只有这样才能保持内心的宁静，回到梦里那段真实的情节。

遇到这样的人，是此生的荣幸。晋文公寻龙的最后歇脚处，祖上在此建庙祭祀，香火不断。这条沸泉水一路向北，从不断流，汇入浍水，沃及百里。还记得那年复一年，千百年来不断修复九龙庙的经过吧，老人都死了，但是汗水砌在墙里，抠一块土，咸的。没错，此庙已经不能遮风挡雨了。你步量过，庭宽十二步，深十步（后室约深二步余），顶上破损两大块，一场大雨便能将此庙漫过。三面墙都是土质的，左右是黄土夯实的，厚度有一米。这种墙是一种典型乡村建筑方式，过去的农家居室的墙壁、院墙、菜地果园的围墙等等都是这样的，至今还有保留和使用。村人用三米长的檩条扎成两排，中间用麦绳箍紧，来固定墙的厚度；中间填上土，两个人踩在上面夯，一遍遍到结实；然后依次将两排檩条的下面解开移到上面，尺寸渐渐收缩，再继续填土。到最后，人立在墙上筑墙，哼哈唱着小调，很远的地方都能听到。在墙上一吆喝，没一会儿就立起一堵墙来。这样的土筑形式，从古至今没有改变。你突然明白了一个道理，在时间里行走得越久的工艺就越纯粹，简单便是极致。九龙庙的墙有三尺厚，后墙用三寸厚的土制大砖排列了十七块，这就是后墙的结实程度。这座庙其实就在土中，好不容易被风吹下来的粉末，都围在庙的四周散着，不肯离去。

白日里也会遇到村人经过，有人说起儿时记忆。庙里供着观音菩萨，家家户户都来此许愿，孩子们也只有在此时安静下来，看着香火缓缓地续着，细细地挪到了高处才散去。有的愿望就在那些余香里，带到很远，保留很久。一位年长的女人经过，对你说，你来，往这个歪柱子的缝里立一块小石头，能保护你的腰腿好。最右边的那个柱子朝后倾斜了许多，柱子与根基之间的一条缝张得很大。你过去，放了一块。后来就一直想，九龙庙的老腰还能支撑几年？想到天黑再到天白，都没有结果。这是一个怎样的北方之夜啊，那个人竟然就坐在你对面。一场对话早就该来的，此刻却哑然无声。可能他是来看一眼陌生的你，这个为他远道而来的人，究竟怀着怎样的意图。之后，他不知去向。你有点清醒了，屋内蜡烟气味很重。将窗户打开，一阵北风进来，蜡烛灭了。

柑　蔗

　　没人认识你，但你不是陌生人。放学时，那人沿池塘石板路回家，要在剧院背后拐弯，你记得清楚。木质圈椅还在那里摆放，原原本本，是当年使用的样子。那人坐在上面，舒服极了。忘了哪排哪号，你怎么都想不起来。来得太早，剧场没有一点声响，人们还在饭桌上，开启门锁的那个老头正在打盹，这一夜他仍不眠。胶片还在路上，一场禁演十多年的电影。老头将会在剧场门口重会几位老相识，或许有女人，他们在剧院里认识，那时身强体壮，要做很多事。增演一场，守夜的也是他，驼了背，漫不经心。老人们约好聊天，从散场后开始。而你在等待开演，却没有一个人进来。那人坐在椅子上，好像身体上写满了所有的号码，但属于他的只有一个。这恍惚的场景，你经历无数次。

　　那人离你很远，面容模糊。早先看戏在迎神赛会的五显庙戏台，百年有余。你想看清那人的面容，总被人挤到边边角角。后背有了酸疼，站着看戏多累，但从来不抱怨。那人和你一样，少言寡语，坚忍着，将别人的故事看完。百年之后，戏台拆掉了。其实你还没有出生，你看不到戏的，没得看，只有样板戏，但那不是戏，是布影上的梦。你走到今年不过才离开三十载，一切都显得陌生，这怨不着谁。现在的影院还原了俗名，华侨礼堂，是你同学的远亲汇钱来建的，从南洋汇来的钱，那年的你很想知道南洋在哪里，却在地图上找不到。剧场活过了一个甲子，还是老样子，那人的双手摸着椅子的皮肤，斑纹清晰，扶手还牢靠着。

只要还活着，电影就有多少可以慢慢追溯的场景，即使记忆丢了，那人还在场。你相信自己从没有走远，可是谁信你的话。那些影人会从双层砖混结构建筑物里闪出，他们事先埋伏，跑进每个场景里，门楼、剧场、后院，都充满了玄机。你暗自叫好。你看见那人不动神色，你们一前一后，彼此暗示。整个剧场里没有陌生的面孔，戏子走到你和那人中间，她或动或静。那人的时间都废弃在这里。你想过，这样的废弃曾是何等的快乐。场面上的人都听过她最后唱的《三请樊梨花》，那天洪水凶猛，有人看见她浑身湿透了，像个美人鱼，少妇的身子，略微丰满，鱼也如此。那人一直惦记着她的女儿，叫胖胖，只比你大一岁。你们知道彼此的故事，却不曾来往。那些文字写到她的时候，忧伤爬满了额头，这是丢失的姐姐。那人替你惦记着，你走南闯北，现在还想找她。

戏子死的时候你还小，洪水涌上来，你惊慌失措。现在，还能看到什么，站在最后一排中央，视线放低，整个剧场的光线骤然下降，微倾的坡度，暗红的漆色将整个场面控制，一如陈旧的印版，刻满工工整整的宋体字。那时你如何识得宋体，没觉得好看，压在那人的背后，一如身份的暗示。此刻，你骤然产生了美感，美好的东西也是编排好的。你很想问那人，对此究竟知道多少。你绕到过道上，看到排号还是宽宽的白色印刷体，印着多年的清晰，为何不会消退。那人持着小小的电影票来找座位，灯光熄灭了好几分钟，序幕开始了，那人辨认白字，从来没有疑惑。白漆消磨了椅子的边缘，白昼磨砺了额头的皱纹，那人一转身，你们相望一笑，不得不感叹时间过得太快。可你突然发现自己真是个陌生人，看到了排列的错号，12之后是9，本应是10。你想问那人，却不想打断思绪，在时间里寻找的东西总要错乱。你甚至都要怀疑空间在位移，你是经历过那场洪水的，漂浮过大街的东西都在同一个时间里相遇。你来不及沮丧，那人就走出了剧场。你离开前的那场淹城的洪水，能浮动剧场里所有的东西，改变秩序。站在一排正中的1号位前，所有的椅子都浮动起来，它们听到了你内心的歌吟，抬起左手，紧攥的电影票从手中飞走。那个开启门锁的老头，将重重的铁锁轻轻扣住，影像的收场归于安寂，一场便不曾忘记。你现在找见了位置，却不再需要对号入座。该坐在哪个位置上，你犹豫了一下，不敢轻易坐下，身在曾经还是此刻，你都不敢妄下定论。你想，刚才问问那人就好了。

你来的时候，柑蔗（现福建省闽侯县甘蔗街道之古称——编者）正在拆迁，一个木结构县城，在消失的记忆里走着。

离开还是进入？周围都是路，你犹豫不决，时间不允许，那人走远了。如果记忆停止，每一条路都将通往死亡。木墙坍塌的声音传过来，这间房子已不复存在；脚下的木板层层叠叠，间隔的泥墙混入其中，又不足以将它们掩盖；泥灰与藤条黏糊了百十来年，各自分散，逃脱命运。你垂头丧气，想找个人聊聊，那人以外的人，彼此都是过客。过客之间的对话才是真实的，存在于真诚与无责任感的坦率。那人说，你们是陌生人，不需要担负什么责任，可以谈天说地，既不是同道，也不是敌人，只是需要这样的对手。你抓住的木头都有自己的温度，而你冰冷，与天气一样沉降下来，如雨沉甸甸。

你站在宅院里，那些民工不时掉过头来看你，嘀咕着什么；几个普通服饰的女人在捡拾着遗漏的东西。她们不是这家后人，你的判断源于一次意外发现。脚下的木板间夹着几本古籍，轻轻拿起，泥土抖落，显现的首页是序："自宗法……"内文边角列字：程氏支谱。她们怎么连家谱都不要了呢，你很纳闷。你相继从土堆里捡出了六本，满满地挤住了虎口，正好一把抓住。家，这么简单就丢弃呢。你沉入思索，那人自言自语，说出了想象。你将支谱抖了抖，落下灰尘，再抖，还在落，最后是宣纸碎屑，花瓣一般，盖在脚面上。那人想到了你的秘密：还应该有正谱啊。你百思不得其解，能够如此详细修家谱的程氏是大家族，即便是支谱也是一大脉络。那人没有理会你的呆板，继续在地上掀动层层垒摞的夹板木条，尘土一层层落下去，下面掩埋的东西越加深厚。

突然，一个人走到你的面前，这是你等待的过客。你们互相端详，你把他看作是故人，互相对峙，情感似乎就是仇恨一般，浓烈起来。那人附在你耳边，说你应该认识他的。你茫然，那人又说，你们同龄，都在这个乡村学校读过书。你压制住涌动的情绪，粉尘从家谱的缝隙里飘落，他的面容重叠了所有人。记忆即将崩溃，你无能为力。那人暗示，这份家谱里的人，几多熟悉，你原本知道其中的秘密。难道是程氏来源？欧阳修、宋祁等编《新唐书》时写下："程氏出自风姓。颛顼生称，称生老童。老童二子：重、黎。重为火正，司地。其后世为掌天地之官，裔孙封于程，是谓程伯。洛阳有上程聚，即其地也。"这是谁的声音，与你的默念暗合，环顾四周，那人已经离去，只有他在你对面。你不得不说出一个名字：程赟。

福建程氏始祖是程赟（？—944），字彦赟，又名文纬，河南光州固始君子乡兴贤里人，是那人的乡亲，这比自己祖上的光耀还要隆重，是内心的仪式。程赟文韬武略，胆识超群，且爱民反暴，忠诚不贰。那人逢人便夸，引以为豪。程赟领着那人南下入闽，协助王审知征取汀、漳等地，擒囚王绪，巩固发展王氏在福建的统治势力，立下卓著战功，深得闽人崇仰。那人叹息说，人生辉煌的顶点到达得越快，被遮掩得也越快。人生千古事，只是一厢情愿，看那月亮，盈亏不停息，英雄没奈何。你说，世事先知，使命使然。那人看见王审知驾崩，预知一场内乱即将发生，劝说程赟就此罢手，隐居乡里。你说，闽王宫廷内讧，程赟不幸于漳州遇难，这是注定的结局。多少人跟着遭殃，没有逃脱的，也不想躲避，从容一点，等待着使命，生死由天。那长子延长避居永泰，那次子延美逃至古田团石岭，那三子延春及四子延坚潜居闽侯柑蔗，那人最终也落户在此，即便是平民百姓，过上平安日子，别无牵挂。

还是那轮月亮，白日里挂在天边，淡淡颜容，与拆迁中的惨淡，正是照应了一面镜子。那个过客与你一样，叹息不止。所谓的英雄，你找不到它的意义，只有两个字，悬挂在那里。而你手中的家谱还在落着灰尘，那些人名从典故里脱落，回到土里。祠堂通天，民工已将瓦片取走，一个虚壳存在那里，过一会儿支架也将拆解。你想要离开，过客的背影让你很难过，柑蔗容纳了你却又拒绝了你。如果没有人提醒你，那人也走开，与过客也没有对话，你将沉湎于失去与回忆之中。那个声音再度响起，你肃然起敬，你惊讶于对方对程氏的谙熟。宋开宝年间（968—976），后人将程赟等人的塑像配祀闽王祠，程赟列首位。离世而去的人，对后来的辉煌不知是什么态度，你说，只是补充而已，延续在别人的生活中。那人三叩头，再三叩头，找到了自己的魂。明崇祯甲申年（1644），程赟墓移建至竹岐乡榕岸村龙兴山，那人的宗亲也有随之而去的，生死相伴，也是一种活法，很多人做不到，到处是忘恩负义。程赟胄裔繁衍至三十九世，那人觉得这也是自己的光耀，修来了好名分。

那个声音告诉你，柑蔗的程氏辈分是：本—由—天—道—文—

章一礼，你拿到的这六本记载到了哪一辈？那人说这是其中的几本，已无法周全，刚下过几场小雨，丢了，湿了，不复存在了。你摇摇头，剩下的还需要慢慢阅读考证。那人说，程氏除居住于闽侯、永泰、古田等县外，还有数万人口侨居香港、台湾地区及新加坡、马来西亚、印尼、缅甸等国。时空上的疏远，并不影响到你对程氏家族的感情，你掂着程氏的生命线，很想说点什么。你顿然明白，一直是想和一个姓程的人谈谈，无论什么，就站在此地。那个声音转过身来，说自己就是程赟，你惊诧不已，以为梦境。过客说，我是与你同龄的人，我们在柑蔗的少年光景，多么自由。为何美好的都在当年，而不在今天？你想起来了，面前站着的过客，与千年前的程赟同名。

没有预丧，秘密被别人探知并不可怕，但最终还是你一个人，孤零零地站在那里。世界慢慢沉落下去，与你无关，你摩挲到了拇指上那块肉，多余的部分。少年伙伴是如何离开的，你一无所知，你们从过客到熟知，最终还是陌生人，回到各自的历史里。你喊了一声，程赟，如果我要写下你。其实，你的声音很无力。他成为过客，走得很远。历史的重建就是这样，你站起来，走到他们中间，寻找回来的路。你觉得生活的美好可以换个方式，自己与别人没有相同之处，为何要遵循同一个标准。记忆才是最真实的，是自己独有的，大气的人，还可以与人分享。你说出了别人没有听到的故事，你希望它们传播到远处，让屋顶上的人都听到。

你走到旧居的支架下，三个工人骑在空洞的屋梁上说笑，看着你。很久了，你都认识了他们，可他们还是觉得你陌生，你为何不说话？说什么能让他们听懂呢？那人替你郁闷，只顾看着脚下的障碍，回避一些隐秘的钉子。其实你很想说，心里有比程氏家谱还要完整的表达，可是程赟不辞而别，你不能强求。坐在角落，你看那人向民工走去，听不懂他们之间说的话。福州话，三十年没听，都忘得差不多了，只会说食饭行路困觉。你并不自卑，因为察言观色，能获得他们之间更多的信息。他们咕噜咕噜半天，表情很有兴致。有人过来将地上的木梁板材递上去。他们开始拼接，木屋的构成越来越多，地上的摆放依次升天，祠堂很快就铺设了瓦片。工人们跳下来，一个两个三个，八个九个十个，他们是从屋顶上生出来的幽灵，结伴来到祠堂左边，另一座屋宇同样恢复了原貌。接着右边，他们迎面而来，有的人穿过了你的身子，手中的程氏家谱被他们撞到了地上。你说对不起，他们没人理会你，有个人将地上的程氏家谱拿起来，他们渐渐远离了你。

那人说过，生命始终都在浪费，看不到终点，不喜欢的时候，你也就老了。你离开南方后，柑蔗的一切果真就定格了，比如道路、砂石或石板，纵横交错，手掌互相穿插，指尖环绕。又比如祠堂木屋，单院或大厝，独立相连，脚趾停息之处，屋宇安身，落脚宁静。再比如行人，男女老少，远近里外，筋脉舒展通达，面容安详。你看，在所能回忆起来的每个角落，那人都出现，一晃而过。你无法确认这里就是从前，在细长的街道上，一晃过了每个路口。底影重叠在一起，手掌抚摸过的，脚趾踩踏过的，心中惦记过的，互相印证。

你等待着老院子里有人出来探问与对证。会是队长吗？他家三代都是队长，他的后人在干什么？队长的妹妹程莲也走了两年，二蛋走得更早，你还没离开这里，他就掉进粪坑，臭名远扬。这样说，你心里一点也没有看不起，小时候笑话他是因为喜欢他。眼镜叔叔、郭雄大兄弟、程京华和茉莉两个大姐姐，他们都住在柑蔗。道仁死得也早，你今天说他是被枪杀的，是冤案，可当年叫作处决，你吓得不敢作声。那个戏子的女儿胖胖在北京上学，你给她写过信，但始终没有音讯回复，柑蔗是她的伤口，可能连你都信不过。还有程赟，刚见过，一晃就不见了。他们都不在，即便在也是将你看作陌生人。你们的感情被分隔散尽，只剩下虚弱的回忆。他们或藏在屋里，或在远处看着你，也许是怕印证彼此的衰老。

沿着影院旁边旧道，绕过池塘左拐，就是那个让你受伤的教室，你还记得那点痛。找到痛感的时候，你发觉周围只有你自己，那人擦身而过，还回头笑你，痛只是自己的孤独。你找不到痛的来处，你很着急，恨不得再来一次创伤。那人真的嘲笑你了，这么脆弱，这么小资，你的经受足以看淡所有伤痕。伤痕，有的美丽，有的丑陋。那人絮絮叨叨几句，你恍然醒悟，放下疼痛的后果。你说，第一天是母亲领着，第二天是与母亲同事的孩子一起去上学的。你对自己说的，那人都记在心里。怎么会对柑蔗陌生呢？那人还在刺激你，不依不饶。一前一后，你们沿着池塘边南行，进入一座农家院落，教室就设在宽敞的祠堂正面。那人将你带到这里，你看着四周，无法否认。你的少年是和农家孩子在一起，欺负你这个北方人，他们都有份，那人看在眼里，却帮不上忙。同学夺你的用具，还扬起铅笔戳你，原本是吓唬而已，你没必要去一把抓住它。你从来都是原谅他们的，因为自己是孤独者，把一切都认了，自己的错，自己的疼，下次要小心点。但这次你没有逃脱，笔尖便折进拇指关节。血流出来，别人都跑了，你从作业本后面撕下一条，裹住伤口，学会最大限度的忍。十岁的你就懂得不让母亲知道，怕她伤心，你们都是外乡人。后来的经历，多次创伤，多次致命，你都逃过劫难，留下伤口。那人要找疤痕，你不好意思，说看看额头吧。这一处曾被竹竿刺入，你捂着伤口，挨着街道一旁走，血流成河。还记得血流动的声音，咕咕乍响，满街的人都闪开，没人敢帮你，都是陌生人。那人说，你肯定没哭，你的名字里就有不屈服的骨气。就这样一路淌血，你似乎走了很长时间，忘掉了疼痛，站在了母亲面前。那人说，当时很多人被吓傻，一个年轻人冲上来，抱起你飞奔进卫生院。从来没有想到过会死，你觉得世界就是一个玩笑，都应该活着，陪着玩。

　　你的回忆终止，没觉得不快乐。那人说你成年后还担心手指，经常摩挲着那个铅笔扎过的洞，没有成坑，长好了肉，多余出来一点肉，你很讨厌。那人担心铅中毒，问过医生，说已被肉包裹，不会排毒。没什么能抗拒过时间，即使精神还在排斥，但肉体已经包容了，不管是什么，一定要和生命黏合在一起。你觉得生命只走一个方向，没劲，不妨正正反反几趟。那人点数了你的磨难，再次摩挲这块鼓着的肉，能长这么个玩意儿，真难得。

　　此时，连麻雀叫声都没有，屋脊上的瓦片整齐地堆放在地上，被时间熏黑的条梁上整齐地投下光的线条。太阳在栏杆之上，一点点滚动着。在另一个大院前，提醒自己，曾经来过。站在中堂，再次提醒自己，曾经无数次从这里穿堂而过。那人在一间屋门前念了对联，还红着，可能做了新房不久。那人说，或许你前脚走，后脚进来的就拆迁。你无奈地退到小街道上，继续向西，折进小巷子。一座民居走廊边的阳台很熟悉，那人怀疑你的眼光，记忆会有重叠吗？时间是人生最大的圈套，那人说时，你哑口无言。后庭一片狼藉，门边大石臼还摆放在那里。你想起那些脚丫子在里面踩，用盐腌制橄榄，后来你看见橄榄总觉得有咸味，鞋里的脚丫子气味。你们彼此笑话着，有些事情不是一个人的错。

　　那人说，有家老太太年纪很大，家里原本以为她身体不行了，结果她还撑到了拆迁。后来全家搬到了新居，也是临时租的房子。有一天，老太太自己叫了个"摩的"，让人家带她到老院子看一看。她进去后，那里拆成一大片，连个人影都没有了。她就坐在那里看，结果没几分钟，老太太一下子就躺倒了。骑摩的那个男的赶快就过去叫她，怎么叫也不醒，马上送医院，再去叫她家的人，可老太太倒下的时候就咽气了。这就是命，她注定要死在自己家里。

他们与它们，整个柑蕉一并在消失。你们互相找到了对方，沉默不语。你们相伴而行，走出故园。你走的路是对的，但你的思想却偏离行程，有时候你还会停下脚步，望着一个路口。有几个回到故居的人，空手出来，祖宗的排位还在，心却没有着落。虽说新的旧的都是被人使用，也要看是什么安置在其中，有魂没有。

那人进入前庭，门槛已被踩成波浪状，你曾经踩在上面跳进去。门槛有点高，还是不习惯，需要用点力跨过去。你想看到更多，包括意外的东西出现，但没有，一切都平静地过去了，连时间拨动的声音都不存在。大半天都没人出现，那人也若隐若现。与所有的院子即将拆掉一样，你感到什么都不可靠，陌生。似乎你正在找一个人，却看到此人即将火化掉的尸骨。感情只是个词，变得冷漠。抓住的门框、门板、方桌，有质感的东西却没有温度，你的念旧感在销蚀。偶尔生出点感情，也是虚幻的吧。那人说，你始终无法确定。这些都是故园，只是概念，摸到的一切都是第一次，并不是曾经。曾经被藏在哪里，将如何死去，你永远看不到，因为你来寻找曾经，正在失去，或者已经失去。抚摸的只是你的记忆，记忆不会死，只有这点是真实的。你比这里的很多人都幸运，他们对于失去无所顾忌，需要新的，旧的一文不值，家谱都可以扔掉。你问，那还要寻找下去吗？正堂中央敬献祖宗的香火还缭缭升空，瓜果等安排有序。这不是你的仪式，那人与你的想法不同，除了人，这个仪式是给所有生灵的，花草树木，不被砍断，就一直生长。看见刚才有只猫经过吧，还有狗，它们是现实主义者，它们还要靠着记忆找到自己的家门，记忆带给它们粮食。

没有一处痕迹可以确认，但与记忆是重叠的。那人说得对，你没有理由说不是，那么便是。这里发生的悲欢离合都没有脱离你曾经的视线，你早已将故事写下来。某天，这里所有的木质建筑，还将用线条规划复原。一张靠记忆而成的地图，地之上的形，在现实不复存在的时候，它会复苏你的怀念。在物质喧哗的今天，怀念的感觉日渐稀有。

午饭后，可以离开了。经过老百货公司旧址，你还揣摩着背后那个老院子会不会还在，那是你到柑蔗租住的第一个家。街面都是新建筑，车缓缓前行。这里，你喊的就是这里。能够在纷乱的现代场景的空隙，一眼辨别出陈旧的故园藏在那里，你真神。那人又回来了，那间房子还是原来模样，门面被刷得干净，似乎等人来人住，从门缝看进，此间已被当作库房。院子里的人看着你们俩，不知是哪里来的陌生人。是以前的住户，他们漠然，好像你们进错了庭院。后院的一间带着阁楼的屋子曾住过，窗口里的楼梯依然清晰，一切如故。这间屋子留给你的只有一个梦，关于鬼故事，你的梦竟然和第二天母亲与同事讲述的梦一模一样。同一个梦，至今不解，你还将此事搬进了小说里，别人说你骗人也骗自己。你说，出生，或许是这个世界最大的骗局，因为你不能否定存在，还必须经历，让今生变为往事。

那人站在门口的石磨前摸了一下，它流下的粮食被你吃掉，现在它也被磨损了边角，像缩了骨架的女人，老了模样。那人说，梦想，时间的流沙带走了多少记忆，甚至颗粒皆无。你说，他们那时候经常抓到狗，就用铁丝圈套住吊在后堂，一顿乱棒打死，然后几家分狗肉吃。在场也有五六十多岁的人，有人说是，多数人没印象，他们比你还要陌生，你觉得好笑。你们谈得融洽，那人在一旁悄然无声，心里暗暗庆幸，谁能在木质的世界里找到自己的过去，谁来为你保留三十年。

冬天的风吹走了小雨，阳光温和。你不过是刚刚从屋子里出来的后生，手里的东西都是可以飞舞的道具。四下无人，不是你走错了地域。阳光照得深蓝，那些瓜藤还绿幽幽的，对刚发生过的和即将发生的都无动于衷。你木讷地站在台阶上，手指里咔咔作响。伤你的暗器已经死去，冷静的血瞬间鲜活起来，手指缓慢地合拢，摁出了一连串号码，陌生的，没有姓名。亲人在外围等着你出来，对手隐秘在声音里。他们正在拆掉一道道门板，他们想把你从时间的深处剥裂出来，可你站在了往昔的读书声中，和他们的喘息声混杂在一起。一片片木板从高空降落在地上，粉尘弹起，很快就弥散掉。感到寒冷，你生活的北方正下着雪。但他们在一件件剥开你的衣裳，每一件都发出巨大声响，咣当，咣当。他们甚至不顾你的哀求，将你的皮肉剥开，看到你的心脏，一把摔在地上，将天空溅起星星点点红斑。天空很快又黯淡下来，比屋顶溜下来的瓦片还要黑。他们一边掀开瓦片一边嘲笑，说你的过去已经死在这里。他们正在证明，你是不存在的，你的记忆也不存在。他们的笑声比大鸟的翅膀还要沉重，盐味泛起，但风来了，带走一切。

徐　宅

你不是一个人来的，当年走时也不是，你想过独自深陷其中，但从未做到。世界这么复杂，如何保持孤独，你只能在前面走，他们跟着，更想获知秘密的人，却是盲目的，而你也很难说得清楚。曾经走过抚摸过窥探过的存在记忆的点，互相连贯起来，就有了一座院子的结构，纵横交错的线条，在头颅里旋转着不同的透视方向。打开每一间门窗，每条石板道上的吆喝声，不远不近，准时响起，完整得似乎昨天还在这里，坐在树下端着白粥。但临近中午，你在涵江还寻找着，几乎放弃了希望。想找一个人，费尽心机，却不知道那人是谁。

终于望见桥头那道门，让你心里紧了一下，快步近前，旧宅隐在茂密的树阴后，只显现院门旁潜入河水的石阶；再几步，松软发热的脚失了知觉。站在河边喊，找到了。彼岸寂静无声，此岸的人都看你，外乡人丢了什么？

楼下，左侧都紧闭，右侧开几扇。你问：能进去看看吗？女主人说：可以。你解释，小时候在这里住过。你没说要找人，她也不会知道你要找的人。她问你，三十年前我还不在这里住，你在哪里？你一惊，当年离开这里时，她和族人正从古镇四周赶来。你是过客，他们才是真正的主人。屋檐上掉下一片旧瓦，平静的十瓣。他们看着你，从身边走过，没有人在意你的存在。想看什么就自己看吧，一个陌生人将另一个陌生人领进家门。再次站在这个屋檐下，是来寻觅还是来告别，都很难说清。你感叹身在此处，真是前世之缘。

期待的那人还没有出现，你穿过厅，转折上楼。楼梯木板中部已凹陷，栏杆却结实。拐角很暗，寻找阶梯，却总有错位，你小心翼翼。那人或许只有十岁，趴着二楼的扶手溜下来。身子无意中滑脱了扶手，孤立在空洞的时空中，命运将何处去。你踩在砰砰响的楼梯上，在暗淡的光线里选择。极力避免有什么影响进来。生死并不难以选择，但那个男孩才刚刚出场，死亡过于残酷。十岁，你后悔刚才的设定，如果在二三十岁间，历经过轻薄的事情，就会勇于承担死亡，理会命运使然。何止是后悔，简直是在谋杀，有了这样的想法，你再也登不上楼。其实你的本意是好的，想让死来预示家族毁灭，但太突然，连自己都经受不起。想象被一下子甩出去，落到地面，死亡无人知晓，历史的指针都没有发出响声。每个念头出现，楼板就吱吱呀呀，你在故事中回旋。红砖地面，男孩爬起，你让他扶着墙走，让他呕心沥血，一言不发；让他经受住重生的磨难，痛不欲生。好了，你都看不下去了，开始喊救命。受了惊吓的孩子们围拢过来，好像进入了一场怪异的游戏。

楼梯之上的空房间，地面也铺了小红砖，第一脚就吱呀响，骨骼伸展之声。再踩，全身与楼层一起打颤。你一惊，迈步过去，哗啦啦响起来，筋骨交错，皮肉拉扯。站定，声音不是在你身上，是这间房子，它用颤抖的身体承载了你。你轻微弯腰晃了晃，前面的门和窗在叹息，声音不同。离开这个预置的场景，那些人跑下来，将楼梯木板踩得比鼓点还要响。从身边过去的影子是一股抑制的风，极力要把你推回到刚才的设想中，旧宅吱吱呀呀着。也有从楼下的几个偏门闪进来的，不顾一切，拨开孩子们的搀扶。他们的眼睛像黑夜里的手电筒，一节，两节，也有三四节的，齐端端射进那双呆板的瞳孔里。很浅，很黑，一无所有。能找到什么，只有生命的流失，历史是空白的。还能找到一些肮脏的证据，说明生命的存在是一场虚无。既然找到了那个人，你便要让他承受所有的灾难，活下去。

你站定的空间，是过道，以前也是过道。正前方的屋顶，错落有致，屋脊高耸开阔。午后阳光射来，整座旧宅红得炫目。

那人是你，旧宅的主人。男孩出现是孤立现象，你要找到之前的那些人，让所有的未知呈现出来。旧宅比印象中要小很多，似乎被时间挤压掉了一些部位，连同记忆一起失去。你开始退回此前，让自己矮小，瞳孔逐渐收缩，非常缓慢，时间拉得很长。你庆幸这样的尝试，获得了生命另一端的秘密，从一个过道穿过另一个过道，打开一间，又打开一间。空间完全不同于现在，忘掉了现在，不，是未来。那时候的未来是空虚的，战争还没完全熄火，人性之恶充满烈焰。

旧宅门还是木板，门环铁锈，一点都没变。你站在与父亲居住过的楼房下，背着光线，色彩浅薄，无限接近虚无。跟一件爱物丢失一样，昨天还抚摸着的温暖，念头一闪已不见，两手空空。有人问你，看这旧宅何用。你说，那人小时候住过，你家隔壁曾是会议室呢。他们笑了，摇头不解。你们不是生活在一个时间里，这原本是主人落定之地，那人在哪里？你站在那人的位置，以往在楼上走过的，都是过客，你也是。旧宅将一分为二，用砖墙割立，互不来往。南面一半还属于公家，北面一半已归主人。但旧宅产权迄今不清，迹象破落，何以至此。你还将旧宅的宿命划定，世事百遇，终极衰败。美工将场景布置画好，交给导演，这个悲剧需要红色调，需要围栏，需要压制，从物件到灵魂都需要一种压抑的紧迫感。无所适从，对吗？是的。你点头默许，美工走了，化妆师来了，事情没完没了。你说，这些都找助理吧，一切按部就班。

憩息片刻，布局出图，呈现于你。前庭上的红色屋脊，横在眼前，挡住前视，将整个二楼局限在狭隘的空间里。你的某种暗示存在其中，这是其一。前庭开阔，但临河无遮栏，作为商贾世家，直接面对无情流水而逝，这是其二。正门偏于侧面，屈就于一隅，有点猥琐，实在难受，这是其三。而之前，助理拿来的规划图是这样，朝南的正门延伸至院中位置，立一扇与旧宅正对的大门，门后竖立照壁，松鹤牡丹富贵延年的粉饰。如此一廊，与流水分隔，互为补缺。这原本是你的唯心意图，给感慨找个落足之地，安抚失意。助理说，这便是一出正剧的场面了。你说，命中注定的，这个场面必然处处玄机，布满障碍。否则，那些人物是否该换装，工仔们是否该从头做起。原本就是一出悲剧，初衷不可改变，你都想好了，从那个小男孩飞出楼梯开始。

下楼，往里走。男人正在做杂务，衣冠整洁，像退休职员。他说自己是旧宅主人的后裔，你大喜过望，说这间房子原先是公家的厨房，这儿是大灶，这儿是饭桌。这儿那儿指了一通，这些都在大脑的结构图里，好像一拍脑袋就有了零部件。他一直看着你，也许第一次听说了先前的用处，他们有空白的家族史。

你：贵姓？

他：徐，双人有余的徐。

你：哦，还挺复杂的，徐家的事我也了解过。

他：你会对这个感兴趣的，给你看一件我们徐家的东西吧。

从木梯上去，翻腾一会儿，拿着一个牛皮纸文件袋再爬下来。他说自己叫金辉，金碧辉煌的金辉，爷爷取的。你点头，是老地主，总有百岁有余。金辉说，何止，我都六十多了，记得我们从这个旧宅出来时，爷爷就有我这把年纪，胡子很长，白了。我没留胡子，留着显老，你看我的头发都白了，黑的能数得清。你说，一样，也白了，我是染的。你摸着脑袋，觉得自己像小后生，挺不好意思。

金辉取出一份《关于请求保护"顺茂隆"徐氏民宅的报告》，第二页落款处，签了二十五个名字和手印，都是徐氏后裔。

你：金字辈吧？

他：是，第三代人，以前徐家是在仙游住，知道这个地方吗？

你：小时候跟父亲去过，很好听的名字，仙游，神仙游历之地。

他：你看看，这个旧宅多陈旧，是危楼，我们自己保护有困难，公家还占着那一半，关着门不维护，这样损坏得更快。

你：怎样保护旧宅，是当地政府的课题。

你就在他对面的小板凳上坐下，有很多设想虽然几近完美，但还有补充的余地。你是个充满信心和耐力之人，将不厌其烦地修正着，除非进入梦中。而他觉得你有点冷漠，在回避关键性话题。

他：你应该知道威尼斯，但不一定知道陈章武，《莆田志》里有这个人，你不会注意。

你：为何要知道此人，他认识我还是你，是男还是女，今人还是古人？

他：新志里的文人，和你一样，写写画画。你能找到旧宅来，不可思议。我们脚下这块土地叫"萝苴田"，自古成型以来，河道密布，三面临水，水连着海。闽中威尼斯，这个称呼是陈先生最早说的。你可以把这里称为岛，也对，被河水分割，直接引向了大海。我知道你写小说，网上看过一些，所有写过涵江的文字都被我收集。你描述涵江的渊源，曾将一座旧宅作为国军军部指挥所，实际上这座旧宅就被征用过几次，他们撤退之前作为师部。你不必惊讶，冥想的吻合也许就是上天的赐予，让你与这座旧宅的命运相关，精神与它在某处汇合，包括你四处寻觅，终究找到这里。

金辉坐在板凳上，后背朝阳，一字一句，字字如金。恍然觉得他就是你要找的那人，很久以前从你的灵魂里出来，去寻觅渴望已久的归宿。怎么就默默之中走到这里？是有人安排了线路，如问道者，如客栈后生，如乘凉老妇，都指向一个并不确切的方位。说似乎有这么个旧宅，也说这样的旧宅有好几个。你便不断地完善设想，纠正来历。于是，在他的掐算下，你敲门进来，他在摆谱，摊开局部的秘密。你说，从楼梯上去时，从楼上下来时，一切布置就位，这里开始一点点泄露秘密所在。将玄妙变为故事也好，那是世俗的人喜欢的悲喜交加，是演员们醉心已久的传奇。你认了，他说出了一个惊人的数字。

我爷爷死于 1949 年，涵江已没有百岁老人了。更早的 1909 年，其实不算早。

旧宅在图的中间，三面被砖木环抱。你提醒小男孩，他不理会，一直往里面跑，在阴暗处不见了。你只好在旧宅中央站着，被砖头树木包围。助理按照你的新意更改文案，整个上午，故事脉络曲曲折折，却坚持一个生长的途径，像树，到处都是洞，裂纹，受人偏见。你说，这样就好，玩这些自然的破绽，添加色彩、元素、生命。现在开始，时间倒流，在 0 和 9 之间，我们开始设计一种开端，让它长出枝枝杈杈。助理说，那就长一株圣诞树吧。你默许，古老的旧宅变形了，砖木结构被拆解，按照新的布局，它们乾坤大挪移，组合成一株圣诞树。你笑了，站在树下，圣诞老人会从天而降，你一厢情愿地等待着。那人曾经是小男孩，现在是老人，你想，这有错吗？

金辉家的墙壁镶着镜框，地主和地主婆，你默想到身份。这不是你期望的那个百岁老人，爷爷奶奶的容貌，可以从活人到相片继续往前推，此事由助理来解决，很快就有一张电脑图传来。不用看，会将那些细部的条纹都刻画好，测好瞳孔的距离，还有皱纹的趋势。这是徐氏三兄弟中的一人。徐启燕、徐启祺、徐启云，《莆田志》中关于"顺茂隆"的这三个人物，让你无法选择，将面对哪一个。这个难题交给那个小男孩吧，他跑出来了。

在你看来，涵江就是"小上海"，美称由来已久。很久没人来探听了，你兴致盎然，念出清代郭龙光的《涵江》诗："涵江连郡郭，二十里平田。村小皆依树，桥低欲碍船。风光小吴越，财货甲漳泉。日暮停桡处，微闻宿雁还。"小涵江，风光超吴越，财货盛漳泉，不可想象，但你经历过，却没说出来。当你的后人徐金辉问起，你才说，涵江其实是"孤岛"，徐氏家族的"海上商路"何等辉煌，但迄今也没有得到应有的重视，没人挖掘。人文的淡漠，真可惜。你已勾画好线索，徐氏老人的容貌在不断添加。你对徐金辉说，现在开始听吧，徐氏传奇是属于我们自己的，从宣统元年（1909）开始，去问问今天的孩子们，宣和统是怎么组成一个词的，有谁知道。既然如此，将整个文案调出来，之前就已安排一个完整的演绎班子，一百个演员，一千个群众，一万个电脑特技人模，十万个古镇人流攒动的效果。你说，从那个孩子出场预演，将贯穿整个家族命运，见证，直到今天坐在小板凳上谈话的我们两人。

那年，三兄弟在仙游做点赤糖生意，你偷吃了不少。整片的甘蔗林被砍倒，碾压出白色腻腻的汁液，然后注入大锅里煎熬。你在远处等待，火焰冲出炉膛，白水翻滚，三兄弟不停地搅动，颜色渐变为暗红。你守在角落，每一锅都这样倾倒，席地上摊开一张大糖饼。最后揭起，你伸手去抠，那点夹缝中的甜，心满意足。三兄弟生了很多孩子，你最不起眼，谁让你老实巴交。这些往事，跟行当里的人说过，有些还重说多次。别人说你怕自己健忘，年过四十是有点这毛病，但你心里清楚，煮糖卖糖的徐家那点事情，连《莆田志》都微不足道。长此以往，这个旧宅与徐家将彻底被世人遗忘。

也罢，你悄悄回到旧宅，跟 1909 年差不多，一趟趟运送资产，你最终要做出何等大事，极少人知道。以及小男孩长大成人，跟着母亲远走他乡，继续创业谋生，依然少有人知道，你究竟出去做什么。没有见过这么多大洋，整箱资产从眼前搬过。族人最兴旺之时已经到达上海，再多的财富都要运回故乡，筹建这个涵江豪宅。积攒多年的血本，陆陆续续运回涵江。轮船停靠在这块七亩二分地的河道边，族人欣喜，家丁忙碌。这个场面，设想了无数场景，难以取舍。助理甚至抱怨，这样的奢侈是何等的超脱。不是指那些打捆的大洋，是在谈论你的想象力。只能唯一，而你却挥发不尽。这是家族的骄傲，你时常陶醉其中，或黎明或黄昏，安静，只有脚步声，因为徐氏家族的归来，这条河荡漾着全然不同的波澜。

他：徐氏家族从仙游迁徙到涵江，大概是建宅六年前的 1903 年，当时的徐氏三兄弟由经营"兴化赤糖"起家，后来转向经营纱布批发业务为主。

你：也许我就是那年出生的，已经没人能说出确切的年龄。年龄是虚数，无关紧要，既然是 1903 年，那可能是哥哥姐姐们出生的时间。记得从楼梯摔下去那年，我还不到十岁，徐家建宅花了十七年，那就是 1920 年建成。除了听老人所言，记忆忘却的东西实在太多了，现在我知道，出生日期是 1920 年，大概就是这个年份，徐家生意做得很好。

他：十七年耗资十三万块大洋，其实之后还在小规模地建，一开始就留着空地。

你：有钱的时候不建完，留着空，让后人填，这是多好的激励机制。

他：1937年，日本人闹事来了，才停止建设，后来就一直空在那里。

你：这些事只有徐氏后裔才知道，在外人看来，这里早就破落了，怎么会有待建的规划？百年的设想还在图纸上，无法实现，这也是家族莫大的遗憾。

你漫不经心地在旧宅里踱步，忘掉自己是谁，混淆了时空，什么有关，什么无关，这都是外人的见解。你还拿走金辉坐着的那把凳子，摆在临江的台阶上。拿起《莆田志》找到那段记录：清末，涵江计有中小商号三百多家，从业人员近千人，其中经营布业已成规模。到民国时期，纱布商店有四十多家。这时候，徐氏的"顺茂隆"拥有资金三十多万银圆，最为雄厚，它和芳来、茂隆（后改梅记）、茂兴、永和、泰隆、永兴、立大等八家在经营批发。布业里规模小一点的是零售商店，有双茂、大方、大达、义兴、协成、大章、仙兴、同升、万丰等三十三家。经营品种除本地土织布和染色布外，主要有上海的男女线呢、花哔叽（即哔叽，一种毛织物——编者）、花洋布、漂白布、龙头细布、次斜、元色哔叽和元色斜纹等；江苏南通的"血尖"（土布），杭州、绍兴、盛泽的丝绸；广东的香云纱；厦门运进的香港正哔叽、华达呢、贡呢、印度绸；福州运进的男女线呢（土织）、格布、条布、土纱布等。民国二十七年（1938），在涵江登记在册的商户达八百多户，行业增加到四十多个。

你在徐氏的"顺茂隆"的下方画了一道线，衣食住行，衣为首，社会现状反馈在服饰上，涵江布业便是标志，"顺茂隆"不是特殊个例。你打开另外一个夹子，将图上的圈圈一个个连线。

你：十万人太少。

助理：那多少？

你：多多益善。

他：那时候的涵江古镇，顶铺徐姓、后坡李姓、仓前陈姓、宫下吕姓等数十家大商，号称"百万富甲全郡"，叫"小上海"，一点也不为过。

你：涵江与上海不仅在称谓上，实质上也有很重要的关联，清光绪二十五年。

助理：1899 年。

你：日本的"纪摄丸"轮船从涵江镇外的三江口入港，福建海禁消解了，门户开启。后来，涵江也有了自己的货轮，开到上海、宁波、南京、温州、福州、厦门，开行设店，商贸往来。五大港就是福州、厦门、泉州、三都澳和三江口。那时，"舟横苇岸明渔火，客语篷窗候晚潮"，"樯帆辐辏，船只云集"，气派得很。

助理：《莆田志》里有不少诗歌，不知道商人里有没有诗人。

你：会有的，我们会找到此人，跟"湖畔派""鸳鸯派"在一起混过。

他：旧宅前的河水通海，建院的大洋，还有建筑材料从三江口运进，然后分道，各回各家。现在前面的河道都浅了，河水浑浊，小时候我还在那里扎过猛子。

你：我在水里装水鬼，抱别人的大腿。

他：还是说说我们徐家吧，很久没人提及这些事了。

你：老人们把"兴化赤糖"等土特产运到上海，再由上海运回十几万匹纱布在涵江批发，一进一出，相向经销。徐氏在上海英租界金陵路开设"天祥"办货庄，名头很大，今天的上市公司也不过如此。

他：你真的是1920年出生的吗？那我该叫你什么，你名字叫什么，我来对一下字号排位吧。

你：别着急，会搞清楚的。我还花过"黑鸡母"，你没听说吧？

他：那是什么？

你：民国四年（1915）中国银行发行的五块钱就叫"黑鸡母"，十块钱叫"红鸡公"。还有莆仙农工银行的一角、二角、五角、一元、五元纸币，都不值钱，我们建这个花的是大洋。最光耀祖宗的是"顺茂隆"搞航运。日本人走了，我们徐氏跟别家合资八十万法币，造了一艘五十吨级的铁壳"宁海"轮，运客也运货，后来我就去上海，干到收盘为止。

他：你贵庚多少？

你：这个不重要，说个你不知道的。后来上海又引起战火，徐家货庄全部迁回涵江，我留守，等待以后的机会。有天晚上听到一只鸟叫得很怪异，我想起来关窗户，可是那只太阳鸟屎掀起瓦片直接砸来，将徐家剩下的所有财产轰了个精光，燃起大火成片地烧。可怜那些无辜的邻里，他们担惊受怕了一整年，还是没躲得过去，这让我惭愧。阿弥陀佛，他们信佛祖，我们信妈祖，其实都一样，谁也求不住性命。

旧宅不断更换主人，正如你始终没有搞清楚自己是谁，你很想找个人证明，没有结果，在内心越陷越深。旧宅安静地看着这一切，一如院前的河水，也许它真的距河流太近，与河流没有间隔，命运也就此缓慢地流去。历史总在重复，离开的还会回来吗？历史不回复，回来的还是徐氏后裔，以及你。你站在楼下，曾经居住过的那间屋子在上面，阳光斜照进来，将檐草打亮。物是人非，物比人更坚定地存活。

时间分割的段落里，助理将你的愿望实现，那个地主婆已经找到，将按照你的要求粉墨登场。1949年之后，徐氏家族剩下她当家。

旧宅归公家占用，丈夫也死了，她带着两个男孩就去上海做生意。在上海金陵路，她找到徐氏开设"天祥"货庄的旧址，找了点小生意做，拉扯大两个孩子。她还不到三十，秀气又精明，被很多上海男人追逐，无果，终身未改嫁，真不易，现在人哪能做到这样。她是徐氏第二代，印证了当时徐氏家族的没落。你把这段内容交给助理，给一个老妇人量身定做。你从小板凳上站起来的时候，发觉太阳已经站在屋脊上。

一个老头走过来，满头白发。过了会儿，旧宅里走出同样的白发老人，老太太身体结实，步履从容。你以为是老夫妻，羡慕不已。老头说，老太太已八十二岁，是母亲。你说：是徐氏。

你：你找来的那个老太太要培训一下，表情不对路，要改。六十年的经历，她有吐不完的冤屈，或者，不，她可以不说话，但她的眼神一定要饱含热泪，在失望中不断激发出希望的神情。

助理：是的，这个老太太就是当年的地主婆，千真万确，算富二代吧。1950 年被驱逐出这个旧宅，带两个小男生去上海打工，属于 1949 后最早的一批打工妹吧，才二十多岁，一会儿我给你复原她的相片，绝对是个靓妹。

你：真的吗，我怎么没看出来，难道是我走神了？那之前坚守在上海滩的那个男孩，是她的哥哥吗？他死得多有诗意，多有民族气节，你们将他的身份修改一下，他应该是诗人。那些出场次序就不要更改了，但要给他配一些诗歌，不要朦胧诗，更不要下半身，也不要旧体诗，要新诗，懂吗？不是旧诗，是新诗，哎呀，怎么关键时候没文化，去，上网查查。又好像刚才还说过这个派那个派的，别把年代搞错。那些风流倜傥的人物出场，他开始是崇拜徐志摩，后来也喜欢林徽因这些女诗人，物以稀为贵，都是难得一见。他们在十里洋场喝过酒，还夜不归宿，拉扯过明星的裙子。不对，是旗袍，那种开衩很高的。但他适可而止，他是君子，看不上那些逢场作戏的女人，最终对那些诗人也不感冒，参加了几次诗会，不是什么青春诗会，场面看得多了，觉得无聊。诗人很真诚，就不跟那些光面堂皇的文人墨客来往，自己躲在小阁楼里写诗，应该写了好几本，留到现在的话都是墨宝、文物，比那些大洋值钱多了。他哪能想到这些，徐家留着他在上海看老本，也没有正经做过什么生意，都是老地主们在经营，他主管什么具体事务，你们看着办，反正不重要，重要的是结果，死了，被炸弹砸死，你们感觉怎样？

助理：他迎接炸弹到来的前几天，预感到即将发生什么，就一直在写诗，烧掉了一包蜡烛。

你：上海有电灯的。

助理：电厂被炸坏了。

你：好，他对着窗口朗读，没有人理会这样的疯子，他在草本上写了满满的页码，又一部新诗集诞生了，但他死了。

助理：那本诗集将怎么出现，需要替代吗？

你：不，世界上没有人看过这部旷世绝伦的作品，只有我们知道，这是徐氏家族的秘密。可惜啊，早已化为灰烬。

助理：还有，那会儿是日本人在轰炸上海。

你：诗人像鸟一样，被太阳的黑斑刺穿了眼睛。还是说说诗人的父亲吧，他也该具备点诗人气质，儒商嘛，是徐氏三兄弟中的哪位，你们看着拿定。

你向两位白发苍苍的老人走去，满怀信心。你想，他们如果不是母子的关系，绝对像个地主和地主婆。一开始就认错了，现在调整好关系，你似乎跟随他们走了，回到从前。这个想法没人阻挡得了，助理也不行，谁都不知道你神神道道的意思，神出鬼没的行踪。拿你没办法，这是你的工作，他们都愿意帮助你找到自己，你连自己都不知道去了哪里，有时候就是这样。对一些问题百折不挠，一副死脑筋的样子。还好，最终绝大多数是你的对，解答了很多命题。还有那些谜，你都放在了将来解构。这点，他们都相信，也钦佩你。

在旧宅考证了一整天，反复修改文案计划，极其疲惫，但没人能帮得了你。瞬息万变，你的思维太过于跳跃，他们紧跟其后，像遇到一个挑食的主人，最后搞得盘子都不够用。你怎会满意他们的答案，还得自己来。于是你第七十二次叫来了助理，让徐一代出场。

你都没问那人叫什么名字，这不重要，因为名字只是代号。有些场景是你设想的，可那人在历史上只是一闪而过，但很重要，你留住了那人。你费尽心机终于抓住那人，存在于一场大戏之中，多少人为之一把鼻涕一把泪，你自己也如此。有时候也会莫名其妙地感动，很多人跟你一样，不知道这是情节还是结果。你看助理的时候，早已将头埋在了别人的怀里。现在，助理清理了现场情绪，按照你的指示，安排徐一代出国，目的是为了装修房子，定购装饰品。谁都不知道还有这样的情节，可是你说了，这是一场文化戏，诗人可以死掉，没有一字留下来，但他爹将留下一整座旧宅，一座文物啊，何况这是中外文化交流，理应值得重视。

你：这个旧宅坐西北朝东南，百二间大厝，北方叫大院。按照莆仙地域"九间厢"造势，正厝并列五大门，居中是正门正厅，东西各二大门。助理来一下，正门口原来有两个石狮子的，现在怎么没有了？

助理：不知道，我来的时候就没有，图片上也没有，你怎么知道有一对狮子呢。

你：原来有。

徐：我也觉得奇怪，怎么会没了。

你：沧海桑田啊，狮子都离开了故园，说说那会儿，先生怎么漂洋过海的。

徐：我出国不是去留学镀金，更不是做生意，是买瓷砖。

你：中国的瓷砖和外国的瓷砖有什么差别，我不懂。

徐：你想吧，1909年墙面就贴上不同纹饰不同色彩的法兰瓷，世人开了多大的眼界。这是我从荷兰亲自选购的，拿着大洋，换成美元，再换成荷兰的什么币，到市场上一张一张挑选，在耳朵边敲过，要一样的声音，保证是一个炉火里生下来的。一样的结实，一样的寿命，像一窝生下的小猪仔，全是一个模样。我花费了不少时间，甚至都没有看看迷人的风景，只有大风车还有点印象，还真难忘掉。还有花，鲜艳无比，女人也一样。我没有在意这些，一张一张敲打，像拍打自己的儿子，让他入睡。

你：要说一百年了，它还这么新，谁都以为是后来装修新贴上去的。你看现在的生活多没质量，别说是十年八年，一两年的都要裂纹，脱落。

助理：我们的生活是多大的浪费啊。

你：我们活着是多大的浪费。唉，看看这些，仿真跟真的一样，真的却像假的一样。真是不可思议。

徐：我从荷兰回来，一直在这里监工，上海运回来的大洋都是我亲自点数过的，花出去的大洋也是我亲自点数过的。这段时间，我没出去做生意，我喜欢花钱，十几万呢，叫你数的话，需要多少个夜晚，废掉多少根白蜡。但我告诉你，这些钱里面也有我经营的一份，我花得斤斤计较的，一点都不敢浪费，对得起徐家祖宗。

你：先生通情达理，这个建筑结构从何得来？

徐：原来设计是南北两侧厢房，后来我请一位华侨建筑师指导，改为西欧楼廊的格式，中西结合厢楼式结构。每个大门里面是两个天井、三进厅，前为平房，后厅突起两层楼，形成前平后凸、从低望高的整体结构。

你：还是依靠海外的力量，未必是件好事情。原来的平面厢房设计可能更适合，四周低中部高，视野开阔，现在像是框住了三面，只有面对前面的流水，总有积郁的感觉。

徐：你好眼力，这是家族的秘密，我就不便说了，其实你也看到了家族的结果。

你：抽刀断水水更流，我不语。

徐：院前方的两棵大树，你懂吗？

你：我曾爬上树，被父亲看见，一顿臭骂，怕我掉下去，被河水淹死。

徐：这两棵树，一公一母。

你：也分公母，跟人一样？

助理：我找到了明朝王伟写的一首诗，《涵江送别》："涵江自昔繁华地，桑柘连荫百余里。笙歌摇曳树底闻，甲第巍峨空中起。"

你：别吵，我想听徐老说，公树和母树如何相爱了百年。

贺　兰

　　豁然相见，沿黄河逆流而上，便能遇见贺兰山。十几年前，因关注晋国文化之源而触及岩画，我便对贺兰山朝思暮想。此刻站在贺兰山东麓的豁口，往前一步便能抚摸梦中之境，却又有些踌躇。望着眼前高耸之势，远古之人从哪里寻觅至此，又如何想到在悬崖峭壁上凿刻图形，面山面壁之时，他们是否也踌躇过？岩石上的符号，记载了古人的思想与感受，一如后来著书立说者下笔前的踌躇，也许有很多相似之处。

　　昨日的一场骤雨，把贺兰山洗刷通彻，西风拂过，一切清新。踏进贺兰山阙，潺潺泉水，层峦叠嶂，没有印象中的落寞萧杀。偶见白云从豁口飘离，眨眼间消失无影。行不多远，眼前便突显岩画，仿佛它们是直接撞上了我。第一次面壁识画，是用耳朵来感受的，微风过处，缝隙间流下深深浅浅的碎石细砂，偶尔也似拥堵的街衢，熙熙攘攘。听画也惊心动魄，一块石头从高远之处就传递来剥裂的声音，让石缝、石皮、石粉，都成为碎片艺术，岩画老态到了令人怜惜的地步。

《水经注》至少有六处记载了岩画，最形象的是这句："山石之上，自然有文，尽若虎马之状，粲然成著，类似图焉，故亦谓之画石山也。"果然，我所到之处，相随在旁的就是画中的动物们，生灵活现。那只鹿跳跃在石丛里，一转身不见了。岩羊在试探着惊险，尖锐的石头也挡不住。小狗正好奇，也许因为天上飘过花色的云彩。原始马不在意小物种的情趣，独自奔跑。狩猎者张弓搭箭，把一切看得明白。就这样，我紧随其后，从山口进入腹地，迫切而紧张。这些动物图案，有的与抽象符号混杂在一起，糅杂了自然崇拜、生殖崇拜、图腾崇拜、祖先崇拜的诸多文化内涵。我停下脚步，而时光匆匆。贺兰山东麓有 42 个山口，其中 27 个有岩画，我所在的贺兰口一处就有2318 组 5679 幅，整座贺兰山有两万多幅图案。由此可见，从远方迁徙而来的先民对神圣的崇拜。何等炽热，也何等艰难地一次次凿刻。古人的视野何等辽阔，心智何等超然，他们挥霍了多少时间，又把时间留下。

人类的崇拜对象，太阳在动物之前，最后才由物及人。中国早期岩画的特征就是对太阳神的敬畏，其形象即便放在今日，其艺术魅力依然震撼世人。被太阳光照耀了一万年，感叹时间遥远吗？可是这些抽象符号多像现代艺术，仿佛就是昨日的一次画展，此刻还牵动着缕缕神思。所不同的是，这里的展厅是在大地天然铺就的，是以巨岩为画框的艺术呈现。一个现代人难以想象的远古场景（或仪式），随时间而去又随时间而来。

神格面容

原以为在崇山峻岭深藏的两万多张画中，找到其中一张典型的人面"太阳神"，属于大海捞针的奢望，没想到，一走一看，抬头便是，一时呆立。第一个刻画太阳的人，选择了圆，后来人再把写实的太阳转化成人脸的写意太阳。这与远古的祭祀中从天格变为人格的转变是同步进行的。神与人的身份统一，意味着古人从听天由命开始转变为个人意志的强化。再者，圆脸变方形脸后更像面具，戴上面具还被刻在石头上被万民崇拜的，一定是带领他们迁徙到此处的首领。他们潜意识里强大的天意没有改变，但事在人为的因素逐渐加入，逐渐显示出来。她（巫）作为祭祀的主人，正在借用上帝的脸，面向着人间布施号令。

这张面朝东方的人面，顶上有几根长发，成为太阳光束的象征性表述。在圆脸太阳时期，这些光束布满周边，基本写实，而这张却抽象。早年时候，有人将类似的图案认定为天线，接收宇宙的信息。那么，双目偏大，也可与航天员的视镜做个类比。对神秘之物的理解，这样的遐想未尝不可。其实，岩画的本意不过是彰显当地统治者具有的神性力量，借以震慑四方。两只耳朵旁的丝带装饰，或许是动物皮毛，捂着取暖用，这是从生存角度来推论的。

当石面上的光影由浅变深时，太阳走得更快了，凹痕清晰如渠，有的转入石缝，成为黑影。石头的每一次开裂都无人知晓，岩画的岁月之痕，刀刀无情于脸面上。我突然觉得这是张英雄的脸，三条裂纹在其上，光线都显得柔软起来。经受过刀霜剑雨的身体（整块岩石）早已脆弱，点点滴滴不断剥落，却让人崇敬有加。

一块块石头擦身而过，我的意识里布满了这样的场景：碎石小道，行人恍惚，我跟着他们，一言不发，山林疏朗，鸟语依稀，而人哑然。面前是一位凿刻者（或族人首领，或囚犯）在一块硕大的石头面前欢呼跳跃，敲凿击打。不知持续了多少代，他们的工具从粗犷变为精细，图案越加精美，随时有人倒下，随时有人接上。难道他们要把整个贺兰山当作一块璞玉，雕琢成一件艺术品不成？至今还没有完工，也没有遗憾？

女巫颜面

石头上的脸看着我们，而我看着周围同行者的脸再去对比岩画，在她们的头饰和着装上找到了关联，与画上形象几分相似。头饰发髻有了，风姿妖娆有了，即便是故意把脸修饰成粗犷的条形纹或弧形纹，也掩饰不住内心的愉悦。她们早已远行，笑声却泠泠悦耳，感觉到我就身处在那个朝圣队伍里，沿着溪边小道，女子在右，男人在左，巫觋结伴，图腾有翙。

我从岩画上得到了信息，生命繁衍是族群第一要务，女性地位显赫，其首领还担当着巫师的职责。女为巫，这些都在岩画中得到体现，而后才有男为觋，形成有一定规模的宗教仪式。每到一处，所见图案多以圆形为主，线条细腻，表情丰富，有的暗含微笑，从初刻之日起就一直含笑到今天。虽然斑纹不断剥落，显得极其衰老黯淡，但视线不变，仪态依然，静默面对来往过客。

女巫的另一面，单纯而真实地存在着。在没有文字的时代，石器是生活工具，也是艺术手笔。只有青铜时代来临，他们才将线条细化，在岩石上镌刻更为精美的图案。金石的碰撞，闪烁着光泽，他们为此欢愉，也为此静美，把有知和无知都祷告给上天，并以此警示邻族，获得安宁。即便是片刻的安宁，他们也没有放下神性的凿刻。那些男工们更愿意去表现女人，为女人折腰。当然，这些人面岩画和符号背后的权力象征，以及部落尊严的体现，或者是族群的梦想，都呈现在石头上了。女人拥有这些，还体现了美。

越是美的，越简洁；越是简洁，越耐人寻味。当我行至独处之境，才开始回味贺兰山岩画的艺术本质。随处可见的极具想象力的细节，放在今天完全是超现实主义的巨作。不由得想到今天的书画艺术，相比之下，受工具限制的岩画造型简洁而大气，线条疏朗而流畅。我得到了一种自然稚拙、淳朴本真、静穆神性的滋养。

贺兰口岩画的镌刻，史前延续到春秋战国，更晚期到了西夏时代，依然凿刻不止。所以，经常能在一些古老的图案旁见到新生的西夏文。这种穿越很有意思，正如后人常在先辈的字画上题款一样，已是司空见惯。我不知道西夏文的原意，暂且把它当作是对岩画的鉴定评语吧，当然不会是到此一游之意。

千古迷惑

我从贺兰山豁口里端退下来，恍惚时空倒退。山谷和峰峦在远去，那些刚刚熟悉的脸，渐渐模糊。没想到，退出的时间这么短，正好证明之前的停留足够长。能和史前人类走在一条路上，这让我思绪万千。路漫漫，而他们的远行能力难以想象。他们将所到之处的经历口口相传，最终遗存在《山海经》这部奇书里，在漫长的时间里，被后人不断收悉、添加、舍取。其命运也与岩画类似，因年代隔阂而呈现神话色彩，而个人或族群的真实历史被湮没了。在汉字形成之前，岩画具备了形象符号向抽象记事符号的发展脉络，为断代历史留下了有序的信息，这也释疑了我多年深藏于心的疑惑。

一、关于岩画传播途径的推测

贺兰山岩画的形成时间，在三千年前至一万年前之间，文化传播经历无数次的交叉覆盖，这与华夏文明的大融合过程是一致的。以黄河为例，在山西临汾吉县的柿子滩发现的万年前的岩画（2001年中国十大考古新发现之一），与贺兰山岩画相近；与贺兰山相距1100公里之外的赤峰，也发现了相同的岩画符号；美国印第安岩画，一些记事符号特征也与贺兰山岩画雷同。在远古时期，究竟什么力量推动了岩画的传播，也许从一个词上可以获得解释：萨满。萨满的词源来自北亚通古斯语 saman 和北美印第安语 shamman，本意有：智者、晓彻、探究等祭祀仪式之意，后演变为巫术专称。萨满是北方最古老最有影响力的原始宗教，是北方神话的主要载体，涵盖了北亚、北欧、北美。今天的东北鄂伦春族依然存有萨满文化，被称作"最后的山神"。是萨满把人面太阳神岩画的形象集中传播到环太平洋的十一个国家和地区。

近八千年之前，华北平原的海岸线还在太行山附近，北方萨满文化的传播途径只能向东（延伸到北美）与向西南（黄河中游）推进。他们遇到山西最北端黄河拐弯的地方，就一脉向南去，在吉县柿子滩落脚；一脉向西行，在贺兰山落脚；并分出一支继续向西，在阴山最西端（远古弱水之河东岸）停住了脚步。这是最早期人面太阳岩画的传播脉络。

又数千年后，龙山文化与仰韶文化依然东亘西渐，在叠加覆盖中传播推进。其中一支尧的队伍就在晋西北黄河拐弯之处建立都城，这个四千年前的神木石城遗址（建于龙山文化中期，毁弃于夏时期，2013 年中国十大考古新发现之一），其规模远大于良渚遗址和陶寺遗址。而另一支尧的队伍则穿越晋中盆地进入晋南，在陶寺建立新的国家，成为中华文明的发源地。或者说先在神木建立石城之国，再南下陶寺建立古国。由此，便能解释河北、太原、临汾都存在过尧文化的可能性。古文化就是一张粗犷大气的迁徙图。

二、关于岩画是汉字祖源的推测

世界上最古老的文字都是在石头上刻画出来的，古埃及象形文和苏美尔人楔形文出现在 5500 年前，而殷墟甲骨文出现在 3400 年前，前后两千多年的落差，那么之前的汉字过渡期，字源部分为何缺失？如果回到以贺兰山为代表的岩画时空里，便能看到几千年来的不断造型、变异，传达出更为丰富的祭祀与记事功能。初步有了表形、表意、表音的文字功能。我相信岩画就是初始的文字符号，就是汉字的源头，之后才是陶文，直至甲骨文出现。此时，太阳巡视而过，石头静穆而立，仿佛时间从来没有流逝。是岩画传递了这些秘密，它是石头上的《史记》。

　　现在，我像来时一样遥望贺兰山，觅来古诗名句回味，如："贺兰山下阵如云，羽檄交驰日夕闻。"在匈奴、鲜卑、敕勒、突厥、回鹘、吐蕃、党项的繁衍生息之地，硝烟弥散，只是历史瞬间，刀光剑影的词句并不能呈现一个完整的贺兰山。回头再望，山已驰骋远去，可我却看见了手，在时间里挥动。他们为何要在巨石上镌刻一只刚毅的手掌，一只柔美的手掌，他们又如何知道今天的我，也曾把手合在他们的手心。

西　口

　　每个国家都有自己的"淘金记"。在中国版本里，有很多标志性的道路，西口古道是其一。从秦汉开始，关于财富的掠夺与杀戮，就不间断发生在此。汉与胡，两种文化的分割线像海滩，潮起潮落，不断侵蚀，不断掩杀。翻阅中世纪之前的历史，随处是湮灭了的传奇，是烤炙着的民生。元朝大一统之后，承接下来的明朝在右卫划界，重兵守卫，才有了相对稳定的右玉古城的历史。在此前，它只能说是一座流浪之城。战争为少数人提供了暴利商机，和平则为多数人提供了平等交易的机会，区域开始繁荣起来。西口就是袋子口，呼吸量剧增，中国西口版"淘金记"的历史故事就从袋子里不断倒出来。

　　既是西口，肯定在最西边。从紫禁城出来往西，长城沿线有不少的口，都是古代的军事要道，所谓一夫当关万夫莫开，用在此处最为合适。古北口、独石口、喜峰口、南口、张家口、杀虎口。走东口还是走西口？喊叫久了，沿革成习，便是西口。这条路走上几百年，西口古道自然生成。

西口古道最重要的情节在后半部，话头从明朝皇帝英宗被胡人虏走说起。宋有"靖康耻，犹未雪"，大宋皇帝被俘，客死他乡。三百二十二年之后，明有"土木堡之变"，明英宗被成吉思汗的后人瓦剌族俘虏。据《蒙古源流》《蒙古黄金史纲》《蒙古世系谱》等史籍记载，作为战利品的明英宗被削发当奴隶，还给他起名叫作"察罕秀萨"，又叫"穆乎儿"，就是秃小子的意思。经过一段时间观察，发现这个俘虏不是勾践那种人，就在两年后释放了他。翻阅旧中国历史书籍，无疑是一部皇权座椅史，明英宗放回来后，发动政变夺回了龙椅，于是，关于他的历史便继续下去。此时，右卫成了皇帝的心病，马上重兵把守，安营扎寨，就地施工，陆续筑建了一百多个堡（存世至今），也就是军营（清以后逐渐转为民用）。在这个对峙阶段，"杀胡口"的战名由此而起。

西口古道最早形成于战争，之后是贸易，当然还包括移民。西口外有很多城市，右玉县城就是在当时聚集而成的。口外茫茫草原，缺的就是人气。于是，明朝时期的蒙古阿勒坦汗（即俺答汗——编者）就采取收容政策，贴出告示"悬书穹庐外"："举人诸生幸临者，我厚遇之，与富等。"这相当于招商引资，可见当时的蒙古人比汉人更思想开放，也是穷则思变的结果。后来，明朝被迫开放北方门户，确立几个小型的"经济特区"，更像现在的"自贸区"。右玉在明朝时期是战事前沿，驻军多，必然商人也多。许多军用城堡相继建起，有的军民两用，随着驻军转换，有的就变为民用，也有的成为商人的"二级站"。这里也就成为当时中国最繁忙的地界，车水马龙，胡汉相间，商民混杂，各谋以期。

中国版"淘金记"的主人公们从各地涌来，由西口古道出关，去草原上开辟新的家园，这无疑是英雄壮举。比如今天在右玉西北方位的呼和浩特市，明朝时候叫"板升"，用蒙古语讲汉语的"百姓"就是这个发音，"板升者，华言城也"，指板升城里的人都说汉语，相当于明朝北方的"汉城"。俺答汗在板升实行"汉人治汉"政策，无形中吸引了杀胡口关内的汉人迁移过去。汉人定居草原，搬去了汉人的习惯做法，修筑房屋，从事生产，传播了中原的农业、手工业、建筑等技术，促进了一些蒙古族牧民的定居生活。蒙汉两族共同开垦了丰州滩上万顷的土地，种植麦、谷、黍、菽等谷物，栽培瓜、茄等菜蔬。蒙汉开放互市、关系和睦之后，俺答汗在板升修筑了屯城（即呼和浩特旧城），明政府赐名"归化"。从此成为蒙古土默特部的政治、经济、文化中心。

经右玉而移民的人有多少？无法统计。得去呼和浩特市里寻找二百多万人口中的原住民：他们知道祖上从哪儿来。在明朝的两大移民潮中，规模最大的是洪洞"大槐树"移民，因为是政府行为；而"西口移民"规模小，因为是民间自发的。

又一百多年之后，清康熙大帝扫平了西北，曾在这个杀胡口住了几宿，遂顺势将"杀胡口"之名改为"杀虎口"。此后，汉胡一家，和平安定，人们开始做生意。这时候刀枪入库，西口可以"明目张胆"地走。在清初期，政府还规定从口内到口外的，必须春去秋回，还不得举家迁移。所以，那时候走西口，妹妹盼哥哥只等春秋。还好，今天打工者很多都是春节才回家。在清朝中后期开放"蒙禁"之后，走西口的才三五年不回家，以至于家人惦记其生死，打发人去寻找，却亲人相见不相识。岁月像把刀，原本清秀的后生，早已面相苍老。

如果去史书上找"走西口"的来历，一段段的历史标识都是为皇帝设定的，与老百姓多不相干。但仔细去找，用放大镜检，还是能探寻到其他说法。英宗在明朝十六位皇帝中排第六位，处于明中叶的起始阶段，这时候的中国出现了一个惊人的大事件：人口越过了亿。在信息闭塞的当时，全世界都罔闻。而中国基本上还过着"孤家寡人"的日子，更无意于骚扰世界。往近处看，此时的日本才进入战国时代；往世界望眼去，欧洲刚熬过黑暗的中世纪，他们像是从黑笼子里放出来的鸟，好奇地满世界乱飞，不断发现新大陆，不同版本的"淘金记"在世界各地插上新的书签。而此时的西口古道，背井离乡的"淘金记"才开始唱起。

人口从五百多年前的一亿，发展到两百多年前的三亿，是在"康雍乾"奇迹的时期。"胡"改为"虎"之后，西口便从掠夺财富的刀口，变为商业贸易的端口。仅三百多年，人口问题产生了诸多的社会影响，甚至无形中改变了社会发展趋势。单身汉变成三口之家，一户人分家成三户，百人小堡变成千口大村。短期内的人口膨胀形成了巨大的生存压力，问题就来了，田亩基本不变，口粮翻了三倍，这还怎么活？背井离乡与背水一战的意思差不多。树挪死，人挪活，为了活口，死活都要走。近四百年中国版的"淘金记"，就是：走、闯、下。走西口、闯关东、下南洋。异地求生的三种活路，汇聚成中国近代的三大移民潮。移民能减少当地人口吗？不会。清朝从乾隆到咸丰初年，人口曾一度从三亿增长到四亿多。人越多，社会生产总值上去了，人均却稀少，今天也还是如此。溯源的话，是在明朝中叶就埋下的根底。

不得不说，人多了就带动交易量上升，于是商贸也随之发达，晋商走出杀虎口，向西北淘金去了。原本从抵御外族来淘金的杀虎口，变为自家人远行淘金的起点，成为移民文化并带动商贸发展的地理标志，中国在清以前的对外贸易史中，西口古道贯穿始终。

史料记载，《恰克图条约》签订的第二年（1728），中国对俄贸易额才1万卢布，到了嘉庆二十四年（1819），仅出口茶叶就达67000箱，晋商赚到了500多万卢布。19世纪上半叶，恰克图进口关税收入占俄罗斯全国总关税收入的15%—20%。关税以茶税为主，茶从哪来？是晋商从福建武夷山运到山西，再运出杀虎口到达俄罗斯的，这是史书上没有确认的"万里长征"。古代茶马交易是"一斤易一羊，十斤易一马"。据说，明清时期的俄罗斯地图上有鄂南的羊楼洞却没有汉口镇。乾隆五十一年（1786），晋商开始在羊楼洞（青砖茶的原产地——编者）设"三玉川""巨盛川"茶庄制茶。之后，晋商顺长江至汉口，逆汉水到襄阳，再改水运为畜驮车拉，将茶叶运到黄河边，然后货分两路。一路走东口（今河北张家口）往北入归化（今呼和浩特旧城），再到恰克图转往俄罗斯、欧洲。一路走西口（今山西右玉），经兰州、敦煌、阿拉木图到达欧洲。

没有走西口，没有血泪"淘金记"，就不会"先有复盛公，后有包头城"，"先有曹家号，后有朝阳县"，就不会有乔家大院、渠家大院、王家大院、常家大院。在西口古道边，妹妹唱出"哥哥你走西口"，晋商从西口出去，财富从西口运回。晋商所到之处，开设门店，建立网络，催生城镇，所以，晋商也是新城市的发掘者、建设者。生意做得好，繁衍能力强。从西口古道远行的晋商，也为世界创造了一个商业神话：有麻雀的地方就有中国人。

——桥字的拆分，就是天空下面两条椽，一去一回。

广义桥是西口古道的起点，是中国与西北方诸国外贸的旱码头，过桥之后，就是交易集散地。明清时期，桥上承载着的财富，建起了今天还保存完好的乔、王、渠、常等等多家大院。在数不胜数的深院之内，又萌生了中国现代金融的创新之源。所以，上天给了两根椽，就看谁敢闯天涯。

桥面上的车辙，今日历历在目。栏杆上有石猴、石狮、石桃，两侧的拱尖上，分别雕刻龙头和龙尾，不似飞腾而去，倒像是也从此经过，停步眺望。

桥的线条，是优美的石头弧线，构架精巧。立在兵营前，依稀当年金戈铁马踏过。西风、古道，小桥，流水。流水，在半年多时间里是冰雪。据说这里一年的霜期达三百天，连北方人都觉得长。走西口的人，越走越伤悲，过了这条河，便是晋北以北。我在河边看桥，桥上的人望着城堡，城堡里有什么？

——西口古道上的生意在清朝时期爆发。

京城通往西北的五路驿站，在康熙三十一年（1692）确定。驿站上有五个关口：古北口、独石口、喜峰口、张家口、杀虎口。驿道开通之时，清军正与噶尔丹交战，驻军、使臣、公文、物资等等都要通过驿站。晋商的算盘稀里哗啦响起来，右玉的生意经一本本翻开了。驿站所在地的杀虎口渐渐聚集成镇。

历史上，杀虎口人口最多的时候有3600余户，4万余人，相当于一个县城的规模。除了衙门里的一百个公务人员，围着关口的饭店、商店、旅店等等各种店，铁匠铺、制衣铺、典当铺等等各种铺，一共有千家。

这千家人的主要客户是"三家半人"。哪三家半人？户部税收衙门、旅蒙商人、绿营兵及驿传道。西口古道最忙碌的时期几乎贯穿一个朝代，也算得上长盛不衰。如果不是现代交通工具出现，可能今天依然昌盛如昔。自1922年平绥铁路修通，车马运输被铁路取代，杀虎口的功能开始退化。

——平集堡与每个城堡没有什么不同。

城堡的造型，是粗粝的黄土屏障。如果从高空俯视下来，堡就是四方的口，将财富聚集起来。从用途上看，是窗口，物资不断递进来、送出去。平集堡，平安与公平的集会场所，是个吉祥的好名字。20世纪之前的生活名词，远不止这些。平集堡，曾经热闹非凡。

今天的平集堡内，断壁残垣，一片荒凉。在中轴路两旁还有被遗弃的低矮的老屋。有一片空地，在过去可能是交易场地。东西南北一望，发现南北长约百米，东西的距离比南北宽一倍，正好是火柴盒形状。

据说，在堡的交叉中心点上，原先有一个过街楼，叫文昌阁。东南角有个观音殿。平集堡的庙宇大多设在东面，二郎庙、花庙、瘟神庙、马王庙、大王庙等等。什么神都有自己的殿堂，不足为奇。北门外西侧，五开间的一座戏台还在，破落不堪。很多地方堆积着柴草，精美的砖雕也掩盖其中。来了没走的，走了回来的，看完一场家乡戏，各奔东西。

——杀虎口真正的职业生涯，至少有二百八十年。

从清顺治七年（1650）设立税关算起，到1929年杀虎关与塞北关合并为止。作为清代在今山西省境内设立的唯一榷关，杀虎口税关的重大意义不仅仅是在山西。它的存在，对晋北经济，尤其是金融、贸易发展的作用极为巨大，对蒙汉融合以及巩固边塞也发挥着至关重要的作用。所以杀虎口应放在中国北方地区来界定其价值。

榷关在当时也叫"户部抽分署"，就设置在杀虎堡与平集堡堡之间的中关路北。"户部钦差"大字匾额挂在衙门口，衙门内设有科房、班房，以及库房。科房是税收账务机构，领导叫"经承"，下设"稿书"和"贴书"。班房是警卫机构，领导叫"头役"，手下叫"巡役"。这两个机构的"公务员"名额数是100人，其中科房40人，班房60人。

在清朝，职务可以花钱捐来，捐一个科房3600两银子，捐一个班房1600两。这100个工作人员全部捐下来，清朝政府就收益24万两银子。真是上面黑，下面也黑。

获取公职的这些人也不是讨个俸就心满意足了，关口便成了他们贪污、捞取各种费用的渠道，几乎人人都是暴发户。那领导干吗去了？要说起税关监督，这份肥差只有皇帝的宗亲国戚才有机会，其他人一辈子都别想。监督也是一年一换，可以叫作轮流腐败。据说杀虎口的收入按"433"分配比例，收下1块钱，皇帝得4毛，监督和缉督得3毛，剩下的3毛由那一百个差役去分。下面这样做，皇帝知道吗？可能知道也可能不知，反正清朝最后灭亡了。

——平集堡往北，走几步过了中关，杀虎堡就在眼前。

杀虎堡曾经叫"杀胡堡"，距离杀虎口很近，建于明嘉靖二十三年（1544）。二十年后，在"杀胡堡"南一百米开外新建了平集堡。建成后，为了安全起见，又将两座堡的东西堡墙连接起来。于是，在二堡之间围成了一座封闭的关，取名为中关，形成了南北二堡三连环。

北杀胡，南平集。由名字去揣测当年情形，即便在"土木堡之变"百年之后，这里还是车辚辚，马萧萧，行人弓箭各在腰，只不过敌对双方已经开始做起小生意来，这是和平的开端。后来干脆放下屠刀，立地成商。

早年的杀虎堡格局，也是南北中轴线，全堡分东西。西面有土地庙、副将署衙、春秋阁；隔一条后库街就是户部抽分署监督衙门。东部由北往南有真武庙、火神庙、药王庙、鲁班庙、吕祖庙、姑子庵；隔一条后街是文庙、奶奶庙、卜鱼寺；再隔一街是关帝庙、城隍庙、十王庙。当年的杀胡堡除了衙门就是庙，可惜今天一个也看不到。

片瓦无存，却不等于说历史就没了。生于斯，不离弃。杀虎堡外的土地依然松软着，马铃薯、莜麦、胡麻、玉米，悄无声息地生长。城墙外面的包砖都被剥离下来建房，黄土夯筑的部分经不起风雨洗刷，残破不堪。虽然破碎了，但还是城墙，即便碎化为土包，也会被认出来。一些旧器物，如石雕、门墩、旗杆座、拴马桩，一直在路上等候着。有花纹图案的，有线条造型的，都结结实实，在草丛里，一声不吭。各种传说，凝重而纯净。

驾大车，进关口。从明洪武年间（1368—1398）开始，去往西口外的道路，就沿着这条石头铺就的方向，一直走下去。黑石铺就的古道，约5米宽，300米长。人踩马踏，久经磨砺之后，黑石头没了棱角，圆滑地钻进土里。

从清顺治七年（1650）开始，杀虎口就设立税务监督机构——户部抽分署，负责征收边口出入税，税收项目有烟酒盐茶税、米面油糖税、荤腥腌腊海菜香料税、干鲜果品税、冠履靴袜棉毛丝麻税、皮毛骨角税、器物税、铜铁锡税、牲畜木植税等十余项。

可以不交税的，是口外来的贡品，以及运回来的灵柩。骡马出入也不纳税，据说是皇上怜惜牲口劳苦，特予免税。怎么好事都让皇上摊上了，那些坏事呢，谁来担当？比如，口内的姑娘孝敬父母，小媳妇心疼大丈夫，想托人捎一双新鞋子去，都要纳税。不管纳税不纳税，在这条古道上来来去去的，都要踩着凹凸不平的石头往前走。

翼　城

事死如事生，事亡如事存。

有塔的山，都曾是佛教领地，塔儿山之名，听来像是信众的称呼。此山主峰上有座七级塔，高 20.08 米，重修过。前些年，此山被肆意采矿，周身是洞，刚拔过火罐的褐红色。现在，那些伤痕已被填埋，即便被炮火清洗过的山体，绿荫也会慢慢滋长出来，旧伤容易遗忘。邪恶附身之时，塔也镇不住，但归宿还是回到平静。在晋国故地，1493 米的海拔算得上兀立。沿着新路上来，登山来拜新塔的人稀稀落落，山里的动物早已迁居，不知从哪里穿越过来的鸟声，清脆而去，没觉得空灵，反而显得空洞。

有两种方式可见晋国方域，比如看旧图，叠在新图上，大约知道边线从今日诸市、县（区）的哪里划切下来，但纸上的界线还在变，没法准确。此外，登塔儿山环览诸市、县（区），也望不到界，由南至北，如时针漫步。环山诸市、县（区）为翼城县、曲沃县、侯马市、襄汾县、尧都区（临汾市辖区）、浮山县，它们布展在各自区间里，是晋国链条上的环，有自称最早打造而成的圈圈，也有自诩是最终扣紧的一环。处于链条之中的塔儿山，很少被人提及，它与晋国成型的关系，也因为处在各家之边缘而被忽略。这说明在塔儿山的称呼确定之后，之前的事情就慢慢沉寂下去。

历史上的塔儿山得名较多，如狄山、唐山、汤山、崇山、大尖山、卧龙山。狄是古代北方民族，通称"北狄"，属于东方炎帝的势力范围。史前时期的尧从东方而来，在还没有成就功名之前，也被称为"狄"，他的部落所确认的祭祀之山，初始也被称为"狄山"。《山海经》保留了这个最原始的称呼。《山海经》是高度压缩过的历史，所以用词上既有"狄山"，也同时在多处出现"崇山"。汤山即唐山，以"唐"来命名山，也是源自于尧。大尖山从字面上看是形象的叫法，时间较晚。卧龙山则是山间有座卧龙庙而得名，是后来的得名。使用时间最长的是崇山，康熙版《平阳府志》记载，塔儿山原名崇山。崇山之名的来历，或有可能源自于尧。从尧之名可获知，早期的尧掌握了最先进的烧陶技术，或者说尧具备了更强的生存与扩张的能力，群族迁徙更快，文化兼并更快。"尧"由"陶"的谐音而来，是当时的社会意识对物质的认同。

尧与崇山的关系，先看《说文》里"尧"的字义：尧，从垚，从兀。"垚"是土高；兀，高耸突出。《白虎通•号》说："尧犹荛荛也，至高之貌。"山是族的标志，立了山头之后，才算是立足。当时的统治方式主要靠巫术，《通典》卷四十六《山川》说，"黄帝祭于山川，与为多焉"。《书•舜典》说舜"望于山川，遍于群神"，《书•禹贡》说禹"奠高山大川"。尧也不例外，定都与定祭祀之山是同步而行，同等重要的。《山经》中记述了247座山的方位，及其河川流向和物产，还包括对山川之神的祭祀方式。由此可见，当时光部落就有二百多个，天下最终还是由少数人定夺。崇山作为部落之神的祭祀之山，被尧确立，并被四方所敬仰，这是精神上的认同。

这里只谈尧一生中最重要的两件事：定都翼城与平阳，以及埋葬崇山。东来之君的尧穿越太行山，在晋东南多处留下行宫——尧都，天下有很多这样的古村落，后人的怀念无法休止。尧进入翼城后，同样留下了一个尧都，此后，尧便结束了漂泊的生活，在崇山、丹子山以南至浍河以北的这块平原上建立唐国。为何长途跋涉的尧会在这里结束行旅？源于尧在这里发现了宝藏。正如后世的人们还在挖掘塔儿山，这个原本只会烧制陶器的氏族开始发迹。这些宝藏出自崇山，金、银、铜、铁、煤、石膏等矿藏极为丰富，被称作"金头、银尾、朱砂腰"。同样被称之为尧的后世之尧，更为强大的尧族，已不再被局限于浍河一隅，而要向汾河南北兼并扩张。于是，尧迁都到崇山之北的平阳，这是被后人传颂的尧的明智之举。

尧建唐时的都城的位置，有说是在今翼城县城西的唐城村，这里正好处在崇山以南，似乎也合理。但根据考古发现和各方论述来分析之后，觉得更合理的尧都，应该在唐城村以东丹子山下。因为尧迁都平阳后，这里是祖祠所在地，舜曾将尧的儿子丹朱遣回故里，看管自己的原生地，况且这里的"苇沟—北寿城遗址"已经有考古发现可以佐证。

那么，唐城村跟尧有什么关联，我觉得唐城的地位和作用还得靠崇山来确定。尧定都在苇沟—北寿城一带，选择了崇山作为祭祀之山，尧的墓葬应该安置在都城之西，崇山之南。正如《山海经》郭璞注："狄山，帝尧葬于阳，帝喾葬于阴，一名崇山。"以此来定唐城的作用，很可能是属于城西驻军，并管辖尧的墓地。在《书·舜典》中记载：舜"流共工于幽州，放驩兜于崇山"。这里的"流""放"是疏散的意思，说难听点就是被惩罚性地赶出都城。舜让失去实权的驩兜去崇山任职，就是执掌祭祀之权；所谓的管理先帝之墓，还不如说是让他去面对先祖忏悔。舜从尧的手中夺权，以及遣返丹朱回故里，手腕绝对高明。如今，在崇山之西北的襄汾县陶寺，大型都城与墓葬遗址已挖掘显露，这是尧都吗？

现在，从想象的时光里回到崇山之巅，从高处看历史的走向。崇山独尊，群山起伏；东迎日出，西接河汾；远眺尧都，近观唐城。明人李浒在此赋诗："雨过东山翠欲流，平阳雄镇几千秋。群山远近知多少，仰止谁能出一头？"尧时代结束之后，出一头的是晋国。但晋之由来，却迷了古今。

南翼城，北浮山，所以南边的村叫南朱，北边的村叫北朱。如果不是现在的县界区分，它们原本应该是一家，出自一个源头。那条自北向南的沟壑现在已经干枯，早年被称为丹水，沟底长满了荒草，人们种点树、放羊，他们都是丹朱的后人。在他们看来，这里的一切都是这位尧的儿子留下的，除了新建的家园、通往各村的道路，黄土表层的面貌似乎就这样。等考古专家在周边挖开土层，找到一些失踪多年的依据，人们才更加相信，祖上传下来的说法，有些还真不是唬人的。

舜取得王位后，丹朱及其后裔都得到了礼遇，舜封他们在唐地为王，承接了祖上固有的一切。这样做，是对外有个交代，同时将丹朱制于唐地，三面为山，发展空间受到局限。当年，尧最初落户这里时的规模，到了丹朱时期也没发生多大变化。丹朱死了继位之心，又不能离开家族宗庙图谋其他，只好世代守在这块土地，直到唐地变为了夏墟，才有人起兵叛乱。西周初年，位于今天翼城县境内的古唐国参与武庚叛乱，周成王派周公旦率军平叛，灭了古唐国，将古唐国君主和贵族迁于杜（今陕西省西安市长安区东南），称唐杜氏。留在翼城的唐尧宗室之地，只是个虚壳空名，成为真正的夏墟。

周成王三年（前 1040），封叔虞为唐侯，国号仍称唐，建都于今翼城县里砦镇唐城村，也有可能是在南唐乡的龙唐村（民国十八年〔1929〕《翼城县志》载：叔虞封唐"初都龙唐"），这是周王室在山西境内建立的第一个军事屏藩。但龙唐更有可能是个行宫，唐城是建天马—曲村晋侯墓地而设的长期使用的副都城，或者叫作管理中心机构。真正的叔虞封地，可能还是在翼城县西北的苇沟至北寿城一带。更早的时候，尧来到翼城就在此确立了都城。依据对苇沟—北寿城遗址的考古挖掘情况，这里包括了南寿城、北寿城、东寿城、苇沟、老君沟、后苇沟、营里、曹家坡、凤架坡之间的大片古代遗址。主要遗存为龙山和东下冯类型文化，并延续到晋以及战国至汉代，时间跨度很长，也说明有一种文化在此扎了根。在东西约 2900 米、南北约 3000 米的方形结构范围内，1962 年 9 月，一组西周青铜器在凤架坡村被发现，共八件，内有甗、簋、卣及车马饰等。卣的器盖内和卣腹内均有铭文"矗（蛊）父己"，卣身饰夔龙纹和云雷纹，此簋和甗现存于山西省博物馆。1981 年，一处约 800×800 平方米的晋文化晚期城址，在苇沟村南、北寿城村北被发现，出土一件红色陶甗，领部有横戳印陶文"降（绛）亭"二字。这与"新绛"——新田（侯马市）遗址所出土的一件红色陶甗（印陶文"降亭"）属于同一时期。由此推断，苇沟—北寿城遗址可能是晋国迁都之前的旧都"故绛"所在地。从考古实物中证实，此地文化在春秋中期突然衰竭，可能就是迁都的缘故。

叔虞，姬姓，名虞，字子于。周文王之孙，武王之子，周成王的同母弟。叔虞来到夏墟后，以"启以夏政，疆以戎索"来治国，尊重并延续了当地的生活习性，四周戎狄部落先后归附，唐国开始兴旺。周成王十一年（前 1032），唐地出现了"异亩同颖"的祥兆，就是麦田长出了双穗禾。叔虞将"嘉禾"献给周成王，成王命叔虞将它转献远征东土的周公，并作《馈禾》，周公受禾又作《嘉禾》。这件事说明了王室对叔虞行政功绩的肯定。

能文能武的叔虞为什么要献嘉禾，可能唐地是距离东征军最近的粮草征集地，而周王让叔虞领军后勤。叔虞进献嘉禾既是向周公表示粮草丰裕，也是故意传递给敌人信息，同时还向周王显示自己对唐地的管理成效显著。善于射箭的叔虞，抓住了这个一箭三雕的机遇，使唐国威望大增。这个象征性事件传颂到司马迁那个年代，原意早已发生变化，包括《史记·晋世家》记载的"剪桐封国"，剪桐最有可能就是剪灭唐国，"唐"与"桐"之音混淆，千百年民间化的讹传之后，神奇的传说形成了。

从献嘉禾这件事可见，开国之君叔虞绝非出自宫廷的等闲之辈，他在建成功业后萌生了更多的想法。首先是放弃唐的封号，从尧朝代到虞舜朝代再到禹夏朝代，唐这个号已经没有多少实际意义。这个想法，最初可能出自于叔虞的个人心愿，不可能出自年轻气盛的儿子燮父。在叔虞去世之前，父子俩至少谋划了将来要以翔山为新的祭祀之山，将都城从浍河之北迁到浍河之南，在翔山之下建新都的愿望。叔虞在世时没有建立新的国号，这是成熟政治家的表现，后世的曹操也是这样做的。在叛乱刚刚平息不久就申请改变封地国号，肯定会引起周室猜忌，所以，叔虞直到去世都还领着唐的封号。

叔虞在翼城生活了二十余年后去世，周康王九年（前1012），叔虞的儿子燮父继位。后来，燮父向周王提出改国号建新都，周王同意。可能在周王看来，毕竟唐是前朝遗留下来的，称谓的改变利大于弊。于是，燮父将都城迁徙到浍河与翔山之间的故城村，改唐为晋。晋国的新都城在今天的翼城县南梁镇故城村，受开国时间不长、国力低弱的局限，这次建都的规模并不大。但宫殿内部却很精美，来往使者颇为惊讶，因为这超越了诸侯级别的装饰等级。很快，周王听到了不少的传言，对燮父提出了批评。据古本《竹书纪年》记载："晋侯作宫而美，康王使让之。"应该指的就是这次建都。做出这种违规行为的，只有敢于改国号的燮父，他是"富二代"，有这个胆量。在他之后的几代子孙都碌碌无为，直到晋文侯方才做出超越先祖的事业。《左传·昭公十二年》记有熊绎、吕级、王孙牟、燮父、禽父并事康王。今本《竹书纪年》记载这次大兴土木发生在康王九年。康王马上召见燮父，一顿臭骂，其他四位诸侯也说尽好话，维护了周礼。西周初期的礼制，规格监控森严，诸侯若犯错，轻者受责惩，重者丢性命。所以，周王批评之后，燮父在都城建设上的其他想法也就放弃了。

现在的故城，原名叫"古城"，是晋国从这里迁都走了之后，当地人对晋都古地的怀念而得名的，后来衍变成了故城。故城遗址是在1958年兴修农田水利时被发掘的，南北长2100米，东西宽1900米，总面积达400万平方米。该遗址新石器时代尤其是龙山文化晚期的遗存较为丰富，是本地区其他古文化遗址所少见的，与侯马的上马遗址有着很大程度的一致性，印证了故城一带自西周早期至春秋战国时期是晋国活动的区域。中科院的裴文中、贾兰波和山西省文管会的张额、王择义等专家学者认为，这座古城遗址从它的结构和形式范围来看，可初步断定是春秋早期的诸侯领域，与史料记载叔虞子燮父迁徙故城相吻合。

这个考证，似乎宋代就有人在做，据史载，宋代司马光就对故城遗址做过考察。之后，明末清初的顾炎武也重复了同样的工作。为何是少数人在做同样的考证？因为后人在稀微的史料挖掘中，虽相信自己的判断，但现实却无法提供根据。一个时代没有将完整的经历交给下一个时代。唐尧之事，到了晋国便是传说；晋国建立之事，在汉唐之后更是有多种说法；再往后的翼城得名之事，至今也找不到充足的理由。早前间，故城村还有叔虞祠，到处都建有汤（唐）王庙、唐侯祠、唐城里、唐城坊、剪桐里、剪桐坊等。据说，叔虞祠的背后，有根石基上还刻有"古地"二字。现在，祠已不复存，但遗址尚在。无论疑惑者还是坚信者，他们都在这里探访并收获了某种解释。

取"晋"之名，是燮父想到的吗？

有晋水说。《毛诗正义》引《毛诗谱》云："叔虞子燮父以尧墟南有晋水，改曰晋侯。"《史记·晋世家·索隐》按："唐有晋水，至子燮改其国号曰晋侯。"这是后人的附会，应该是先有晋国，后有晋水之说。有种说法，晋水是源于今南梁故城一带的涧水，"涧"与"晋"音近，涧水即古时晋水。民国十八年（1929）《翼城县志》："滦水，因当初有栾宾生此，后栾成子死于晋哀侯之难，小子侯嘉其志，赐以此为祭田故名……又，翼之滦水即晋水也。滦水所经今有晋峡二村，晋古音'箭'，今人读为'晋峡'而伪写'涧下'耳。"此说也不太可能，如果真有晋水，小子侯不可能让滦水与晋水混为一谈，何况晋国数百年，文字逐渐成形，不可能让这样的误会相传下去。

有献嘉禾说。写《晋国史》的李孟存认为是进献之意。一场大战役，进献邀功的人不少，用"晋"字显得平淡无奇，所以此说不充分。

有善射说。马剑东等人认为，古"晋"字上方像一个器物放置了两支竹箭，故得名。这是一种字义推测，过于单一。

探究尧舜禹夏商周的国号来历，今天的我们早已脱离了远古人的思维方式，多种猜测都有道理，但多少都带点牵强附会。孰对孰错，脱离了当时环境，谁也无法定论。除了前面的推测之外，或许还有另外一种可能。即综合以上论说方式，并给予一定的诗意想象。其结果可能是这样：遥想当年，叔虞带着燮父登崇山祭祀，眺望唐尧故地，父子商议三件事：首先要脱离尧的祭祀之山，立下自己的祭祀之山，从崇山搬迁到翔山；其次是离开尧之旧唐城而建立新都；再次是改国号。父子俩从崇山之巅一览古唐国全域，北面的崇山和丹子山下都属于尧墟的根底，浍河以南临近大山，向西还有征战他国的可能。唯有向东，有山有水，土地肥沃，而且依山之势，易守难攻，这里也是每天承接太阳最早的地方。

《易传·象》曰："明出地上，晋。君子以自昭明德。"《易传·杂卦》曰："晋，昼也。"《易传·象·晋》曰："明出地上。"都指明"晋"与日出有关。"晋"字甲骨文是日上有两个倒置的"矢"形状，倒矢为至。《说文解字》说："晋，进也，日出而万物进，从日从臸"；"臸，到也，从二至"；"至，鸟飞从高下至地也"。在上古时期，鸟是太阳的化身，是图腾的象征。"晋"字是由"日"和"臸"两个意符组成的会意字。由从双至的"晋"到从单至的"晊"，描述的是日出过程。如此明确了"晋"与"鸟"及日出之间的关系后，便可体会到，晋之得名来源于叔虞的心愿，但他至死也没有看到改唐为晋。在《诗经·唐风》发源地翼城，能写《馈禾》的叔虞未尝不可能是一位诗人，至少是饱读诗书的君王，他完全能够从建设新国家的情感寄予中，准确找到对应的文字符号——晋。油然而生，形象鲜明，对未来充满美好的期冀。

然而，对今人来说，晋之生却由死而得，后果在墓葬里，前因也在其中。

那时候，对一个国家来说有两件事最重要，就是对都城与墓地位置的选择。晋侯墓地从何而定呢？位于都城的西北方位，这是灵魂升天的地方。面朝东南日出方向，符合古代的规矩。但是，晋国实际建都与传说建都的位置有好几个，如果假设用一条直线将它们串联起来，会发现故城—龙唐—唐城就在这条直线上。如果继续向西北方向延伸过去，此时，再以崇山为中心垂直画一条南北线下来，两条线交汇处就是北赵晋侯墓葬遗址，属于天马—曲村晋侯墓地遗址范畴，这是巧合吗？

　　1962年，翼城和曲沃两县交界处，包括天马、曲村、北赵、毛张四个村的天马—曲村遗址首次被发现，东西长3800米，南北宽2800米，总面积1000余万平方米。遗址涵盖新石器时代的仰韶文化层、龙山文化层、夏文化层、西周到战国文化层及秦汉元明文化层，最引人注目的是八代晋侯及夫人的墓葬，和一千余座西周至战国古墓葬及车马坑。这是20世纪末发现的全国最大、保存最完整的周代遗址。这个遗址从墓地面积看，比相邻仅十公里的苇沟—北寿城遗址宽了近千米。苇沟—北寿城遗址埋葬的只能是尧之斥夏墟的传人，不可能作为晋侯的归宿之地。但是这个墓葬是从第三代晋侯开始的，没有叔虞和燮父，这点似乎让人失望。他们父子会葬在何处？

　　"启以夏政"的叔虞由于承袭了唐尧，未及改国号就死了，他必定葬在尧的墓地排序的下列，也就是崇山之南，今天的塔儿山之南。他的儿子燮父建立了晋国。原本可以重新选择晋国墓地，但是又因叔虞已经列入尧的系列，燮父只能跟随父亲的墓地而葬在崇山之南，追随先父的意愿而去。同样作为开国之君的燮父与叔虞享受同等重要的礼遇，可能独立建墓，而且他们的墓地建制规模都要经过周天子的批准。按照周朝初期的礼制，违制者，轻者处罚，重则处死。

　　依据考古挖掘而得，晋侯墓地在崇山尧葬的轴线与晋国的都城轴线两条交汇点上，正好说明了埋葬在这里的几代晋侯都是延续了燮父，尤其是叔虞确定的死后归宿，就是列在唐尧墓地的序列之中，都位于崇山中轴线上。如果用倒推法，晋国武侯至文侯八代国君选择葬在崇山之南约十公里左右的天马—曲村这个位置，那么，封唐之君周叔虞和晋国建国之君燮父这对父子的墓地，可能就在天马—曲村遗址之北的不远处。依据夏商西周和春秋前期"墓而不坟""不封不树"的说法，崇山南麓方圆十公里皆有可能是历代尧的墓地，这个推论还需考古发现来断定。

从墓地的确认返回头来看迁都，就有了另外的理解：故城—龙唐—唐城—天马、曲村遗址这条直线，可能就是晋国迁移的线路图。龙唐是晋侯从浍河之南回到浍河之北的行宫，且龙唐地势突起，正好与故城对应，从国家安全的角度看，晋国在此驻扎主力军队大有可能。那么唐城是否也是晋国之都？这还需考古挖掘来确定。不过从唐城处在天马—曲村遗址东南很近位置来看，唐城可能是驻军之城，及晋侯墓地的行政监工之城，也可能是晋国迁都新田（新绛）的过度之城，即旧绛所在地。

再者，如果从空中俯视的话，故城—龙唐—唐城—天马、曲村遗址这条倾斜于西北方向的直线，所经之处的土地都呈倾斜状分割为村庄和道路。也就是说，都城与墓地之间不仅仅是一条直达的道路，同时影响到所经之处的地理分割。须知井田制分割服从于道路去向。这种倾斜的块状分割应该在燮父定都故城时候形成，直到今天也没有改变旧格局。如果这算是对古人的一种猜想，那么在这条斜线周边村庄的道路格局应该都是方正的，而事实并非如此。难道这条倾斜的直线只是意外形成？考虑到从燮父的儿子开始几代晋侯埋葬在天马—曲村遗址这个事实，就可以判断，在故城到唐城之间应该有一条古道，成为燮父御道。此道一开，两旁村落的道路也就并行呼应。上古时代，这条古道朝向崇山，通往墓地，意味着晋侯与先人通灵的途径。

现在从晋侯墓地挖掘出土的青铜器规模，可以推测出从尧到晋的国君在做出祭山与迁都决断时的内心世界，就是怀着对金属原材料的占有欲和强国利兵之野心。尧有崇山，金属之山。燮父定位了翔山后，无所获，对政权长期发展也不利，后代就再次迁都到苇沟—北寿城一带。靠近崇山，为曰绛。有人认为，这次迁都是去了天马—曲村，这不可能，都城不可能建在墓地旁，这里从尧葬崇山之阳开始，一直是墓葬之地。况且根据考古挖掘，晋侯墓地没有夏商文化痕迹，对于当时的晋国来讲就是一块干净的土地，所以这里作为尧以后墓葬之地的传统一直没有改变。同时，与都城相关的城垣、宫殿、作坊、宗庙等迄今都没有发现，所以迁都天马—曲村的说法是不成立的。

墓葬里的最后一位是晋文侯，他帮助周王讨伐条戎，这是晋国第一次对外用兵并扩展疆域，由此也可见周室的无力与晋国的强盛。此后才有了晋献公迁都西南，获得绛山，就是紫金山，金属之山，晋国得以第二次大扩疆域。可见，除了燮父迁都故城是属于政治性迁都外，其余的迁都是为了扩张势力，占据新的资源，储备再次扩张的条件。《史记·晋世家》载："（献公）八年，城聚都之，命曰绛，始都绛。"《左传》载："（献公使）士蒍城绛，以深其宫。"晋国都城西迁之后，面向沃野千里，汾浍交流，既有舟楫之利，又占攻守之便，以翼绛之铁、解芮之盐为基础，控制了黄河流域文化中心。晋献公正是依此清扫了境内诸戎，荡灭了二十多个诸侯小国，逐步把国土扩展到目前的山西全境以及省外，使晋国长期处于霸主地位。再往后，晋景公迁都新田（今侯马市，依旧紧邻绛山。

晋国几次迁都，如果以天马—曲村晋侯墓地为基点，向西南方向确定了绛作为新的国都而迁移，正好与东南的晋都故城形成了同样的角度，而两个都城与崇山的角度正好各占三分之一，互成 120 度角，是巧合吗？

晋国自叔虞封唐至三家分晋共传承 38 位国君，在翼城共传承 26 位国君。晋国走到晋文侯的年代已经将近三百年，晋文侯之后的几代国君还有可能在天马—曲村遗址再往南的位置埋葬，再往后就无法确定了。这时，西周中后期王权开始衰落，弑君篡位层出不穷，源于血缘关系的宗法制度也开始瓦解。迁都之后，祭祀之山有了变更，墓葬之地也各自选择，脱离了崇山轴线。最终韩赵魏三家分裂了晋国，一都增三都，一山增三山，礼制崩溃，战国开幕。

合久必分，这是后人的话。没有分裂与合成，单独的细胞会抑郁而亡。繁衍与分裂归于同类词组，命名也如此，成为某种体系的衍生的标识。比如晋亡，何以生翼？

晋国都城的背后是翔山，又名翱翔山，属中条山脉，海拔1290米，比崇山低203米。翔山的高度对于叔虞、燮父当初选择在山下建都是有心理感应的。目前公认的说法是，因翔山形如鸟舒翼，凌空欲飞，翼城因此而得名。这是望形得意之说，以达到内心的对应。照此展开，翼从天象而来也未尝不可。

古代，讲究的是天地人对应，那么翼城的地望在何处？尧与"翼宿"关系密切。《竹书纪年》说："母曰庆都……足履翼宿，既而阴风四合，赤龙感之，孕十四月而生尧于丹陵"，因此，"元年丙子，帝即位，居冀"。《春秋感精符》说："尧为翼之精星。""冀"也是翼，郭沫若释金文说："冀，如小心翼翼之翼，敬也"。《甲骨文字集释》也说："冀古通畿。"畿与翼都有辅佐王都之意，指王都附近的地方。《书·皋陶谟》："庶明励翼。"就是天意帮助大众推举的贤明之君。所以尧认为，自己所处的地方，翼必然就在附近护佑着自己。后来舜夺位的时候，他也对外公布天象是"景星出于翼"，大肆宣传自己刚刚获得的王位是出自于翼，是天意安排他来取代尧的。由此可见，真实的尧从东方来一路跋涉，最终落脚在翼城统治这块土地，除了之前说到先定都翼城、后定都平阳的各种天地人条件以外，采用巫的暗示是行之有效的办法。所以说，一旦尧确立了自己的国家，便认为这里就是天上翼宿所对应的土地。

翼还有别的意思。《易经·明夷》："明夷于飞，垂其翼。"《书·武成》："越翼曰。"所以，翼，既是羽翼又是光明，是太阳的象征。古代神话传说中太阳里有三足乌，太阳就是乌，乌就是太阳鸟。由此可见，叔虞和燮父选择翔山为祭山，定都在翔山下，并起了国号为晋（晋：两只鸟从太阳中飞出）也是同样的道理。

所以，尧所在的翼后来被舜取代，又经历了夏商周的变迁，这块与天上的翼宿对应的土地，被称之为夏墟，就是尧的宗族所在地。千百年物是人非，人们就取了尧对应的星宿来命名此地，为翼。古本《竹书纪年》记载："庄伯以曲沃叛，伐翼……翟人俄伐翼，至于晋郊。"《史记》《左传》对此事也有记录。翼的名称在晋国时期已经使用，尧舜之后这里一直称为夏墟，晋国时期怎么就翻出来翼这个远古的称谓？可能是燮父为了改国号为晋，搬出了虞舜采用过的天象授予新君的老招法，以至于翼成为晋国的代称才出现。武公伐翼时，翼已经代表了一个旧的势力，传统意义的晋。

翼城县名历代多次更改，最终回到翼，难得还原。至于翼来源于翔山，可能是后人在言传中脱离了远古的本意，产生了对翼的新的理解而给予了新的命名。现在再看，翼城—夏墟，对应的两个地名，翼与夏一样久远，城与墟承载了过去与现在。所以，翼城原本就是夏墟的一种别称。

抱一为天下式

1

可能，这是我的一种方式。

论述一个人以及茫然的时代，这些都需要时间。时间的刻痕，在悬崖和骨头之上留下最初的表达，我们似乎回到了那时，内心不断浮现镜像，却难以抓到。这么严肃、单调的过程一再呈现，又会将我们带到哪里？这是朝圣，是快乐的追寻，将那些逝去者认为兄弟，并愿意与他们一道消失。别理会一些人，沿路丢失着时间，一如战争，他们将艺术的生命当作毕生的苦役。更有一些人亦步亦趋，消失于井市。别在意无人视我们为同类。可能是这样的，将我们呈现得很渺小的时代，一去不复返。

这年春天干冷，车很宽松，宋庄歇店的不少，我来时已近季节之末，人与事，看不出所以然。王浩拉开铁门时，是槐树下斑驳的脸。

围炉谈艺。次日，来了个小喇嘛，住在隔壁，正好一起谈无，无中生有，从外形到内修。禅茶一味，我改了一字，禅茶无味。一味是求同，艺术家都拥挤在一条道上，规范的人多了，不见得是正道。无味，各自找寻自己的情趣，或有滋味。正巧，城里的评论家夏可君教授问王浩索一个"触"字，而我在乡野已写了多日的"顿"。触与顿，进与止，两境之思。在艺术圈里，生命乃方寸之地，我们思之深远，却困足在原处。将这个圈拿走，留下艺术，挣扎的天地便无穷大。

我们在浪费一些话语。一些人只在乎自我，并不留意社会或他人。主客观失衡。一些人，像机器一样依靠外界力量，批量吞吐出来的墨宣，几乎与钞票同等重量。是的，重量，却一文不值。生命是多大的浪费。这些话，让人感到艺术的疏远。

在中国，搞线条是绕不过去一个人的。王浩此话一出口，两眼便像钳子一样拧住我。

石虎。我只能说出这个名字，这位之前有过一面之缘的长者。

这是意外的暗示。接着，我们谈论其他。在佛界神界的高端与内心神秘状态里寻觅，艺术的萌生往往超越理性的生活。小喇嘛甚至敲起了藏鼓。节奏与心跳都可以掌握的话，真正的艺术又隐在何处。将一些人拿来推去，均不满意，最后，我们也在其列。茫然四顾，我们又在哪里。

小喇嘛饶有兴趣地说，我回到了自己的本源，明天我将开始写字。

每个人都有自己得法的道。风很凉，春天很漫长。其实，初夏的小虫已吱吱开鸣，枝影摇曳，星光灿烂，每个亮点后面都有一条长长的线，不为人知，那是天上的线条，它们穿越自己的时空，融化了所有的侵入者，无论主动还是被动，将容量积蓄到最大。一条属于自己的，虚虚实实。这是多美的水墨。

如果有客造访，主人不在，他就在你的宣纸上画一条线，离去。

主人回来，看一眼就叹息，是先生来过，错过谋面之缘，遗憾。

线条足以说明一切，或许一辈子才能成就一线。

我们出发吧，去见石虎。

小喇嘛听说了，连声称好，放下手头的事，静心打坐。赴会之前，与从学府赶来的夏可君一见，他送我一本《绘画的书写性》，探究中国绘画书写性的秘密。我很想知道，书写性这个概念，石虎会有怎样的见解，这可能涉及他与其他画家的区别，以及论著者与创作者之间的差异。我想，先生之书意，包容万象，融会贯通于一物，方才出类拔萃。我们参得一种境界，可能遇变则无力。佛法也是法之一，也是一种道，道法自然，自然便是万物，其规律即便是现代学术分门别类，但究其一面，不及万象，也难以完成。问候先生，应有推究之获，必然快意。王浩，布衣垂直，既像出家人又像入世者，憨厚，无语。我，充当记录者，未知事情去向，先洗耳恭听。

石虎从正面走来，大家一握，便落座。事情落在古意浓郁的餐桌上，阿平引领的清雅之地。佳肴添点红酒，可以开始了。阿平介绍了先生，和一旁的许宏泉，及众人。

石虎说，没有局限，大家随意。

先生的开场白，既说饮食，也相关艺术。商周之前或古希腊之前的会饮，应是如此吧。我有理由使用"会饮"这个词，倾向于西方个体的自由。我们在战国之后的意志逐渐被统一，可能在孔子那时就已形成，所以《论语》只能有一部，而不会有夫子与学生们各自论述的不同记载，似乎所有的东西都要发展成为大一统的模式，异见就是偏激，异端便是魔鬼。但两本《会饮》之书则不同，柏拉图与色诺芬将老师苏格拉底写成了两种情趣之人。无论是史实性还是虚构性，最终成了一个立体的人，也成就了两个独立的书写者。所以，与石虎这样集大成者谈论，用"会饮"便来得爽快，无拘无束，自然则透彻。

水墨会饮，当事者七。

2

起始吧，仪式已经准备。放弃时间，我们便是平等。一切将成为现实，抑或虚无。我们的言谈可以证明，曾经的远行，只是在刻痕的凹底处徜徉，一如此刻，我们仰望月亮上的沟壑。那些努力过的人们总是在低处，不为姓名，不为性别，悉心刻画着，一场伟大的仪式，局部被无限地放大，成为我们的道，可道，非常道。就从这里开始吧，渴望见到的人将悉数登场，人有数，道无限，我的行文尽量不要局限于我们，我们已在众人之中了。

真巧得很，早想拜会先生，晋侯和喇嘛远道而来，夏可君兄也来了。仰慕先生，都想当面讨教，上次见面好像已是去年了。王浩先做介绍。

石虎一笑，长发蓬茏，灯影里银丝闪烁。我思忖，与先生上次见面更早一年，那时谈笑风生，长篇话题，意犹未尽，现在正好延续，光阴匆忙，我们又在道上走了多远。我们落座的场景是现代的奢华，但环境是古意的，让我的心境能够远近暗合，品味从知觉上升到神觉，恍若古人，在座的都是得道的高人，云游在此一聚。我感叹相聚不易。

石虎说，他们是有想法的人，《论语》上墙，借古人生财。

全世界都在谈《论语》，但是《论语》好像无法拯救这个世界。夏可君在西方学习哲学，他最能感受中西哲学的差异，行走在文化上的现象而已。所有的人都在搞穿越，不是一下子回到孔子身边，听他的教诲，而是想马上拿下他的那些有用的手段，放进复印机里。

石虎说，东方文化是取之不竭用之不尽的，就看怎么挖掘使用，那几个人讲《论语》，是孔子的真实意图吗？不见得。正因为这个世界是困惑的，包括对知识的困惑，所以他们才一而再地翻说经典，反正资源挖掘不尽，可以任人宰割。我觉得从思想高度上看，《道德经》才是真正的中国文化精髓，尤其是从事艺术创作的人，不悟道不成象，是一场空。

夏可君说，老子修道德，以自隐无名为务，但他还不是彻头彻尾的自隐无名，或者说一生都在修炼之中，后来见周朝衰落才隐退。过关时，关令尹喜说，这次你真要隐的话，那就说说你修到什么境界了，老子就写了五千多字而去，真的隐去了。

石虎说，司马迁为什么要写老子在过关时的著述《老子》，这个关口很重要，我们搞艺术的最清楚，过了这个关，一切都明白了，至少解决了一个层面上的问题。司马自己也历经苦难，道很深，最终成象的是《史记》。到了那个阶段，必须通透明白一个道理，沉浸在字画里的人很多，但很多人就是没搞清楚一辈子都在干什么。

小喇嘛说，老子他自己本身的成型都是充满怀疑的，可有可无。司马就认为有三个老子之分，一位是李耳，一位是楚人老莱子，一位是周太史儋，有可能是在暗示我们，老子是可以一分为三的，有三种境界存在于人世。

王浩说，那就是天性、神性和人性。

晋侯说，天性就是自然，神性就是艺术，人性就是世俗者，可能这样的划分也不准确，三者之间的融合者才是最高境界。我们不能说愚钝者不自然，神思者不食人间烟火，这样单纯的存在不客观。

石虎说，我们先不说道的问题，参悟的东西是人类永恒的命题，佛教也在解决这个问题，只是角度不同，说法不一。我们的艺术主要是说象，老子说了，大象无形，一句话就是有还是无，可形不可形，能做不能做。这就是艺术的本质问题。

小喇嘛说，我所追求的静，是内心与世界的统一，我可以让世界静下来，那是我的意志使得万物回到各自的本原，所以我看到有便有，我看到无便无。

石虎说，绘画也一样。象，是因为被我们画出来的才是象，还是就存在着，被画出我们所认知的象。我认为，是在绘画之后，画出了心象，这便是我认为的世界之象。

夏可君说，人与世界的关系是个循环关系，有对立与对应的关系，但两个终级是统一的。从绘画上看，世界在前，我们在后，自然在前，人性在后。

石虎说，何者为后，人之永远不能被审视的主体才是后。当我被审视，被审视之我不过是我的替代品，主体之我永远在其后。

王浩说，这就是距离，主客观之间存在的偏见，有偏见就有个性，有接近艺术真谛的不同层次的努力，被主流排斥的旁道也是道。

石虎说，我看世界，山水草木，被我感知的占有和给予，它们是我的载体，但不是我。我的一切也不是我，是我存在的物证，我的喜怒哀乐只是我的一部分，都是客体存在的事实，属于前我，前我非真我，只有后我才是我的灵魂，后我近神而远人，无形无象，处于冥冥之中，是绘画中要表达的东西。

晋侯说，进入神性状态，就更接近艺术本原。

小喇嘛说，神形一致，写下一，其实不是一，只是一条线而已，或许就是连接下一手的渠道，按照心中的象，组成了另一个世界。绘画也罢，书法也罢，是这样的境界。

石虎说，冥冥之中的东西，有时候需要被点拨，一点即通。后面的人有这样的幸运，那前面的人怎么办，只有苦思冥想，不断从心中的那个象里面觉醒出来。这个出来的过程就是老子过关，一过就完成了生命。老子留给我们的象，是心灵中的自然生命，是我们最初的最本能的冲动，我感应事物就会生成象。感觉，是由感而觉的，最后上升为理性的思考。

王浩说，我和晋侯最近在思考触与顿的关系，也是在参悟。

石虎说，所有的艺术家都在思考，但是，我认为理性不是心灵最高形式，因为艺术心灵需要天性般地信任象，捕捉到象。象是你的对应之物，是你所能表达的感知与自我，否则，你就是在画别人，画众人的东西，画普遍已经掌握的认识；就是在重复着别人，在重复着浪费的过程。你看不到生命消逝得有多快，你的象是生命逝去的那部分影子。你为何看不到象在生命历程里变化的过程，却始终在看别人在干什么，在意与他们相比的自己。但是，这些都与你无关，象的世界，是自我灵魂的世界，你为何要将它丢弃。

众人说，请酒，请先生。

3

说象，便像了。谈论到的人可以落座身边，请他入席；上等的好酒会从他眼前巡过，每人一份，没有贵贱之分。就在他的时间里行走，我们都是客人，司马在其后数百年。我们感叹司马依据史实舍下了很多传说，那些美轮美奂的传说又是谁的象呢，映衬的是谁的灵魂？时间的漩涡转动着，我们茫然不知，却坐在了村落。别急着否定那时的桃花源，这不过是后人的命名，开什么花都无关紧要，要看树下的我们怎样的心情。

面对老子，王浩尊坐不动，那些画压抑在袖中；而我则羞于言谈自己那几笔；夏可君的案卷里娓娓道来的论断远远长于道德经纶；小喇嘛因为年代的差异，处境无佛，心亦无佛。我们做好心理暗示，成为象。听吧，先生在说些什么，即便我们要说，也不要断了他们的交谈。

老子说，从何谈起。

石虎说，先生，大象无形，无形何以言大，实际上是道之大，才有象之大，于是可名或不可名。绘画是虚构的象，如果无名，象也就无形，那还画什么呢。

小喇嘛说，不管是神态还是形态，都存在于画中，我们看到的不是色彩和线条，是象。

石虎说，象是灵魂对存在的占有和给予，我们的眼手画出象，其实就是心性的表达，无论赋予一个怎样的外形，都是为了更接近于象。所以，拘羁于眼手的只是匠人，呆板地迷恋技艺，而不是用神觉作画，用灵魂作画。眼手的感应是下意识的，机械的，没有灵魂的支配，就成了空洞无意味的抽象了，这是毫无意义的。

晋侯说，先生之意，作画是手心手之间的循环混沌，形而上而下逐渐成象，也就是从人到神再回到人的过程。

石虎说，这是绘画中象式构建的基本方式。

晋侯说，这其中包含着一个无我的境界，但如果完全停留在这个境界也不对。象就是我，我就是形，无我是无形，空洞的形而上的，回不到人性，算不得成功。

石虎说，我们应该审视一下这个我，他其实已经不是我自己。

夏可君说，谁来审视，绘画者还是旁观者，还是时间。

晋侯说，时间最深刻，即便我们现在身处春秋战国，书象会比21世纪单纯，越单纯的东西包容量越大，内在的改变之力会越旺盛。春秋的命名就恰如其分，一是秩序，一是更迭，维护与打破从来都是社会的形态，也就是国家层面的象，每个人感应到的都不一样，书写艺术的演变会在这些特定时候发生聚变。

小喇嘛说，即便在春秋也可能存在一种现代书法，比如隶变。

石虎说，衍生之后可能会根性衰弱，往前才是根本。书法就是书象，不管你怎样拓延它的枝叶，根和干的主体地位是亘古不变的规律，书法的法，就是这个规律。在法之前，是道，是精神的。书象寓于书法中，现代书法不过是改变旧的书象而突出新的书象。

老子说，夫，物芸芸，各复归其根。规律万物，道生之，德畜之，物形之，势成之。万物并作，吾以观其复。

王浩说，先生这句话我理解是，书画先要理解道，再修炼补充德，然后进入神性思考，赋予万物的形象，最后的成势，就是在完成形象构建的过程中，要形成一种势态，从神性回到人性，周而复始，让我们看到真理在其中涌动，圣人抱一为天下式。

夏可君说，这时候，可道也可名，艺术的渐进与自然规律和生命痕迹是一样的。

石虎说，人人都可以感知到象的存在，却无法捕捉到它的踪迹，这就是艺术的艰辛，只有少数人进入到混沌的核心，绝大多数人在外面，似乎气象万千，都是假象，道不清，说不明。其实，一个象字就解决了书画的根本问题，但天下之大，熙熙攘攘，识别真象者，凤毛麟角。

老子说，道可，道非，常道。名可，名非，常名。

王浩说，如此断言，是真，是善啊。

晋侯说，我们七人烛下言象，真幸会。

小喇嘛说，如果时间不是线性的，我们早已在此求教先生了，也许早已是道德弟子。

石虎说，求教未必当面，在于神会心得啊。

夏可君说，我们已经打破线性思维了，所以七人得以与先生烛下论道。司马说先生曾担任过周守藏室之史，负责管理王室的典籍，孔子想西行藏书于周室，子路说，先生兔而归居。这段时间，战乱不止，周室典籍也散到了楚国，先生是否因此而隐退乡里。

老子说，通史则规律，司马知吾心。人之道，为而不争。

石虎说，为而不争，好。自20世纪七八十年代起，象表述成为中国画坛创新运动的主旨和内涵，攀登的艰辛使许多创新者折回老路，中国画发展从理论到实践陷入了一片混乱，有争执有沉沦，也有为而不争的人在执着地探寻下去。

晋侯说，这就是局限，正如孔子形容先生的那样，鸟，吾知其能飞；鱼，吾知其能游；兽，吾知其能走。走者可以为网，游者可以为纶，飞者可以为矰。至于龙，吾不能知，其乘风云而上天。吾今日见老子，其犹龙邪！说得多好啊，前面的鸟鱼兽走游飞是人性之象，而龙之象则是神觉的呈现，孔子将见到先生的感受恍惚见到游龙，这个象最具本质意义了。换个角度看，孔子也道出了书画艺术的真髓。

石虎说，从理论价值上看，先生站在人类最高端。

晋侯说，我觉得，司马说先生百有六十余岁或言三百余岁，这个超常年龄就是司马内心崇敬而生的象。从先生之道传至司马年代，三百年经久不衰，就是年代之象。

石虎说，从神性的道回到了人性的德，在世俗中传布开，书画之象便是如此。

老子说，道与德，有感有应，相辅相成，不可偏颇。

众人说，领教了。

4

我一直怀疑，这个老子是真人还是个象形。即便是真人，那又是三个影子中的哪一个。老子只会说一些《道德经》中的短句，言辞干脆。道不可言，他似乎并不想多谈论，他的到来正是远离着我们。难道这是对古人敬畏的结果，太想附在实际意义上？也许存在这样的机械，而我们的习性却感到应用自如。那么，继续请酒，高谈阔论，无拘无束。

晋侯说，如果真如小喇嘛所言，时间放弃了线性，我们转身之后就被树木遮蔽。那个村庄叫作小屯，或者侯家庄，没有多少差别，反正安阳的树都挂着风，徐徐散发出青铜的气息。请听我说出来，它的秘密在地下。人们点上蜡烛，用大绳拴住一只腿和一只耳，上面的人们早已架好了辘轳，有人向上拉，有人在撬，有人在垫土，一寸一寸地上升。即将大功告成之时，嘭一声，绳断了，重新跌在坑里，无伤，重新开始。它在地下沉睡了三千多年，人们牵来三匹骡子套上大车才装上。也许你们已经猜到了，司母戊大方鼎。那里的金文无法用美来形容，就在我们身后。看哪，大鼎腹中，我已经触摸到了纤细的线条，正是拥有文字使用权利的朝政的延续，才有了后来诸子百家的论述。青铜在跨越千年后成为老子手中的锦帛，谁知道金文变异前后的秘密？

夏可君说，盘庚初期，圣多林岛火山爆发，导致了爱琴文明的毁灭，据说是上帝惩罚吉里科城的结果。但上帝是否特别眷顾了我们的祖先，留下了一座城市和文字？

小喇嘛说，也许上帝不止一个，正如后来产生不同的宗教信仰，但不管世上有多少个上帝，每个人的信仰都只有一个。

晋侯说，司母戊大方鼎的主人永远沉睡在金属形象里，既然我们拥有了时间，就不妨请他出来，问道于他，已经很久没有人追寻到他这里了。

王浩说，那里离我老家不远，黄河北岸。

晋侯说，离我住地很近，那里在太行东麓。

石虎说，与我故乡相邻，这里有一条通往未来的大道。

晋侯说，让这些字的主人慢慢苏醒吧，我将继续讲述下去。所有写字绘画的人都应该知道这个过程，小屯村的农民将破碎的骨片连同稼稿一起从土地里拽出，他们说，这是龙骨，卖给药铺，甲骨背上的刻纹清晰可见，却无人识别。这些线条除了考古学家和艺术家，不再有人使用它们，我们的艺术已经走向了另一种模式。我们从现在回到殷商去吧，让造字的主人转过身来吧，他是无法超越的书法家，我们谈论今人早已忘却的先例。

盘庚说，从我的祖先就已开始，战争之刀就已经用于甲骨镌刻。你们千百年来所谓的书法，难道不是由甲骨文开始的吗？用笔、结字、章法，都是我的用意我的神觉。

夏可君说，刀有锐钝，甲有细粗，骨有硬有软，刻画不一，甚至有纤细如发之笔，线条连接处有剥落，浑厚粗重。可见创造者的坚定意念和大气若愚。线条决定了结构，长短大小，均无制约，或疏落，或错综；或密集，或严整，字象成形，表达一致，今天看来古朴中饱含无限情趣。

小喇嘛说，甲骨文中最多的信史、饮酒和敬鬼神的事，都是在为王做事，所以才竭精殚力，刻骨铭心地创造出字，这样的书法，后人在精神境界上无法比拟。

盘庚说，字，屋宇下的君子，你们如何理解他们守着先人留下的遗迹，将象之表达慢慢归纳出不同的线条？我有三十个聪慧的君子，多则百八十个，养尊处优，毕生完成一个工事，不可二心。这与后世的你们中书法成就最高者是一样的，守拙抱朴。我很欣赏后世的老子一句话，抱一为天下式。这也是抵达书法最高境界的途径，你们认为道，认为理，都是美妙的称谓。

王浩说，王羲之在一幅作品里有"之"字的多种写法，但甲骨文里一个字有十几个甚至几十个写法，这个创造力太强大了，太震撼了。

盘庚说，他们何止是在颠覆自己的象，他们是用通神的感受创造了无数个象。一如涌泉，每一个都无法放弃，我始终带领他们走向与上天沟通的道，而他们也迷恋于心智的挖掘，迷恋于无数个象蜂拥而至。那该是多美的景象，我甚至忘了自己身在何处。

王浩说，甘愿当先生之奴，一生造字，无倦无悔，无休无止。

小喇嘛说，石虎先生一直提倡"字思维"，品味甲骨文就理解了先生的道理。你看甲骨文的形体，以所表示实物的繁简来定大小，有的一字可占多字的范围，可长可短，形象自由，雄劲豪放，完全就是成象的字。

石虎说，从金文追溯到甲骨文，你看那线条之美，造型对称、变化以及章法之美，真是后人无法企及的，那是一个时代的神觉。战国之后，民间草篆变向古隶，文字的象形性就开始减弱了。

晋侯说，偏离了道，得意忘形。

王浩说，让盘庚先生继续告诉后来的求道者吧，还有一半的甲骨文无人识别，我们无法找到创造者的象，我们的字思维还不足以到达先人的神觉。我们暂时离开小屯，跟随石虎先生前行。

石虎说，从老子到盘庚，一千年间似乎很短暂就找到了源头。当我们坐在这里，我们把握的还是玻璃器皿，而不是青铜铁器，从文化上说这不是进步，即使是工艺都无法企及，更谈不上创造力了。三千年前，他们想到什么就能造出什么，这就是象的力量；他们的世界是单纯的，很大局限的，但却把象发挥到了极致。千百年来，线条的经验为中国文化搭建了太多的可能，包括今天使用的已经很呆板的失去其本来意义的汉字，都是从线条中不断变异出来的。但囿于历史的局限，囿于工具材料之局限，中国书画的线条发展到十八描就停止了，中国绘画的发展显然也很缓慢。

晋侯说，盘庚与甲骨文回归博物馆，我们再往前溯源一两个千年，我们看见的是器物上的陶纹，还有符号式的陶文，东西方文化所呈现的是一致的，世界文化的初始是线条。

石虎说，从史前陶文到甲骨文形成文字的雏形，中国文化的载体就是线条。

晋侯说，我也是从线条上理解了先生用于书画上的字思维，还是先前说到的那个象。可以设想一下，象在中间作为介质，左边是盘庚，右边是石虎先生，作为造字的盘庚通过象这个介质写下创造了某个字，那么石虎先生还有背后的我们，是否能通过这个象到达盘庚所造的字的本意？

石虎说，有可能。

小喇嘛说，现代照相术，将你所见的象摄入相机，这是灵魂的底片，然后再冲洗出来。

夏可君说，但你可能看到的是很难看的一张照片，你甚至都不认同纸上的就是你，你觉得这只是个轮廓而已，没有灵魂。

王浩说，这需要技术。

石虎说，所谓的技术，即使给你这么多线条，甚至送你一个司母戊大方鼎又能怎样？传统会压死人，很多人以为自己还活着，可是线条都是死的。看甲骨文，一个字可以有多种形态，不同的线条都体现出造字者的想象力，这时造物主给了造字者毕生的难题，一代一代创造出来。人死在字里，字活在人手中。

晋侯说，我想，伟大的艺术的确需要神助，而诗人则是通灵之人。先生是诗人，更能理解创造甲骨文的冲动。文字之初的不定性，折射出内心世界的质朴。数千年之后，诗人会更准确地进入这个世界，这是诗性本质使然。世界从线条里出来，但东西方的审美不同，运用决然不同。线条在西方是工具，古典主义主要用来素描，营造空间，建立几何构图，而中国画是把单独的线条赋予了生命力。翻一本甲骨文字典，文化的千姿百态蕴含在里面。线条是细节，中国书画既是细节也有思想。

小喇嘛说，西方人热衷于分工，线条的作用是限定；中国正好相反，可能一条线就体现了大师的精神。

夏可君说，我在《绘画的书写性》这本书中写过，书写性一直是中国文化内在自身转化生成的秘密。汉字与"自然"有着原始的亲密性，体现为一种诗性智慧，即文字、图像、事物三者直觉上的共感。离开了书写性，就没有中国文化的创造性活力，面对现代性危机，书写性应该成为文化转换与创造性想象力的根本。

石虎说，所以说，国画是道，在心气，道性深度要慢品。一笔一画，一点一横，一撇一捺，线条都是有形象、有意味的，是气象万千的。尤其是即兴的写意画，直抒胸臆，你的道有多远，象就有多大。我主张回到造笔之初，回到造字之初，回到字表述的诗言之初，思考先祖磐石不变的那些根基是什么。如甲骨文，《诗经》等皆为汉先祖之魂根之物，从原祖根磐中能够找到拓展新文化的契机。

酒过三巡，素面微醺。

烛明大堂，只有我们是真实的，道具都是影子。饮下的是流水般的时间，真理的盛器始终无语。手中之樽或是青铜，便是心有所指。

5

前不见古人，后不见来者。这些年，陈子昂的声音完全淹没在茫茫细沙里。我们的会饮回溯了光阴，直到摩崖石刻刻画太阳面庞的万年。我们继续完成生命的半途，在芸芸众生的喧哗嘈杂中，找寻生命与艺术的真谛。当我们推开一扇大门，空空如也，余音缭绕。

无物，添酒。

王浩说，这句话有很多层意义，可以说基本上把当代艺术给否定了，一场空。也可以说是终于发现了自我，独行客，前不着村后不着店。

石虎说，对，其实你已发现，但你还心存疑虑。

晋侯说，艺术是神的使者，他来的时候我不在家；我去拜访的时候，他又远游去了，是上帝派他来找我的。

石虎说，其实上帝就是你自己，是你在孜孜不倦地寻找艺术之神，你按照自己的意愿获取他的信息。他只是你的影子，你是你自己的主导。世间万物都是影子，都是你看到的象。

晋侯说，大多数人活在虚幻的影子里，从来都是知足的心态，不求进取，也不求甚解，从不去思考影子是上帝赐予的还是属于创造物。他们既相信虚幻，又不认为世间万物都只是影子。上帝也不会告诉他们，是自身灵魂不朽的物质决定了生命与艺术的特征。

小喇嘛说，在佛教里这样认为，佛就在你心中，你的心就是佛。

石虎说，上帝是平易近人的，却往往被人轻视，因为人有强烈的被诱心和趋众性。要回归自我，人类的宿命是自由。不断争取，获取，才会有执着地寻求自我表现的途径，都把自己看作是上帝。

晋侯说，西方很多哥明者后来都怀疑上帝，因为他要确立自己的上帝。其他宗教也一样，到了至高点，便没有了约束的规矩，只有认知的规律。近日研读先生书画就有这样的感受，打破规矩，返璞归真。在水墨线条、水墨人体、布本赋彩和现代书法四类中，我觉得线条是先生的基本词汇，直通远古，回到意识的初原状态，显现象的本然，这才是中国书画艺术的顶点，回到字里面就是回到在本质的基础上完成艺术的层面。先生的独到之处就是道，现代许多艺术家求索的是艺术道理，道理是普遍意义的，是中庸之道。

石虎说，科学即中庸，并非真理，今天已成为真理的代意，无奈。

晋侯说，真理往往是独辟蹊径的，先生以道求索艺术真理，所以，线条就是足迹，难免让很多人感到困惑。线条语言的障碍，其实也是思维定式的障碍。如果像我们这样会饮一番，自然就容易通达先生的思维。

石虎说，史前绘画、陶纹都是抽象表现为象境，这些画师本身就是巫师，通灵者，接近天地，更接近神，他们创造了图腾的各种方式。

夏可君说，彩陶上的龙鱼鸟，后来青铜器上的兽形与纹饰，甚至原始文字都具有绝地通天的功能。一个拥有文字表述能力的民族何其强大，或者说他们对象的理解是多么深刻，对象的形式挖掘繁衍得多么丰富，而我们称之为艺术。对先人们来说，这种创造力太伟大了。

石虎说，那些刻画在山崖断壁之上的图形，今人还是迷惑难解。象，很难用西方的分类解剖获得结果，因为象的本质不是一种客观存在物。

晋侯说，象，是在道上生出来的，所以先生进入了甲骨文，进入了"字思维"，出手的线条便是象，属于先生的象。但这个象来源于初始，所以具有普遍规律，也能够被大家所认识。正如我们今天看甲骨文一样，具有美感的条件反射，然后从线条之象进入文字的整体之象。那么再看先生的"现代书法"，就能品味到内涵，比如"索首觅足"，"索"字将"系"的部分写得曲折蜿蜒，这是"索"字的字意；下方的"小"字，以极小之状置于极右之下，可见获取之难，获取之小，这是"索"字的字魂。古人造字之象，不仅有形象，还有意象，蕴含了生命体验。总之，得到是艰难的。

夏可君说，比如"买卖"两字，"买"少两画，"卖"多两画，既有自我的和谐之美，也反映了大社会的均衡关系。多与少的关系就像太极图一样，是运动转化的。

晋侯说，先生将"索"字的上下用细线，中间部分用粗线，就是典型的字思维，凸显了象。人与物都是客观存在的，而绳索却是主观意志的指使，它决定了人如何到达物。接下来的"首"字，闭目沉思。古人相遇，一看头顶冠饰来自哪个部族，一看眼睛里传递什么信息，这就是"首"字的特征。先生著此字，将中间那一撇斜拉长，极具动感，正像一人远处走来，双目炯然，头上的翎羽有所暗示。"觅"字顶端一撇粗厚，三点随意，见字下方一长一短、有急有缓，铺满了整个地面，如此寻觅，井然有序。"足"字，强化了整体上人的形象，昂首，双手摆动。最后一捺，步履厚重而张扬，非常人之行。

王浩说，如此解读，形象各具。

石虎说，我主张在造象的象式中一定要回观自然，给人一条思维和经验的通道。在象表述这条通道上，显现人观与神观的差异。象属于心灵的轨迹，是灵魂中诗意的部分。

晋侯说，先生是诗人，理解便是神会。读先生的线条，是大气象，有时间上的共鸣。我们对传统的敬畏，本身就是一种无法获得的距离，所以要改变敬畏之心，迷恋进去，它是我，我是它，在对等中穿越已经成为文化的象，从而获得真理。先生作诗《颏其》，承商周之古意，既有重阵铁戈，又有烛醉人合，反复咏唱。先生的诗歌艺术这里暂不谈，我只究其书画作品，先生将《颏其》写成一幅书法作品，诗书交融，匠心别具。可见吟唱者在从奢华的会饮归来，回到陋室，寂静，平息。胡杨染红，叶落清水。一场战争即将开始或结束，诗人在石头上凿出伤痕。我今天看到的，是被风沙磨砺之后的斑驳与稀疏，这是碑的拙朴与力道。包括先生非常夸张的"布本赋彩"，其内涵同样接近陶纹、鼎纹、壁画。

王浩说，那些隐藏在寺院里的线条色彩，和收进博物馆中的远古作品，是上帝遗失在人间的玩具。人的成长很快，丢失得更快，追求新的前沿的东西，有时候可能就是小伎俩，太诱惑了最后是乱象，抽象。

石虎说，象是万物，却有情愫玄妙，是心灵无形而有欲的神觉，就是无形的心物。很多书画者用异笔之线来构成象，这不能称其为象，只能说是一种抽象。不过，抽象也是靠灵魂神觉得来的，不是简单随意的拼接，但是，没有线条上的突破。

夏可君说，没有归宿。

晋侯说，如"雲言"二字，"雲"之头，"雨"的左边是淡墨，连接处是细散的重墨，似乎云块衔接，雷电相交；"雨"的右半部，墨水云集，揉挤涌动，犹如夹雨滚雷之云团；而下方之云是散乱的枯笔，一如四散纷乱的人间。"言"字上方与"雲"笔意呼应，墨色上重口，像个大言之人，或者高论者，正如"雲言"之莫测。还有"翠念"，除了字的组合之象，意味悠长，在书意上，"翠"之"羽"分为两部分，左边的点被赋予眼睛的鸟羽象，灵动飘逸；下面的"卒"更是先生之象，如风过枝桠，俨然如舞蹈之人，这给下面的"念"字积蓄了充足的情感。念之上部的"人"是动感的，下部的"心"写成心形状，象生出来，是书写者在字里生成了神觉，此念非常念，翠生生、活灵灵之念。

石虎说，线条是捕捉万物本质的，是真理的表述，是我被审视的灵魂的靠近。

晋侯说，先生的"水墨线条"其实就是"现代书法"的拓展和衍生，是字思维的不同表现形式。看1983年前的田园画，虽然有着自己独到的布局格调，在块状中掌握灵动，显示十足的功力，但我更看中其中的主观性嵌入，如动物与人的形象，让我联想到远古神器上的雕刻。十年后即1993年，还是嵌入了单一的动物，但线条的作用已经分化，有的接近版画的意味，简洁、柔软，富含思想，在局部突破了想象力的局限，形成自有的创造性，有一部分成为抽象。这让我想到一个词，聚变。当所有的能量聚集成势，冲击力是不可言喻的。2000年之后的"水墨线条"更为简化，人与兽都是单一的，线条轻描淡写，用笔从容不迫，乃大道之形。看"水墨人体""布本赋彩"，对线条传达韵味的通透感会有更深的感染。自然，先生也通过其他多种艺术表现来丰富线条之美之性。

王浩说，对线条以及线条方式的憧憬和创造，是一种道式的发展。无论是抽象还是具象，现代还是后现代，明天我们可能成为后后现代，无论怎样的命名，其实是时代将我们推拒到很远。

石虎说，大曰逝，逝曰远，远曰反，反也者，道之动也。

末了，众人依次退下，退到原先的出处，从摩崖石刻退到盘庚退到老子。如何面时间流淌的艺术，我们惊慌失措；如何用一笔充满生命力的线条来衡量，大家都需要静心沉思吧。

会饮便恰好结束在此时。

匍匐之思想

书画都讲追根溯源，即便如此，艺术也因其当代性而不断突破局限。此前手执油笔、衣缕斑斓的杜青，现在轻点水墨，从古意中走来，创作出现代意识浓郁的当代水墨小品。匍匐的事物，在烦琐的生活结构里，根据大地，根据本质，有根有据，既有艺术上的扎实，又有思想上的超前。它们是最成熟而厚重的生命之相，也是最为颓废之相。那些铺张了物华外表的艺术，是与此隔阂的，她是站在他们之外，独立寒秋。有这样思考与实践的画家很少。这些，都是传统意义上的中国画所少有涉及的。走过传统，还需走出传统。现代人除了讲意境，更在意生命意识。而她在某个时间线上执笔油画，又在某个时间线上浸染水墨，左冲右突的结果是，将中西学的观念与手段的差异互为补充，于是，绘画所呈现的意境层次、所探究的哲学根髓，在此融会贯通。

事物的自然属性，正如人之本性，说本真也好，真即是相，看到外相还是内相，说有相或者无相，每个人的洞察不同，呈现在作品上也不同。由作品可见，杜青与事物之心相对应，即意识到生命之低，以匍匐的姿态坦然面对自然规律。放低生命，每个姿态便显得高贵。以此而论，杜青这个系列之作，是呈现出不惧世俗侵袭而独立存在的生命意识。艺术是主观的，仰望者，或到达虚空；低垂者，或能接近本真。她潜入自我意识中，一笔笔勾勒渲染出了艺术之相。生命如草木，在画家的眼里，暑往寒来，它们便是四季，双目苍茫，它们便是人生。能做到这点，源自画家自身的文学修养，在她的诗歌、散文、小说等相关艺术领域中，直面人生，解构剖析，得以深入浅出，这也是花开正午的理由。

向日葵低头，与我们一起思考，先别在意时间流逝，只要停下来，这便属于我们，比如为何感动，为何不是衰败，为何不仅仅是沉重。很多的问，而没有答。同样，那些飕飕的风如何改变了视线，如何掩饰了真相，如何面对内心繁重的承载。那些玉米，哪里去了，一切都是天注定吗？由此，我们也愿意与作者一道成为孤独的散步者，在大地上，在众人的眼光后面，在风中。

如果能够顺着细如纤毫的线条，线条的思想，将它们一一捕捉，我们就会在繁密的枝叶里，看到苍劲越出的手笔。那些掩藏的、自然流露的柔软，暗示出了性别意识，除此之外，在细部中呈现恢宏之气，同样让人惊讶。艺术，只有艺术本身的语言才是唯一的声音。因为认识画家这个先入为主的原因，才得以从画面上转身而感叹，艺术在前，精灵在后。

很多人画死亡，画到死亡。用宗教观点，死而复生才是最高的艺术。艺术就源于宗教，更是泛宗教，真命于艺术的人就是教徒。杜青的一组"正午"系列，与前面所提的苍凉相对应，对生死的透彻，才能将匍匐的事物表现得细致入微，即便落地而枯的线条，都附着生命气息，不知不觉中转化到我们的知觉里。于是艺术终将复活，发现一次，复活一次。由此，我看到她眼里的万物生，而卷缩，而颓废，而无力，都是孤独的个性，在细节里等待着唤醒我们。

艺术是技术，但不仅仅是技术，手艺有活性，同行与观者自会斟酌上下，品味高低。但手艺是心性使然，心性使得艺术呈现独特性。所以，真诚所致，杜青必然心力劳损，沉浸忘身。如果要说画家本身，就是在召唤本真，让绘画回到生命本源，由此出发，通往艺术的终点。所谓创造，是在寻找不同以往的自己，并不断改变着自己。画家在其他相关艺术领域上的不断探索，都是在自我纠正，并重新发现自己。此时，如果我们也通透了盛与衰，抚平了高与低，便能通过万千画面上的万千世相，看到灵魂所在。此刻，读画识人，有烂漫有萧杀，或开朗或沉默。在这条时间线的两端，画家匍匐着，渐渐走进了事物里，成为玉米或其他，卑微而倔强。

圣山与荷

　　宋庄旁边的丁各庄，一个舌头打牙的村名，这里居住着王浩。进他居室，第一眼就看见墙上一幅画，古人称二尺二为一幅，此画是大幅。当时想到了丁各庄的"丁"字，画中的线条像一格格栅栏，疏疏密密扎满了山体。我好像对王浩说了句，你的线条像个钉。后面还有句没有说的话是，线条很勾人。读线条，我还冒出了个画名，丁格山庄，我在画面上走神了一下。接着，看到墙面上的小品画，2011年的"荷"系列。后来，我进入一个车间般的画室，感觉到王浩指给我看的那些画顿时有了时空感，从画内到画外，天地浑然，气息流畅。许久，我还在想，那个丁丁格格的山庄里面是否就有他的这样一间开阔的画室，他在里面坐卧立行，使整座山充满了神韵。后来，我才知道这幅作品的名称：《圣山印象》。

　　可能是在文字上费工太多，面对世间万物，都想读。再复杂的东西只要能放到纸面上，都可以解读。我习惯这样，读，一是基于尊重，一是便于解析。对于画家及其画作，也如此。在王浩的画里能读出什么？我想到了达·芬奇，他在绘画论述中总要牵扯到哲学问题，似乎哲学搞通了，笔法就简单了。早他几百年的王维在《山水诀》中就说了透视比例关系，他注重距离感，身心与世界的距离，从实到虚进入画家追求的境界。在具体层面上，王维前后的谢赫提出"六法"，荆浩提出"六要"，都是强调画家与画质的气韵之美。中西方都在绘画的原点上出发，却走向了不同的道路。西方找到了精确之尺，中国找到了混沌之度，这都是隐藏在画面里的那个原则。需要隐得多深，要看画家的修行而得。与达·芬奇同时代的米开朗琪罗，从一件古代雕像的躯干上琢磨出了一个雕塑原则，后人把这件雕像称为"米开朗琪罗的躯干"。这是他发现的原则，原则里面包含了艺术的全部秘密。

面对一个画家，我要读的是他的原则。可是，艺术有不可言传之美，要做出具体解读是很笨拙的，不得已的。好在迷宫里总有一个出口，正如王浩的《圣山印象》，布满了栅栏，但总有一条途径接近他每每起笔时内心那个象，即规则。王浩的规则，读出三字：隐、线、角。从他的笔意中，获知内心矛盾非常深刻，但他柔和了这些矛盾。

隐。

读古人的画，司空见惯。一味地熏陶下来，有了一种印象，似乎古人是最高境界，最完美。其实，今天的我不可能回到宋元去看宋元的画，站在今天，只能用今天的方式审视古人。曾经的美，只是一个传统。传统中国画的高深之处是隐，是退撤到境界上去的，整体的收敛，我称之为大隐。有些局部的或者小品画上的情趣，算小隐。尽管技法精湛，畅神到密不透风之境。但所有的画都需要索引，且答案都一致，终究显得平淡寡味。封建终止之后，受应用的影响，书法走向宽泛，国画走向狭窄。国画伴生着一种"病"，根源在无休止地仿古和仿己，使高贵的"自我"变得狭隘，重复到老。这是画家的通病，还养成了读画者的病眼，两者相辅而成，各美其谈。传统美学上的误区，有些病还是不能说的，没病就好？也不一定。没病的结果是，可能很健康，也可能已死了。市场化的今天，病更得圈养起来，实属无奈。

传统作为一种手段，而不当作目的。天下大隐者没几个，顶多隐到古代的层面，现代人难做到，也没必要。所以，把隐当作手段是不错的路径之一。以王浩2009年的《圣山印象》为例，上下与左右，两条色彩曲线交汇之处，形成了视觉中心，一个场。由于曲线的幅度是优雅的，所以这个场就显得平展而开阔，而不像平时对山的理解，总以奇为美。画家在平缓的、块状的山势里表达了一种隐，一左一右的塔与寺，在这个氛围里是要强调出来的，但画家只是寥寥几笔，线条与周边的丁丁格格并无区别。可见，没有去刻意让塔与寺呈现表面上的不同凡响。这就是隐的手段。王浩的心境体现在这些貌似不经意的痕迹里，读一遍有可能会错过，再读，或蓦然回首间，会突然把这个隐从寂静中发现出来，便拍案称奇。找到了这个规则，我的思绪开始自由地在画面漫延。这些栅栏般的线条勾勒出来的圣山，是在一场大雪过后。那时，人间嘈杂熄灭，剩下的痕迹只有内心的圣像从四周向中心聚拢，来自任何一个方位的人们，都会顺着那两条优雅的曲线走来。一个三角形的赭黄色方块，从上到下，由小到大，制造了视觉距离，也给予稳定性的暗示。不用说，这种颜色是精神性的，虽然处理得很淡，但在白茫茫之中足以吸附人心。这些，无论画家是有意还是无意，画面上显露出的都是他坚定而微妙的心境。

隐本身是深度，是距离，用特殊的气象将读画者盘吸进去。有意味的画，让眼睛永恒。对同类型画家而言，深不可测便是不可模仿。我注视着王浩所注视的这一片栅栏围住的视野（画面），我是在他的肩后揣摩前方，他为什么这样看（画）圣山，他的眼睛（笔意）为什么平和地看着塔与寺，而没有对圣洁感到激动不安。

画读到此，便要穿越或者抛开画家所设置的种种障碍（技法），到达他（画）的本质。之后再去回味，自然读到彻悟之境。在污浊的世界里，圣洁之物才需要重笔强调；在茫茫雪山中，圣洁之物只需轻描淡写就能显现出来。空山无人，却布满了神往者的身影，恍惚间，那些错落的黑线条都成了人影攒动。

艺术的高品质就在于有让人走神的地方，那必然是被神所牵引。艺术作品的精妙之处，就在于不可言传，对读者就是不可解释，这对艺术家和鉴赏家来说极为重要，是钥匙和密码。横竖读出不同的结果来，便妙趣飞来，让我和王浩站在画前都很快乐。似乎这幅作品是别人的，似乎是梦里的。隐的杀伤力是天力而为，在宣纸上的放任自流，无为而治，是归于自然的。为了隐，必须创造一种平衡在里面，心境修到则平衡，修不到则平淡。

说来有趣，王浩让我看虎，我却说，这是一幅山，叫虎山。他说，你这样看，倒是另有意境。不是我读错了，是这只虎隐在山里，此处的隐相对于《圣山印象》，是局部放大，是大写之虎。读题款：闲卧青山看惯浮云，乙丑大雪。一句说明身心姿态，一句提示时间环境。巧合的是与前面的《圣山印象》一样，大雪依旧，归宗同源，就好理解多了。

为何读虎为山，因为王浩的笔意里，《虎》之隐的味道没有因为笔墨清淡而打折，甚至比圣山还要重。读山，体味的是气象。有虎，山就活气。《虎》的外形占据了整个山的轮廓，这个气势让静卧之虎呼之欲出。所以，我第一眼看《虎》便后退几步，与之对视了片刻。虎脊是山梁，虎爪是被水冲刷过的山峁，虎颈是山脉徐徐降下，虎尾是门前那条近山前起伏不定的小道，这一切都掩在乙丑那场茫茫大雪中。再后退三步，读出的是螺旋状，虎的团抱。继而显现出一张阴阳图，黑白相间，淡化到极致。

几乎所有画《虎》者都选择了动态，常见虎嘶鸣虎跳跃，不震撼的原因是方位都不对。虎的威风不在于是否横眉竖眼跃跃欲试，如果是横向的运动，左右方向，我很安然。但虎退隐在山中，与我是前后方向的话，它便与我对立，我会紧张。所以，王浩这只静卧的《虎》，用黑揽括了所有的白，它的内心充满了强大的力量，只是被大雪和大山所掩饰了。这个隐，了不得，可见画家的胸怀气度。

在《圣山印象》和《虎》中，看到王浩在求同中的变化，和求异中的变化。万物有其形，它们的规律是在分门别类上的统一性，最后是雷同的，无思想的。所有的山（画）都一样，都读出一个味道来，实在可怕。所以世人渴求一花一世界，但这样的特性是不美的，花虫个性的艳丽"伤害"了我们的眼睛，让我们不安，让我们对"规则"产生怀疑。王浩对"死亡"一般的事物能静心面对，并找到它们内在的变，其实也是找到自己的变。

隐是运动的心迹，是画师的精神。隐，上升到了另一个层面，在静中的动，突破了水墨山水的死板。运动本身就是活力，读画，找不到运动感是很惭愧的，是我读不出来，或者画家就没有？总之，都有失误。从心理学的角度看，画上的像与心像，有种相反的作用。静态的东西让观众躁动，动态的东西反而让观众冷静，在一定文化层面上的读画者会有这样的反应。这是《虎》传递给我的很重要的信息。

有隐必有显，这是王浩的矛盾之一，他的糅合比较大气，所以，即使在线条、块状和角力上很用力，却始终包容在他的大势里。刀枪虽已入库，嘶鸣依旧回旋。

线。

某画家外出归来，看见留言板上来访者画过的一条线段，便断定谁曾来过。可见，线即是人，线即风格。借此来读人读画，则是那些接近了他理想的人，方能悟出他言物在外的本质，或手法。

《王浩水墨作品》里的"荷"意象，既挥洒粗犷的线段，又纠结细腻的流线。线的表现力是放大的，甚至到了震撼的程度，无论是画在硬体上（山、石），还是画在软体上（水、叶），以及远近（隐与显）、内外（轻与重）。不要把线条当作轮廓对待，线条或隐或显，都是核心散发出来的途径，有美妙的暗示性。我力求通过这些画面的纹路，由线条引我进入王浩的规则，探究画家的内心。

读线，直观上看，线条将画面分割，画家给自己设置了局限，自己再去破解。王浩表现荷的枝干总是信笔一画，打破均衡感，连两条平行线都不忌讳。在《荷的意象·系列》中，我一直在解读他的技法。他的横杆竖杆是支撑点，暂且称之为平衡木；其余的笔墨在画面上横冲直撞（形成角，后面谈到），轻重随意，似在舞蹈。

每一条线都是矛盾的，但从画外看，它们是一体，画内只是局部的分割，互为依存。与前面读《圣山印象》和《虎》一样，王浩的均衡感实在高超，出乎我的想象。就线条来说，《荷的意象·系列》纵横交错而不乱眼，在于把握住了线的关联度。关联度怎么体现？用错位，以力消解力，借力打力。在一些着力点上肆意添加墨块，以虚揉实，形成了假意的视觉中心，舒缓了读画者的视觉冲突。我觉得，这是棍棒的推拿，绝妙在此。

读画如吃核桃，没人注意它的外表，直入内核。先别这样直接，看好了外面的纹路，内核将会是什么，便揣摩几分。所有的艺术和人心是一样的形状，都有一个壳装饰了我们的雄心，王浩装饰得很到位，枝茎、叶脉、心籽，互为假象，虚虚实实，意味悠长。

小景物，大写意。《荷的意象·系列》大写意的线条，是潜流和重源，两种不同意境和效果。潜流和重源是《山海经》里的词，我将线条的作用类比于流水，在明线是勾搭，暗线便是潜流，即使各不相干也有内在的重源。既然如此，那就换位一下，实线条就能变为看不到的虚线条，而假意的、填充的，可以说是无奈的墨块，就可以呼应、再呼应，承接、再承接，当线条使用。似乎还没人将大墨块当线条使用，读画者也不习惯这么看。反之，把线条当墨块使，以线行墨，线变为意。我的想法，不知效果会如何。

荷，舒展的画面，弯曲的形体，几片缠绕，混合的美感。如果减少转折，就失去魅力，回到与肉眼所见的没什么区别的真实景象，就是千篇一律的标准美，那不是风格。所以，王浩画荷，一点都不工整，更多是暴雨后的状态，倾倒、重叠、压制、显露，多数整体上是平静的，不安只是局部。也有些相反，局部的宁静却让整体更为和谐。总是有生命的灵动在那里，做个旁观者也好，这也是他整体绘画风格里隐的体现。在《荷的意象·系列》里不太明显，但存在，隐约。

线能表现明暗关系，远处的线是轮廓、细微与断裂，近处才是明亮与粗犷的。平整的地方亮，褶皱的地方暗。总的说来，手段要与画意的氛围相符合，需要符合心理，有时候心理与视觉心理却又是相反的。反其道而行之的方式，可能更意味悠长。

最洒脱的线条是那个《群牛》，许多线条很粗粝生硬，我称之为硬线，有些相反，称之为软线。精确到位的线条，可能只是在解释说明来意；率性奔放的线条，可能才是画家要体现的主题。线条是高贵的，是画家的本性风格，在线条上大肆铺张挥霍的画家已经很少了，他们不敢。《群牛》有这样的笔法，王浩在线条上的大胆，让人兴奋。线条是想象的触角，在画面上滑翔而过，连着画家的手心手臂，变化着肢体语言，让我回忆起画家的举止，画家在生活中的线条感。

角。

我们尽力表现棱角，产生外形的轮廓美，大自然尽可能巧妙地将棱角缓和掉，这是人和自然对于生存方式的不同理解。反向着思考一下会怎样呢？棱角的含义会变化吗？它对画家的重要性会改变吗？

在我的视线范围内，几乎所有王浩的画都有尖锐的角度的撞击，再柔美的画面里都藏着这个硬朗的元素。《荷的意象·系列》表现得最为强烈，线条交叉产生强烈破坏性的角，它是如何转化能量形成优雅动人的美？这是读画时最不可思议之处。王浩喜欢两个三角并列在一起，喜欢多条线交叉在一起形成多个角。有时，在一幅画里产生数次甚至十几二十次的线条交锋。这除了胆略，只有技艺使然。

每一个角都有不同的使命，所以，总的趋势上看，它们符合画家当下的美学要求和手段。无论是三角形还是多边形，一旦给物体的比例做出界定，就是给它一种能量。角是有体积的，是力度，有方向感。方向的暗示性在作品中全部暴露出来，读画就会在此停留，多了几点疑惑。因为均衡被打破之后，角的力量便合拢成一个点，构成了对读画者的吸引力。

王浩的技艺是，在相反的方向做出一个反作用的角，形成相持状，给予一个力量的平衡。或者，就在这个力量形成的中心，顺着它的势，用一团浓墨来散淡它的强势。而心籽的出现恰到好处，微弱却到位，如某人不经意间站在某处，不显眼，却一下子能让人定神而去，这个位置恰如其分。即是心籽被粗犷的枝干遮着多半个身子，它偶露一角，也足以让整个纷杂的画面定心下来。读画就是反复进出的感觉，待察觉了安定的部分，便对整体的动荡不为所动了。

王浩画的牛脸最具代表性，三角形，固执程度几乎到了底线。没有比他更像一头牛的个性，放弃了常人对粗壮的牛腿和腰身上的挥霍，局限在狭窄的脸面上，寥寥几笔线条概括，似乎都是这张脸的外延，让这份固执散发到全身。

我问王浩为何要采用这么复杂的角给自己设置难题，他说自己浑然不知。这是一种复杂的技艺，由手到心。我想，他有着很自如的处世观，控制力，否则不会形成大量的角，来解决思想深处的矛盾（内心的暗示），并且，靠自己的力量将角的对抗性缓和掉。同时我也想，在画曲折的时候，内心是否遇到了曲折（还是坚定）。在画障碍的时候，内心是否遇到了障碍（还是平静）。

王浩的大画之细密，小画之粗犷，反差很大。就小画来说，他似乎沉迷于局部，有种操作的快意。我想到，局部的画工会放弃对局部的理解，画笔由具象变为了抽象，没必要被原型限制。织工的视线只有纹路，画师的视线只有线条，他们的理解会一样吗？可能一样，他们的心象都抛开物而进入神。

此外，局部与整体的关系。画家拿捏着画外的意境，围拢到画内的表现。王浩这般肆意涂抹，最初的意义最终被接下来的意义体现（反衬）出来，或者，被最后那几笔涂抹提升上来（也可能被抵消掉）。《荷的意象·系列》是在局部的行云流水、星河璀璨。天意的韵味，凡人难达，只能仰望，就像艺术家仰望天赋。

读画，我总会去感应画面的中心部位，似乎是我读画的解码器。这就产生了一个问题，有的画面有中心，有的可能就没有。《荷的意象·系列》因为角的大量存在，画面纷乱复杂，基本没有画内的中心，但韵味在纸上和局部技艺中。于是，我有了另外的想法，是否山水花草的每一部分都应该放射出一条线（或者指向性的信息），这些线条应该延伸（汇聚）到画外的一个点上。但有多少画能放射出这个点呢？画家可能并不知道这个点的存在。所以，很多传统的画看着就很平静，很平面，没有光泽，因为画中包容的东西太多，各自关联，互相消融，到达画家追求的"无"。而"有"就是画中放射出来的无数条线，在"我"的位置形成了焦点。无论如何，作画与读画的总有距离，如果真的有这样一个焦点存在，画与读之间的共鸣就产生了。这是读画者的奢望，画家也可以尝试。

今天的我们不能回避用西方的透视法来看待国画，这只是破解的多样性选择之一，还有其他的方法。国画是否适应透视学和立体几何学的审美？需要思考。浅层表达和深层表达，单层表现和多维表现，都可深入思考。

终了，我想说的是，最远古的人先画的是太阳，后来线条变为了文字"日"，艺术地抽象了一次。此后千百年来，太阳变成日，日变成点，点再变形为太阳，太阳再变形，周而复始，不得满足。其实，都是黑白，都是人生，都是时间的问题。搞清楚了画几张，搞不清楚要画一辈子。

借王浩的画闲扯一些画内画外的感受，将我在宋庄没说出的话一并道出。有幸一起探讨水墨，快意至极，酒到高处，王浩题写：操蛋致晋侯。我觉得那个蛋就是太阳，就是汉字和点，宣泄一下。

那些名字之美

　　青海，本身就是遥远的词。我没去过，一直是在天风的笔下感应到。她使用一种词，像箩筐里的摆件，某种习惯与某种宿命在其中。将那片土地的自然物产，那些名字的美丽，似乎都放在这把箩筐里筛选过，归类过，以色彩，以轻重，以远近，以时节。待我看熟了，不由得赞美这些词优雅、干净，连尘埃也沾上了纯粹。这便是互助小县，我心中的青藏高原本应如此，离天空近而透彻，不像内地，执迷于云雾迷蒙，逃脱不了大地的浑浊。

　　看天风的字，而进入青海。因为寥廓，而走到细碎。自然流露的文字，没有对文本的精心结构，很多像断片，有些就是闪念，所以大多短促，而断片中的字词也在神思中跳跃出来。行文如祭祀，典雅、从容。

　　　听不见湖水动荡的声音，也听不见草尖滚落雨珠的声音，我想象它们已经闭上眼睛，酣睡，它们的呼吸轻微仿佛女童。沉寂。雨水兀自冰凉。一声犬吠，牧人的香甜梦境。

此外还有：

> 它们裹着月光，如同裹着自身拔除不尽的清寂。

在寥廓的草原上，物与物之间的秘密，被她"捕获"。这个词是习惯而来的，写出来，我就意识到"捕获"这个词不可能出现在她的章节里，也有违于她文字的灵魂。

> 野草的清芬，花香，牛粪烟，湖水的咸涩，它们混合出乳汁一般浓稠的气息。

此外还有：

> 鸟的语言，秘密、欢呼、交谈，我在瞬间的诧异中，找不出破译它们的生命密码。

写作就是破译自然与自我，自然之书写不尽，每个年段的思考也不同。即便家门口的一块石头，平淡无奇，却对应着繁杂的一生，将语言挥霍到无言。

> 它们奔跑着，所有的蹄子扬起来，它们的肚子无一例外地鼓胀着，这并不影响它们将蹄子踩出清脆的响声。愉悦、舒畅、欢快，以及，迫不及待。

此外还有：

> 人们在屋子里忙着酣睡，忙着盘算，忙着老去，不知道一只
> 小动物站在角落里朝自己张望，只有雪将这些小动物的心意留
> 下来，等着给细心的人们看。

看到如此细腻的文字，我知道是来自于神觉，灵魂进入了所有的生命
本体，它们在她的思绪里悉数登场，并按照她的意愿自由来去。有些
是客观记录，有些是神性写作。神觉到来，作者更进入了物语中，也
获得了自然生命的视角，而不是造物者的视角，或者人类的视角。其
实我们不懂自然，才尊重地提出自然规律，所谓的规律，置换身份也
是其一。像那些花草树木与牛马羊狗一样生活，并且在青海，在她文
字里出现寥廓与细碎，这样的生活令人渴望。

她写了很多花，没有极尽灿烂的语言，给了花儿本色。在高原，
花之美，因为时间，怜惜的是命运。那里，秋冬占据了多半时间，而
她的《时间里的花》在暗示我，花开得艰难而细微，夹杂在草丛中，
香色很短，回忆很长，正如一世。如果花儿也有四命，各司一时，那
么在青海湖更北一点，写作的人早已在万物中领会了草木生命的意
义。

> 倒挂金钟还没开花，叶子是油汪汪的绿，天竺葵的新枝从
> 枯叶中探出来，小心翼翼的样子。母亲含着笑，看着小女孩。我
> 看母亲，再看小女孩。这样，我就从小女孩身上看到我母亲。这
> 是一个完满的，没有缝隙的圆环，它不关乎结束，亦与开始无
> 关。

在此停留许久，回忆渐渐泛出来，人与花草何其相似。我们目送着远去的在昏暗之时模糊了的影子，也包括自己。

高山之屏，铺满细碎的色彩，点画一样；到了冬天成一张白色宣纸，抑或是带草纹的那种。她居住在下面的小镇，四季观察，甚至在雪中爬上去看个仔细。花儿被覆盖，没有拨开厚厚的雪。我读着她的文字就会进入这样的想象中。在雪下面的颜色正是调色板上凝结的彩墨，容不得化开。文字的灵性被她这样常年释放，每个细节都不同，正如我对青海的神往，有了无限伸展的空间。这样的写作让人羡慕不已。

花便是花，没有贵贱之分。狗尾巴花一丛一丛，"淡黄的绒毛分明可辨，白色籽粒潜藏其间，却又暴露无遗。蒙上黑斑的叶子舒展自如，稍一碰触便发出细碎声响。"

在她的眼里没有衰败之气，反倒是精气神裸露出来，甚至发出干脆死亡的响声。这些都活在内心。她真的把万物世界看作一场大戏，你来我往，周而复始。如有消失，可能是我们一时的淡忘或离去。写作者与世界的对称关系，在物与心之间，远远近近的，难以说清。

仿佛时间的一个部分，向前波动，消失，又重新涌起。

好在她写出了这层关联，让人借此机会在短暂的时间里停顿下来，想一下生命的意义。

关于《萱草》的一段话真好：

我习惯将这些花朵想象成一些安静小兽，具备喜怒哀乐，以及对时间的顺从和恪守：夜晚，它们钻进黑暗休息；白天，它们拽着阳光游戏。

这个过程里，她还想到了天空，花儿之上的灵物在那里飞翔，天地之间只剩下她独自享受这一切，直至"母亲小声催促，在黑暗里：你看萱草花都知道睡觉。"

多轻微的一句，犹如天籁。花要睡去，母亲也将睡去。读她的字，常常被这样惊醒，有时候觉得她走在我的思维之外，有时候又觉得进入了我的思维之内，总有不经意的一顿，回神过来的好。

繁花，是她的美景。立夏之后，她写了花的三心二意，也写了它的自由散漫。

> 午后的牛蒡，站在道旁的杂草丛中。它总是高出其他杂草，带着运动员的体魄，但是精神不振。地头一排高秆大麻，或者半截土墙将阴影搭在它罩着浮尘的叶子上，使它的叶片绿中带灰，灰中一抹黑。

闲淡心情看牛蒡，没有兴致，可是她在无数个这样的午后，走在高原小城，时间拉得很长，内心却收得很紧。观察一切生命迹象，暗合自己的审美，甚至将牛蒡看作是巴赫的六首无伴奏大提琴曲。所以，看她的字，淡雅，轻柔，美好，神往。

她有太多的时间和草木并列，与鸟兽共存，不然怎会有这么多的细节。她感动我的是细节，细微之处让我感到自己对生命的观察过于粗糙，而她所讲述的过程完全可以列入标本语言。那些规范的阐释的确枯燥无味，而她的字是对物种最灵性的描述。我不得不拿出梅特林克的《蜜蜂的生活》《花的智慧》《白蚁的生活》《蚂蚁的一生》《卑微者的财富》，她与他探究的都是生命奥秘，只是我们站在自身的角度来看万物，用所谓的人生来赋予其道德的价值。

寄生的小虾虫，裹着螺壳和草茎挤进石缝。我在此时从不玩闹。挑木桶，来到河边。弯腰，用水罐将河水舀进木桶。

她在细小的明鱼面前的态度足以说明这个道理，而在泥沙俱下之时，她只能垂下手，退在一边，看着慌乱的明鱼消失在浑浊的青草间。此时，让我们回忆起年轻的身段和那个悄无声息的黄昏，消失了的似乎并没有走远。简单的生命形态，在她笔下是存在与想象的镜子，微妙地晃动着，不经意间就显现出什么。蝴蝶一样，轻盈而从未喧嚣过。

她的物，都是人性的外延。

青蛙迈着它的八字步，昂着头，仿佛戏台上的老生。女王般闲逛的猫咪。在这些一闪而过的影子中，秋天最为漫长。

因为它们进入了她的生活，诸如上苍为她带来了父母孩子兄弟姐妹，一生都不得离弃。或许是因为身在寒冷的高原，美的短促，更让人有写不尽的生命意义。所以，青海湖边的秋天早早就凉了，一直到突然一夜秋风遍地雪。寒气很持久的地方，怜悯之心在女人内心，可能会是一种浩瀚无际的关怀，夏天歌咏的万物都被上苍收去，那面漂亮的镜子消失了，背后的山一片空白。她写了很多秋日物语，尤其是动物，它们终究要藏匿起来，并不告知我们。这时候便有了"鹅正在仓皇逃窜，一些阳光撞在楼宇间的玻璃上，仿佛撞碎的旧铜片"。

秋日的悲悯莫过如此，她明明望见了雁南飞，却着笔于鹅，小巷里那个笨拙的身子。她在意生命的完整性，观照弱者，或者说是走在队伍最后的人。在这样的铺垫之后，她大段讲述了鹅的调皮可爱之处。而对蜘蛛这样的女子几乎都不触及的动物，她用心事来探究，白天糊涂的事在梦里都一清二楚。她的感性，自然而然地隐在技艺中，不让人发现，这与观察的动物一样，神秘而自然地存在着。

天风的很多篇名都是一个词，是名词，也是动词，活生生的，在四季反复出现。短暂或永恒，归于事物，归于感知，都在她笔下呈现静态之美。开场或结束，还有那些碎步流连的过程，任何时候都像一个人在神思。没有做作，怎么都好。这一点，她像诗人，但没见过她写诗，文字里的诗意，只是证明了她对这片土地的依恋程度，对事物的辨析程度。所以，她所使用的词汇，都是直接的，跳跃的，感性的，关联的。她没有辜负那些名字之美。

字里行间

　　在前北屯停留过的人都经历过底层生活的煎熬和琐碎，我写过，阎扶写过，而指尖在我和阎扶来到前北屯之前就离开此地了。虚弱的光从低矮的窗户里射进来，照在我蓝色的床单上，炉火已然熄灭，"我戴着手套，穿着厚衣服，仰望这缕清寒的光线。它是遥远的夜的眼睛，明亮，但不可给你任何关于温暖的想象"。

　　我发现这篇文章的时候，你已经隐居到偏远的小县城，我开玩笑说你也生活在河汾之东百里。这些漫长的文字也其妙莫名，很多感受隐藏在字里行间，说得，或说不得，但曾有一个异乡村落被三个人先后生活过并留下些许文字。山西还会有谁？这又怎能说是我们的幸运？或许文字才是幸运的，被划动着保持了安静，这样能听到自己说话的回声，整个世界的回声。

　　我常听见自己身体里发出的声响。

——《骨头上的花朵》

你找到了一个准确的入点，人与世界共享的秘密，"许多的疼痛，从身体深处冒出来"。

我开始怀疑习惯了的动作是否归属于惯性，是否意志使然，"成为我们生命中的暗疾"。花开在皮肉上还是骨头上不重要，甚至花都不重要了，骨头被时间敲碎了，花在别人的记忆里，皮肉还被我们享用着。

你的时间多在黑夜里走笔。

除了夜，谁能把你带回到那些熟悉的经历中去。

——《暗夜柔软》

"我的鼻息里，常有祖母身上淡淡的青草气息。"我们早已失去了动物间认同的方式，在更现代化的环境里互相兼容，闻到了别人身上正是自己喜欢的味道，像电脑上的文字，失去了手的感性。

写字的人或多或少都迷失过。

与我面面相觑的，却是这样一面毫无怜惜之心的，坚硬的，冰冷的后墙。

——《不可饶恕的迷失》

这是一个细节，但生活却是一堵堵墙存在周身，我们在做着一件事情，将人生耗尽在迷宫里。"我从来就是个对方向感极为迟钝的人"，如果不是这样，文字才是真正的迷途了。于是，"将之前所有的故事推翻开来，从此描绘一幅或许于我来说有些新鲜并值得期待的图画"。

这让我想起了一部叫《迷墙》的电影，我们被限定的事件中，"这是一次必须而无聊的旅程"（《火车上的流光》），"等待着一个即将开启的剧目，等待一场未知的劫数"。最终都完成了一次逃离现场的情节。

你在文字里让我们置身在臃肿的车厢里，完全闻到了别人的气息，所以，列车在时间里穿梭也是文字在黑夜里走远。从光滑走到皱纹，此人已中年。

那个夜，并未因为跟母亲睡在了一张床上而入香甜沉醉的梦。相反，一整夜，我动都不敢动，怕惊着了她，怕压着了她。

——《皱纹》

这段文字惊动了我，年龄才是文字里着力的一笔一画，所以此人真的静了，留下纸上能听到蚕食的缓慢的夜。甚至，"换季中习惯的咳嗽"（《咳嗽》），"若众多折子戏，连着一起上演在秋天的舞台上"。

在身体内部开始的变化是难以察觉的，写字的人执迷于现在，所以这些文字一以贯之等待着来年秋天。这与回忆少年的时光是极大的反差。

在相邻的文章里，能错过很多季节，给自己一个衰老的理由。在秋天到来之前，"一个短短的黄昏，便足可解决"（《少年的黄昏》）。

一切都退去了，一个人在县城里，回到自己的角落，我们都占据了世界的某个位置，这与别人无关紧要。

所有对昨天的记忆已经成为另一种姿势，而明天又即将成为另一场梦之后的疲惫。

——《季节素影》

"我想起一张脸，陌生的、苍老的脸。想起一道伤口，尚未真正愈合，但已经不再疼痛的伤口。'你的文字少了水分的滋润，这是北方，代表了一种真实的态度，文字的年龄也就不能改变了，"暗合了这个季节中的沉郁和轻飘"。所以会这样说："它们要像忧伤一样难以察觉，要像流水一样不易牢记。"一个北方女子的气度与汉子相比并无多少减色。

我想到一个自己曾经历过的问题，如果在一个地方停留超过一定的时间，你是你，还是地理标志，或其他。

一个地址，它本身的宿命就是被废弃的，不被人废弃，便被时间废弃。

——《废弃的旧址》

从最早的前北屯到现在的小县城，字里行间地行走时，留下文字重要，还是经历过重要，你无语。或许只有在北方的夜里可以思考严肃的命题。

年少的时候出发，便再也不能在某个叫家的地方相守终生了。没有人可以代替我们的行程，也没有人接受我们的抱怨，我们在冬天的夜里，将永远孤独无依地走下去。

——《在冬夜》

这个结果也是我的宿命，在北方写作的人都有着寒冷的外衣。棉袄是值得怀念的（《棉袄》），整个乡村生活可能都抵不过这样的温暖（《开放或凋零》）。

秋的况味以一种柔韧而匀速的态势一点一点地穿破时间的衣服，总会有一片叶子永远挂在树上的某一处，一直到我们生命完结。

——《秋天，这一场繁华盛事》

你经常站在环城的高山之上，看着生活的城发生着生死轮回，红白相间，依稀可听。山上有庙宇，山下有河流，"哪些渐行渐远的人，哪条渐行渐远的路，哪段渐行渐远的时光"（《消失》）都曾经存在过。

这部书里的怀念之多让我也回到了曾经居住过的小城，一切变化都从容，每一处走失都清晰。

一部书本身是局限的，一个人也如此，在太行之西的那片山地，阳光起落间留给我们的阴影是强制性的。你密密麻麻的字都是日子，波澜不惊，这何尝不是渴望的生活。

我不是评论家，不会用专业术语扫描各个部位，我只是写作者，在文字里享受通感，也咀嚼别人的秘密。我说的秘密就是文字能带给你的快感程度。现在，我的文字只能写到此处，给读者留下秘密的通道。

秘密一直都在，而且因为长久得不到破译而更加神秘诡异。我们苦于没有一部正确的密码，解开它被包裹严密的、平静的、内敛的、神圣的纹路，无法抚摸它陈旧而新鲜的痕迹，或者欢喜它在被揭开后得到的一些意识上的收获。

———《秘密》

我在这本书的字里行间散步，直到看见了这个醒目的标志，停顿或深入。读者或有兴趣选择，秘密之中，秘密之后，正在流失的部分，文字像细沙一样沉淀在北方少见的河流之下。

五日谈

　　头一件事。老家来人看望他乡的你，要穿越黄河秦岭，约在巴渝会面。虽然佳酿在添，昼夜兼谈，如同逝水常东，暮钟与虫鸣，都不属于时间流逝；缓慢的诗歌，在仓促的生命里也冷漠对抗着。但离你们的告别，时间所剩无几。

　　这是我特意制造的时间压缩机，一年归于一日，一日如同一瞬，这样便看得清楚，一生能做几件事。所以你的门推开又闭合，接二连三，仓促来往。我便要回想一下，相识的五日里，被河流冲没的残渣，还有哪些？

　　那年，也就在昨天，你在重庆与太原间飞个来回。重庆是客乡，太原是他乡，你没有归属感。我觉得好，诗人太安逸便写不出好东西。好像你也这么说，还说了什么，比原浆更纯粹的话也都蒸发了，这与过往的生活一致。你上了飞机便是局外人，你也这么看地上的诗人。这一日里，你从早到晚在干什么，我们不知道。有时看到暮钟二字，就想起你在重庆写了那么多禅诗，其实就是诗，是你的思考，禅不禅的，都是外形。似乎只能用诗来看望你了，对于诗人而言，你做得不错。

那年，感觉如前天，在应县——你的老家相遇。诗人本色在出生地会显露出来，你说这是姥姥家舅舅家，这是舅妈这是表哥，这是你什么或什么之处。根在此，惦记着，这让我感动。原本我们要继续前行，是你特意领我到这里，这个插曲，是个低调，很入心的。很多人活在高调中，诗把人搞得很累，人把诗搞得很废。你很谦虚，就是在喝酒时有些亢奋，证明束缚还是很多，想挣脱。

应县—太原—重庆，太原只是行旅的过渡，在事业线里，却是重要的节点。你折线而去。你曾谈过几次将来，哦，也就是还没到来的第六日。听出了你有意于远行，也许第七日你都有了打算，与混沌慢炖、困顿不熟的人不是一类。有梦想，很好。走与不走，其实都是对诗歌的不满，牵扯到对生活的不满，或彼此关联，不好剥离。《本心录》是在重庆写的，在庙里还是宿舍，无所谓，但诗中掖着太多旧事，没完全放下。写得简洁，想化解，但负重却很多。这是另一种困惑。

那年，恍若是哪天都有可能。穿着凉拖，拎着袋子，走在街面上的你，揣摩着谁将取走袋里的三万二万一万，关于诗歌的奖金。在钱的秤杆上，你说某人差某人强，我说堪比鲁迅文学奖，呵呵。你照样忙碌不停，因为评委会你最年轻，老人们因你的活力而温暖。放眼山西的这拨年轻诗人，属你诗意盎然，真诚投放于诗坛，在喧哗中的上官军乐诗歌奖中，诗国的人记住了你。

你远走重庆，挥手不见旧友与酒友。你应公开声明，太原酒多，重庆水多，我去也。走时，我也赶了这趟火车，算送行吧。一路听你忆往事，唱空未来。厄难的时候，年轻真好。这是你的本钱，无惧一切，唱空走得踏实，唱多反而虚飘。五小时后，我下车，你一再叮嘱我这个那个，好像是你伴我回家。还有谁说小虫不是好小伙，那个唱民歌一把鼻涕一把泪的样子，见识过是一种运气，忘不了是一种福气。

那年，被酒气弥漫的更早些的时空里，你这个颓废者，和所有的诗人都喝高过，这是真诚的一面。遇上诗歌奖筹办，你东拉西扯成就初衷，具体说来也就了了。还是说旱西门吧，你住在这里，从不缺酒，如何叫"旱"？这年头，你开始反思，为什么写诗，怎么就混进了诗坛。人人求功名，少有这么想，似乎你反思得太早，不入群，不搭调。你的叛意，在这里萌生。诗歌没能解决你的生存问题、情感问题、介入社会的问题等等。现在人不谈理想，其实就是理想破灭的问题，你谈了，便孤独。

这之前，你住在城中村，还写了《前北屯》系列。那时的你是盲目的，刚做编辑，谈情说爱，在生日宴上一醉方休，然后母亲去世，人生五味交杂在一起。这时候的你冲动冒失，单纯偏激，很多人恰恰喜欢的是此时的你，淳朴如民歌。印象最深的是你从老家返回，打车到我门口，带着两大箱书，下着雨，我们扛上楼，我说比两袋面重多了。是啊，书是你的粮食。你说，父亲因对你的前途的选择而不满，烧了书，你痛心疾首。对书的情感，就是对人的情感，没说的，这个真实，可靠。其实，你父亲无错，书生何能，诗有何用，你去哪里都一样，诗书漫卷，人生虚空。后来，你我都说，好像一切就该这样，那就这样吧。正如你最早的那本诗集《生而为人》，你说写得糙，不好意思。这年头，还有好的标准吗？大家都是好意思活着的，谁像你一出手就自我批判啊，你有种。

那年，最早见到你之前，迎泽公园门口见。你的短信像搞同志会，约在这种地方。我们还没见过面，签约的小鱼，她分别认识你我。公园离翡冷翠餐馆近一点，喝酒方便。你说在老家上高中时读过我的诗，这是直接晒前人于沙滩上的锐器。诗人就是韭菜，一拨割完又是一拨。听人说以前你如何，我就感觉到老了。而你给人最初的印象是欣喜莽撞的鹿，也属于野兽类。与同龄诗人相比，直率，较劲，兽性强。那年开会，你初次见到大名鼎鼎的雪野，就在酒场上交锋，为诗而争执，可爱的老小。诗歌无标准，前赴后继都在写，谁对谁错啊，但你这一飙，酒王喝哥了。过后他说，小虫是好孩子。

每年的段落都要说到酒，诗人有酒便自赎。好了，这五日酒气熏天，一晃而过，都来不及历数你的美好的糗事。再回过头来说今天吧，诗人二字，诗变小了，人变大了，很多事情需要我们去做，没完没了，一年如一日，做不完就完了。回过头来说将来，可能还是剩下诗歌没做好，觉得一辈子有点浪费。揣摩着，你在重庆此刻正这么想，如果我去，你会这么喷我，如那年初见一样，不同的难堪，不同的意象。

暮钟里的小虫，世界之大，个人其微，无论前窥还是后视，众人匆匆在殊路。你安顿在庙里，思想也形迹匆匆。相看两不厌，诗里诗外都一样。看你真诚如故，便是好心情。

马　咀（长篇散文）

马咀村在晋北浑源县西北，面对北岳恒山，只有一户。

没有马

　　马咀村连一匹马都没有，没有了马，马咀只是一个单纯的村名。我要去这个地方，是因为总要澄清一些记忆。一个人再次睁开眼睛时，发现寻找记忆有多困难，这与死没有太大的区别。没有马，着实让我失落。当我踩在这块草地上的那刻起，寻找的眼睛就没有停止。草根旁边的土非常松软，草根无法将它们蔓住。久旱的夏季结束了，秋雨还不见影子，远处的坡地绿了点，那块地方会比这里更松。羊群移动的速度比想象的要快，浮起薄薄的尘云。我希望看到草，草就亲亲近近在那里，等着我。心中的马匹便能翻滚着将草碾乱，然后翻过那道梁，走到比草还要微小的时候，满眼尽是绿色了。抬头骡子低头马，那个谦虚的影子，像夹着书本低头走路的少年。

马咀村一定养过马，已死过不少马。当晚喝酒时，看着日泉的眼神，想到在半山坡遇见他牧羊时的大步姿势。他就是这个村庄最后一匹马，老马。端上酒问起年龄，果真属马，这让我不知说什么好。后来，梦到了村里最后的那匹烈马死时的情景。日泉家不远的那一户院子里，板车已经架好，摞上陈年的家当。这个当头，大块的雪砸下来，一孔窑洞塌了，掀起的雪浪将那匹马惊起，它一步跨过栏杆，收起后腿的瞬间在空中有个短暂的停顿。这是那一家人从马屁股后面的角度看过去的姿态。他们在这个姿势中不动，黑色的马就化为白色，比虚化还要虚，后来人们说，这等大块的雪就是天马行空溅起的花儿。马咀死去的马都要被剥皮，马肉被制成了熏肉高高挂起来。老人抱着马头走到村口将它下葬，这里是它一生都要经过的地方。但这匹马没享受这等待遇，它就葬在这座院子里。我无法知道它跃出院子后去了哪里，也无法知道为何又要回来，它在茫茫雪地上踏出一条直线穿越了窑顶，没有人再看到它的坠落。听到这样的声音，那家人说，这声响和夜里听到的大雪块一样，噗，噗，噗。我没有惊异，这个低头走路的家伙应该是这样的。我在马咀村走了几圈，觉得自己就是那匹失意的马，在这块土地上肆意游荡，低头不语。

　　　　樱桃好吃树难栽

　　　　事情这好办口难开

　　　　油灯开花一点明

　　　　小酒盅量米不嫌尔穷

　　　　锅熬噜噜下上米

　　　　不想呀旁人光想尔

　　　　山药蛋开花下了窖

　　　　因为呀想你睡不着觉

好多年前就这样，马咀的每一个细节都在我的记忆里，它们是人类学的范畴，艺术只是外衣，会褪色，而马咀就是马咀。现在说给你，可你那么远，马咀对于我们不是距离，而是它在另一个世界。我们被地球转动到了每一个新鲜无比的空间，生活在繁杂里，我们的思想也互相提醒着，包容着。现在，我们已经无法抑制自己繁杂的想象，也无法回到原本自身的单纯。回到简单是多么难的事，怎么做到？马咀好像无视地球的运转，它就钉在了那里。日出日落是个跑来跑去的妞，与自己无关，面不改色心不跳。简单的存在，也许不适合我们的生活，但它已经在提示我，从牛角尖退回到牛身上，退回到牛奶，也很好。人往年纪上走，总要退回去，退到孩子一般无牵挂。想念马咀，就想到马咀如果是牛咀也很有意思，风马牛也是相及的，你说呢？我们干吗还要来马咀，你说要来，我们便在路上。车上，地上，你也一直幻想着马咀。这个老朋友，再见一次多难，现在我们就去骑马，扭过那张咀（嘴），说，我们就来看这张老脸。

如果你在这里，就能听到马咀的语言，有些听不懂，但好听。山泉一样，咯咯咧咧响，你说话也是这样。在录音棚里，你喊别人，妹妹，你走路不要咯咯咧咧响啊。我也是猜想了很久才明白，听不太懂的话很有魅力。看古籍也如此，经常遇到一两个词，人被堵在那里，意思却能绕过去，这就有了回味。精彩都在拐弯处，你也是拐了个弯猜到马咀的。昨天我们还在京城里谈画聊诗，今天就走在马咀的路上，是不是地球轻微地一抖，正好将我们甩到了马咀？宋庄的色彩太繁杂了，色彩在相爱，错乱不堪，你怎么能忍受？颜色的内心是宁静的，画的人将它们搅乱，他们不懂单调的力量，不懂言（颜）多必失。高人的吐纳是简约直率，滞后而不锋芒，接近他的人不是被惊恐，而是慢慢地到了深陷的地步，至此你还不完全看明白他的意图。

让内心表达的部分呈现得少一点，画面上更多的部分是关联。走在宋庄，我让自己安静下来，想想艺术皆如此。马咀是安静的，它接受你，你却无法发挥出来。这么大的一个舞台，你的独唱只有在内心酝酿，没有听众，没有掌声，艺术回到原生状态，回到简单。我想，这是你需要的，马咀将接受你。往前走一走，土块就挤进鞋子里，没关系，磕打一下。没有雨，你也闻不到泥巴的味道，但比城市清新。我们不想要闻到什么陌生的气息，嗅觉在这里恢复了鼻子的自尊，我们可怜的鼻子习惯了几十年的尾气。你说，过了雁门关，旷野就开阔了，沟壑纵横，山叠着山。我说，北方的山外有山显示的是高度，南方的山外有山显示的是隐秘。你说夏天也感觉到朔风阴冷，胡杨林在柔和的阳光下掀动叶片，密密麻麻，白白光光。我说，树叶是树的手，它们在应着季节耍手艺。你看什么都好，因为喜欢马咀，你看过我写过的马咀就向往着。我说，其实马咀很简单，一户人家，六口人，两个孩子在外，一个老人现在去世了，剩下三个人：日泉他爸，日泉，和女人。

日泉家春天的开端，在太阳要落山的那个坎。马咀山是个大布袋，斜斜地撑在那里，朔风吹响，兜住了山脚下的村子。日泉的马咀在最远处，藏在布袋的旮旯里，整个冬天都被罩着。用雪罩上一层，日子旧了，再用风刮掉。每个黄昏，布袋子一抖，寒气就在风箱里满满地吸过去，这时候点起火苗的是日泉的女人。马咀山上的太阳落下去那个当儿，抖了好几下，驴子骡子也抖擞数下，安静地吃草。上院，日泉的女人在院旯来回走，那些畜生距离远，它们会看夜色行事，向来是不慌不忙。下院，日泉的父亲在扫院，长长的扫把和老朽的筋骨一起哗啦哗啦。回头再看日泉的女人，独自窝在灶台边，在火苗还没有张开时，整个屋子都黑塌下去了。黄昏里，太阳正往大布袋里溜着，听着响声嗖嗖就没了，溜得快，黄油糕贴着黑锅边一般。日泉的女人喊了声，日泉就赶车上来，跟演戏差不多，那个巧。女人进屋将切好的一案子菜下锅去，男人卸干草，一会儿就燃起烈火。日泉的父亲坐在高处抽烟，似乎这一切都是他安排妥当的。日泉赶车去下院，下院最下是十八孔窑，牲口的居室。黄狗黑狗一阵狂吠，告知马咀的主人一日辛劳该歇息了，狗的晚餐也即将到来。女儿二琪和儿子五龄跑下来接住日泉手里的驴，送进院子。牲畜的世界各行其道，日泉是它们的上帝。日泉打羊、打驴，圈羊、圈驴，撒了玉米面喂羊，给骡驴喂料，最后的晚餐进行着，称职的上帝还饿着肚子。日泉慢悠悠走到上院，一棵树上有点月光，猫跳上树，叶子突然停滞了姿势。这棵树很怪异地注视着猫，树有灵性，它看世界是平静的，看猫就有点不自然，很快就浑身颤抖，和那张大布袋一样呼呼响起来。马咀模糊了界限，炊烟都淡入星空，只有风箱清晰地，节奏地，一家人不紧不慢地，絮叨一日里的光景。月牙比人还要饥饿，树又动了一下，热腾腾的晚餐被风吹开，咝咝不断。猫跳上炕，在窗台上注视着玻璃外面的世界，日泉的父亲将烟头拧掉。日泉说，今儿个还是热炕头。

朝霞与日泉在窗户的两边忙碌，隔着紫红玻璃，一尘不染。与马咀对应的东部是恒山，站在浑源县城看，遮住了少半个天，一日之计要接近中午才开始。站在马咀，恰如围墙，远处坡下的鸡鸣狗叫似乎都来自围墙外，就从那里爬上个妞，妞隐了好看的身子，骑在墙头，红扑扑的脸蛋蛋把那个天烧的。日泉赶紧从下院牵出骡子来，装作很勤劳的样子给人家看。为什么装？这么大早，他都没有打哈欠，那股认真劲，不是夏天睡不着，冬日里也这般，早早撇开女人掀开门帘出来，那个妞正在墙头探望呢，日泉都晃了眼神。牵了骡子到门口，女人已备好套子候着。骡子的脸红了，油乎乎的发亮，毛发抖动了几下，那棕红深深地留下来，到了鼻尖，扑扑就没了。带套的骡子装上几个塑料桶，跟主人撒娇，刨地甩尾，过会儿它就能喝到泉水了。它先喝，日泉后喝，日泉的女人和家人最后喝。骡子光荣而幸福的模样，日泉知道。骡子在后面踩住了日泉的脚印，扑腾一下，几只鸟从天空飞过。妞在墙头唱起民歌："上河里那个鸭子下河里的鹅，一对对那个毛眼眼找哥哥；煮二那个钱钱哟下了那个米，大路上搂柴瞭一瞭你。"日泉也呼应："有一个没有意思的传说，精美的石头会唱歌。"他们经过偌大的沟沟壑壑，有一大片种了葵花，齐刷刷掉过头来，夏日里的黄土被红红绿绿地掩盖，那些都是妞的杰作，她一眨眼，风光无限，收获尽有。可是日泉不这样认为，这些都是他和女人一起下的种，是他们两个起早贪黑弄出来的。等他赶着骡子从沟底上来的时候，日泉的女人就站在地里劳作，女人摸着作物跟摸着自己的肚子一样，那里正在长着东西，一年一次，满心欢喜。骡子走过一孔孔坍塌的窑洞，有时候土块会突然砸下来，整个从肚子底下翻滚过去，吓骡一大跳。日泉一点也不奇怪，还是哼着小调往坡下走。那妞看不到马咀最早起的生灵，那妞就蹲在恒山尖尖上不吭声了。这么多窑洞荒废在马咀，只剩下了日泉家，还有葵花。这像是在画里，还能从画里拿出几颗葵花籽，剥开衣壳，现出嫩嫩的白白的肉。日泉活在这里好享受，女人从地里拎着个瓜进门，她做好早饭等着男人受用。日泉在大同市的妹妹，昨天回来伺候病床上的母亲，又跟嫂子唠嗑得晚，早上也起得晚。一会儿要去地里干活，只好满地找鞋。过会儿，拿了一双鞋出来，坐在院子中间，试脚。日泉的女人跟着出来，两个女人盯着一双鞋。再远处，日泉端着碗，也盯着。更远处，我盯着碗里，看着院里。

日泉的女人：热天这能穿吗？看看是棉鞋还是夹鞋。

日泉的妹妹：能穿，棉（厚）的也能穿，不棉（厚），旅游鞋也就这样。

日泉的女人：你们娘儿们脚差不多，我穿上有点小。

日泉的妹妹：我跟二女的脚差不多的。

日泉的女人：那以后就穿上吧。

日泉的妹妹：就是，这挺得劲的。

　　她去庄稼地，一会儿肯定豆角黄瓜什么的，满篮子归来。院子里那二十来只鸡开始散步，它们有一个下蛋的小房间，经常满座，内急不得了的鸡们就只好找个墙角草地放下蛋就走，害得日泉的女人每天四处找蛋。鸡走多远，蛋就多远。院子里除了鸡群，就是啤酒瓶子圆圆的屁股群肆无忌惮反射着阳光，到处都是圈圈，无数个绿幽幽的眼睛，高度近视地看着日泉家一成不变的日子。几个塑料桶清空了水，靠在墙角。负载它们的骡子和驴一起跑远了，它们的打鸣可能是吟唱。自在的时候哼哼，人也会这样，所以此时的骡驴哼哼是在唱。也许没错，动物学家也是按照人的意识在揣摩畜生，这也没错。早先，人也属于畜生，后来渐渐长了级别，成了官员，管理畜生们的世界。日泉是马咀最大的官，管着一家子，和两百只羊子，一只骡子，两只驴子，二十只鸡。白天，他们和它们都到草地上，躲在树下乘凉。庄稼不管什么天气，总是吊着脑袋，互相碰撞，有怨也得忍。马咀的夏天热哇哇的，土壤被晒得虚脱，就等着一场风，扬起，像那掉皮的书，厚厚一层，说没就没了。远处的庄稼地，人在那里干着什么，根本看不见，就当是一颗菜瓜，白白的。菜地里的鸟飞来飞去，说不上名字，算菜鸟吧，凡人一样，没有拘束，活个自在。有名气的鸟不叫菜鸟，别人关注这个名字，飞到哪里都身不由己。日泉的妹妹在菜地里摘菜，我走过去，开始看到白白的羊，棋盘上摆下十几手，剩下的百十手被日泉藏到了坡坡那一边。日泉能将马咀坡当作棋盘该多好，他摆布白子是高手，来侵入的黑子肯定难受。他正跟别人说话，那边的人有时候隔着沟壑喊话过来，吃了吗，老不正经的。日泉喊，你过来啊，你个球事。如果当作棋盘对手也好玩，他们互相发功较力，谁也不会轻举妄动，可是日泉手里的鞭子一甩，又一个白子显露出来了。他会坐在疙瘩草丛上，看着这些生灵们侵蚀到对方的地盘上。黄帝驱使畜生们大战蚩尤也这般，日泉比黄帝自在，他在看戏，别人无奈，戏就成了。黄帝是著名的鸟，著名了就局限了，不像日泉，空泛地活着，是与不是，行与不行，无关紧要。日泉的妹妹在地里边走边看着什么，这场戏跟她无。菜篮子满了，离我近了，我们都是普通人，多好。

二锅头

秋天的马咀不到下午五点就降凉气，太阳悬在山尖，象征性的，比晾干烧饼还要冷漠。坐了一天车来到这里，一伸脚就被凉风飕过。日泉的三间平房孤零零地放在那里，遗弃的积木般，很旧，边墙都朽了，我怀疑他一家如何在翦风里藏身。没有院子三面墙，还有谁的家比他空旷。风可以自由地来去，他生活在风里，习惯了被风刮着走，又被刮回来。墙的作用消失，这个概念在日泉的生活中隐去了意识。我说了墙，他笑了。城里人被墙分隔，人是囚。

日泉的院子空洞苍白，北边墙角堆着酒瓶子，白屁股绿屁股统统朝外，一个圆蛋挨着一个圆蛋，整齐的一堵矮墙。多数瓶子是绿的，很显眼，很远处也会看到它们的光泽，如果遇上大雪天，整个马咀会不会就剩下这点春意？我好酒，看到这样的颜色自然感到暖，也知道今夜必定要痛快饮一场。

院里，日泉的妹妹坐在小板凳上摘野菜，一群鸡在争来抢去。刚见面还不太习惯说话，打了招呼后，我就明白他们已经将下酒菜备好了。晋南麦地里有这样的野菜，以前很容易拔到，滚水里一捞，再炝点蒜点些香油，是不错的小菜，但也只能在中秋到次年春天吃到。日泉的妹妹不多会儿就摘回一满盆，最后出锅也就能得到一大碗，我很满意，意外之物容易知足。

日泉赶着羊群回来，他应该看到女人烧起的炊烟。他的女人从地里挖回一筐土豆，很麻利地收拾着，点上火，烟煤浓烈的味道弥漫到平房的每个角落。生活本就这样，炝得你落泪还不忍离开。她们两个一人拉动风箱看着锅，一人忙活配料。我称之为配料是因为她们将地里长着的所有物种都摘了些，整整一大盆，名副其实的大烩菜。

日泉已经坐在炕头上了，他笑眯眯地看着我问喝什么酒。我还想着门外那堆绿屁股瓶子，问他也爱喝啤酒吗？女人回答，那些都是白酒，二锅头。我的天，喝下了多少酒精，日泉该叫酒泉才对。煤烟淡去，由菜香已经很清晰地分辨出南瓜豆角土豆的味道，丝丝缕缕在空气中飘浮。听到酒瓶子碰撞声，它们被从门后旮旯里的那个箱子里取出来，纸箱空了，日泉将那些精华全部吸取。我问他就这几瓶了吧？日泉的眼神好像闪过一丝慌乱，马上咧嘴笑了，不怕不怕，还有一箱，够你喝啦。他可能觉得一箱酒完全能够支配我在这里度过几天，他用自己的度量衡量我。我是不惧酒的，甚至有点好酒，这几年每天晚上入睡前我都要喝上两大口，夏天也如此。平时朋友相聚，酷热中我也是要白酒，男人，喝啤酒总不算话。

两瓶北京出产的二锅头放在炕桌上，女人将褥子折叠到墙角，让我上坐。我上火炕还有点不习惯，摸了摸，温度就很快传遍全身。这是热炕，让我想到城市里的地暖，热气自下而上顺着人体原有的气息钻进了每一个部位，再从所有的毛孔中透出来。在北方没有比这更舒坦暖和了。

四方桌上支着两支蜡烛，焰子摇摆不定，日泉那张略显得呆板的脸有了不少生动，我倒觉得自己有了莫名的冲动。在晋北以北喝酒都是用碗盛，大碗喝酒大口吃肉，在我看来是上等生活，情绪饱满的生活。女人将碗分配过来，它落在桌面上的声音多厚实，不像七八钱的小酒樽浅浅的却还藏着那样猥琐的复杂程序的心事，也不像常用的玻璃高杯那种自以为是的装伴。日泉根本就没有看我，挑开盖子，哗啦啦就注入碗中，他将我当作自家人，我在倒酒的时候还是不时看他，好像在说我的感情都在这里面了。我和他还是有区别的，即使我很坦然了，一点都不在意了，都不做作了，我还是发现我们之间的不同，我都俗了几十年，一碗酒改变一星半点就很不错。日泉不说什么，那个笑一直挂在呆板的脸上。二锅头度数高，开始有点辣。

菜上齐，女人不上炕，坐在灶边的板凳上，不时问我能吃惯吗。我已经消化不少了，她们说这些都是没有污染的纯天然的，我好像真的吃出了那种味道。酒一碗下去再来一碗，话语并没有随酒而增多，许多时候是彼此相视自然端起，干，一口下去好像要说的话已经咽进对方的胃口，一样的舒意。以前在酒杯里倒酒是不断添加感情，现在几乎全部倾泻，酒一样醇透。如果喝酒在别处，这样的场面可能会郁闷，像日泉那张没有多大变化的脸。我看着这张脸在他端起碗的时候映照的也是酒一样的将浓烈收在平淡之中，酒便滋滋有味。

循着鸟声能找到家园。从虚无的境界醒来，是被鸟声引导，多幸福的事情。一觉睡到中午，昨夜的酒喝太多，最后喝的不是酒精，而是水，凉凉的爽快，将酒喝明白了不是件容易的事情。女人们将南屋窗下卷着的被褥摊开，这个家没火但不冷，她们要将蜡烛留下，我不需要，黑暗中摸索着也利落，我习惯了黑夜，那种什么也看不见的场面好将自己融入其中。人进入黑夜反而理性，白日是感性的。鸟就感性，不然不会在黎明就闹腾起来。时间对鸟而言实在残忍了点，我能看到它们从幼到老的过程。它们中大多数来不及在秋天来临时飞到南方，也许是眷念这方土地。天空都是一样的，它们厌倦了在短暂时间里不间歇地飞翔。我在南方生活时经常用自己削出来的弹弓打鸟，往往听到的是石子穿过密密的树林，噼里啪啦惊起群鸟的声音，有时候还在张望着，密林上空那个石块就落下来。现在听到鸟声，脚头上的窗户满满的光线。夜里被酒暖着，一条腿露在外面，侧着睡，太阳正好照在屁股上，可能那些鸟儿也是对着这块地方叫着，一块白肉，稀罕，鸟们没见过。太暖的觉睡不好，冷些才体会被子暖，这个意思也可以套上人生大道理。可是人生哪处无道理呢，有些话是胡说的，千万不要正经讲来。躺在硬邦邦的炕上想着日泉家简单的生活多好，我连手机都不想打开，放下身上一切便是他家一员，这样想着就有了不愿起床的理由。

仰面朝顶，房子简陋，顶上钉着剪开的蛇皮袋，能隔开一些寒气，大冬天是否管用不得而知。屋顶没有瓦，也没有茅草，而是抹了厚厚的泥，可能搅和了些石灰能坚硬些，不让风雨冲走也不让冰雪冻裂。光坦的屋面落着几只鸟，累了，晒暖，阳光这么好，它们忘掉了逃避的迫切，忘掉了昨夜寒寒飕飕的委屈，忘掉了无穷无尽的愿望，多好。也许明天它们真的离开了，这座平房什么标志都不会给它们留下。这与晋南老家不同，那里的屋脊两端有鸟的装饰，村里人唤作"鸡头"，但那的确是鸟，长年累月在那里望着脚下这家主人进出或全家在院子里喧闹。那一对鸟是人气的象征，主人兴旺的气息全部聚集在上头。村里盖房子挑选鸡头也有讲究，在村子外面经过时，远远望见它就知道是谁家，也明白谁家的底气好一些。一个显而易见的标志，那些飞鸟在转春来临时也是认准了这个为它们而立的雕塑，鸟们领着孩儿们到先辈的颜容面前欢快跳跃，春天的鸟儿如此幸运。

门咿咿呀呀地响，鸟儿起来又落下，扑腾着的动静消减了门那粗糙的转动声，女人们的活儿一日接着一日。日泉去看他母亲，老人在下面院子，昨晚他告诉我，老人已瘫痪。我说，明早起床后要去看望。日泉的妹妹说，她虽然不省人事了，但心里还清楚着。那座院子在坡下方，我来时没发现，现在想想也不会有门的。在日泉一家人的心中，这座山坡都是他们的家，那该需要多大的一扇门呢？如果有这扇门在，拘束了自己也拘束了那些鸟儿。鸟儿最早带来春天的气息，在北方或更北的地方，这样一点暖暖的气息是很难寻觅到的，所以北方的冬天会更长久。我的父母去乡下居住也不会有这么安逸，老人一生都在寻求清静之地，从城市回到县城再去乡村，从高楼到平房再到窑洞，他们一次次离开家，和鸟儿一起漫无边际地寻觅，在老家住过几处被村里人遗弃的院子。他们喜新厌旧，我父母正好相反。时间隔得长久再去打开黑木门，锁上裹着塑料布，这是老人的习惯。曾经回到以前住过的窑洞时，柴门上的锁依然包扎得严实，上面落满了鸟屎，黑黑白白的都不易弄掉。好几茬的鸟经过了这里，而主人始终不在，主人没有按照季节的顺序回来，鸟们在这个院子里索然无味。钥匙有些已经锈了，父母的气息在拧动的时候就闻到了，这串钥匙搁置得太久，需要点油滋润一下。院子里长满荒草，门前那条路也落满鸟屎，鸟们在这里都放弃了飞翔，它们自由散步，随地大小便。

躺在炕上想着这些凉凉的往事，阳光也不觉得那么温热。窗户推开，空气是透明的，一会儿就将玻璃上的水珠蒸发掉。一会儿就有一只鸟儿蹲在了窗子沿，它望着我，摇动脑袋；我努着嘴，发出点嘘声，它看我更专注了。我赖在炕上，恍惚多年前的感觉，炕与土地连着，这辈子与老家连着，那种湿气或者温热贴着肉身进入身体。我经常的迷茫，经常的困顿，在听到鸟声的时候变得清晰了。日泉进来又出去，那扇门开与关反复，这都没有将我催醒，而鸟细微的鸣叫却让我睁开了眼。也许只有在听到鸟声的时候说明世界真的安静了，鸟的叫声一起一落，哪只飞向天堂，哪只留在故乡，都没有确切的消息。它们也不会告诉我，它们与我一样自由，这是刚刚获得的消息。

远远瞭见个穿青的
那就是哥哥知心的

远远瞭见那是一个谁
第三道叩门门打心锤

远远瞭见那是一个谁
那就是要命的二妹妹

妹妹在梁梁上我在沟
拉不上话话招一招手

　　那次喝酒是三年前，说话的工夫就将三瓶二锅头干掉，日泉又拿出几瓶啤酒，照样干光，一觉睡到太阳照在屁股上，酒精烧得被子都蹬开。我跟你说过，如果我在这里住上一两个月，他家门口的酒瓶绿屁股会增加一倍。日泉要赶着骡子多几次去下面的村里镇里买酒来，我也会坐着咣当咣当走几回。在马咀生活，下村子去就像是村里人进了城，像我们去京城，也要购物花销，挑挑拣拣，破费小钱。和白天热热闹闹相比，马咀的夜极度单调，除了酒，没娱乐，除非自娱自乐。这是被现代文明遗漏的地方，电线从山脚而上，绕过山腰，山梁，从马咀山架到恒山，这跟日泉家没任何关系。单独为他家走线，不可能。他们只有享受月光、烛光、灶火光、手电光，多光混合，一锅烩菜般，有滋有味地过了十多年。这次来，日泉家有了新鲜玩意儿，多了一种灯，是用蓄电池接上线，将一个小指头大的灯泡悬在桌子上方，那个袖珍，吊着个小红枣般可爱极了。我不知说什么好，对着日泉，这个好，这个好，好了几次，还要抬头看个不够。你去帮日泉的女人拉风箱，一只红蜡烛就照亮了夜晚，你说，我们是在远古吗？我给日泉带来了一瓶汾酒原浆，给日泉倒上，他只喝了小半杯。我等他转过身后对你说，你知道他很能喝的，上次我们干掉了好几瓶，这回他说不喝原浆，是舍不得喝，要留着慢慢品。品酒是一点点慢慢消耗掉，喝酒快了，一会儿就见底了。唉，我们带得太少了。我对日泉说，还是把你买的酒拿出来吧。日泉的父亲毫不客气地给自己倒下半杯酒，他一会儿来了，似乎就等着酒瓶打干。想想平时他们爷儿俩喝酒，唠的都是白天里的那些话，越喝越寡味，也没意思。像今夜喝酒唱歌，上天为这个荒凉的高原扔下了两个精灵，在酒精里挥发出来一点聪明。他们也来了兴致。我们先唱，日泉后唱。"有一个没有意思的传说，"我们大笑，故意重复着。但日泉跟着笑了一下，接着唱："精美的石头会唱歌。"后面的词我们连下去，最后一起"唉嘿唉嘿哟"。日泉说，当年来这里承包荒山，家里全反对，亲戚朋友没人相信他在荒野地能活下去。起初，他跟二弟一起来的，开荒种地，第一年收成换了钱全给母亲治病，后来攒下点钱就用在孩子上学。来的那年，大女儿十四岁，小女儿九岁，现在她们嫁的嫁了，打工的进城了，老母亲也去世了，荒山野岭只剩下老父亲和日泉两口子。昏暗的空间很容易催人混沌，你趴在腿上困去，我和日泉还在喝酒，他那张笑脸有时候没笑，皱纹一道道走成了微笑，白日里和夜灯下都是一个样，傻傻憨憨的，一点也不作态。

庄稼摇曳的时候，风来不及穿透，在上空草草掠过马咀，声音细微，分不清从哪个方向来，也没觉得草率。风有气度，张扬得让我迷失。土地上厚厚的一层松动了，风穿过，脚被感知柔软，跑不起来。辽阔，有跑的冲动，而后就散失。风从土里生长出来，将我的衣裳吹开。我走了半日，漫无目的，也没有放弃，如果在城市，结局早已设定，冲着目的而去，便无奈。此刻的无奈有点茫然，日泉一家人都不在我的视线里。路上，庄稼遮住我；躺下，野草遮住我；奔跑，荒丘遮住我；张望，天空遮住我。我看到的一切都不存在，那这些是什么？它们为什么动荡？它们鼓动风进入我的身体，我兜住了什么不愿放弃？从很远的地方走回来，看到马咀这户人家，低矮的屋子，风，在你来去的气度里，我不要奢侈自由。鸡回到舍，树在动摇，猫上去，发现了什么，夜色降下来，看不清。日泉的女人在炕桌上点了两只红蜡烛，粗粗的，寺庙里见过的那种。两根柱子立在圣殿里，红漆刚上不久，看着就暖烘烘。日泉说，这种耐使。酒菜只听着大铁锅哗啦哗啦就摆上了桌，我该说蔬菜就酒，越喝越有。日泉家和我们这些外人全部盘腿而坐，我不客气，拿酒来，几大碗展开，酒水在烛光里荡漾，喜庆的红，温过，一口暖了全身。北京二锅头，一点也不想北京，城市是别人的，我只有马咀。

晋侯：那个玉米地和黍谷地在一块，边上又是块土豆地。他们说你认识不？我说那就是粟谷，我种过地的。还是晋北的土豆好吃。

日泉：咱的土豆无公害，没污染，不上化肥，就是羊粪，都是绿色食品。就馒头不是，面是买的。

晋侯：面是晋南的，我老家的。

日泉：西葫芦都是自己种的，野菜也是从咱地里挖的。我的土豆，全山西也没有这土豆。

晋侯：嗯，你从小吃大的。

日泉：可走到哪儿都吃不到我这三种菜。

晋侯：吃得舒服。看这黄瓜，这根黄瓜把地里的水分全部吸到这儿啦。

日泉：你吃，味道不一样。我在这里要继续生活下去。

晋侯：这吃法，你吃了几十年还行？

日泉：我比别人能多活二十年，别人活八十岁，我能过一百岁大关。将来我在这地方要继续下去，长寿，空气是自然空气。你看咱们这两天正在暑伏天，你们城市热得不行，我这儿凉得不行。

晋侯：现在太原是夏天，到这里已入秋了。

日泉：嗯，凉啦。

晋侯：感觉冬天很快就来了，一年过得特别快。

日泉：就像我这两天放羊，不穿棉衣就有点凉，早晚都有点凉。中午正好，明天中午你到大树下试试，特别凉快。拿上一瓶白水，特凉。来喝酒。

晋侯：山西可能就咱们马咀最早感觉到秋天到来。

日泉：这里没热的时候，我一直穿的是秋衣秋裤。中午热点，一早一晚凉点。选择这个地方也是个爱好。

晋侯：喜欢这地方。这地方不像村里也不像城里，没人管。

日泉：这地方我说了算。你看，我一直是个跑车的，受交警的磕打，最后国家拍卖四荒，就把这地方买下啦。我现在的生活好哇，我到天堂啦。

晋侯：这是多少亩？

日泉：两千来亩。

晋侯：卖给我吧？

日泉：行，便宜点。

晋侯：要是卖给我，你就成富农了，就可以享受你的生活了。

日泉：卖给你，我要给你负责，和我现在这样，给你负责。

晋侯：说明你还是离不开这地方。

日泉：你要是有条件在这地方发展经济林也行，我还和现在一样替你负责。我要是能活七十岁，我转卖给你就能活八九十岁到一百岁。

晋侯：你轻松了一截子啊。

日泉：我轻松了。

晋侯：是了，你的负担又转给我了。

日泉：对了，转给你了，你就有经济负担了。

晋侯：可是你得给我打工了呀？

日泉：我给你打工也愿意。

晋侯：你怎愿意呢？

日泉：我给你打工也轻松了，这里所有的事都是我的。就说今天你们来了，本应该捞块豆腐买点鲜菜。说老实话，老爹今天不在，要是老爹能给放羊去，我还能下村去给你们调剂得比这强点的生活。

晋侯：真到了哪天转让时，你可能还不一定愿意。到时我成了老板，你给我打工你会觉得不舒服吧？

日泉：我绝对舒服。

晋侯：怎么个舒服？

日泉：因为你把这地包了，我的理想达到了，我孩子不受着苦啦。不就是我给你包活嘛，我喜欢这个东西，我愿意给你干。你说咋做我咋做，我还从太阳上来干到太阳落山。

晋侯：我知道你，还是一个理想主义者。干理想的事，不是玩，想把你想做的事情做成。

日泉：你如果把我这地包了你规划怎做？给我把方案拿出来。你指挥，我就等于是厂长，绝对错不了。

晋侯：喝酒。

日泉：以前农村人人养羊，想到哪儿放到就到哪儿放。现在都搞水土保持，他们的羊就出不了群，只能在家喂。他们下边的人说，啊呀，你怎么就早知十年啦，我们现在羊不能养了。我的羊继续养，人家说早知三天没穷人，你这早知了十年，人人都这样说。

晋侯：以后这地方不知要改变成什么样呢？

日泉：刚开始他们都笑我，说我不知出啥风头呢，到那里吃没吃喝没喝的。以前我开车一进饭店，想吃啥吃啥，可现在发现了，下边的羊群都没有了。为啥？去年羊肉一斤八九块，像今年的羊肉有十一二块吧，可他们现在到哪儿都不让放羊。我当时来时，就咱们今天这三碗菜我都吃不到。过年的时候，你嫂子和我天天吵架。别人往好处走，我跟你怎么来了这地方？你嫂子是城市郊区的人，到这儿连饭都吃不上，过年那几天正下羊羔，我就点支蜡，看哪只羊下呀，接羊羔。

晋侯：也点这大蜡？

日泉：没钱时，点个煤油灯。说没辛苦，那是瞎说。

晋侯：你也没幸福呀？劳命的人，几十年都在奔波。

日泉：我这风风雨雨干了十年，别人下雨往家跑，我下雨向外跑，接羊去了。我原来估计来这里能睡觉。那几年跑车熬傻啦，当时就因为这来的这儿。别人回家过年去包饺子，我那二女子过来给我送饺子，因为我还在羊圈里。喂了两三个猫，不喂猫，耗子害得不行。拿上点吃的先给猫吃。自己好喝酒，就这碗，一喝，不管啥菜就上几口，吃完又看羊羔去了。我的羊比我的孩子也重要。

晋侯：我知道你孩子上学，你得每年卖部分羊，心疼。你舍得卖吗？

日泉：我的目的是为孩子成功。

晋侯：种点粟谷能养一家吗？

日泉：总的来说还不错，好是好在挣钱少担心少。

晋侯：你现在一个人种多少地？

日泉：五六十亩。

晋侯：能种那么多吗？

日泉：也就那么多。

晋侯：有精力吗？

日泉：有精力。

晋侯：五六十亩可不是个小地方。

日泉：我第一年来种了三百多亩。大年，别人点旺火，我还在割菜籽。这以后我看种多不行，得少种点。

晋侯：算下来一年能收入多少钱？

日泉：差不多两万来块吧。

晋侯：够你一家生活，两个孩子的开销吗？

日泉：不够，还得和亲朋借点。像孩子上学走，学费拿不出来了，我就给打电话，姐姐、妹妹、弟弟，还差多少；还有女人的亲戚。总得先借上让孩子上学吧。我现在两个孩子，每年花不到三万，大女子已经毕业了。我这三个孩子都得念书，不能像我这样，都得念书，念书才能出人才。

晋侯：你以前是跑车的，天南地北都走，你感觉咱们这地方和其他地方有啥区别？

日泉：区别大啦，天和地。我以前跑的是天津、北京、山东、河北，太原跑得少。就像跑山东，人家三个人开个厂子，其实就三个人，厂长骑的是高级摩托，人家收回的旧东西一打合格证出去就是正品。人家就是这样挣钱。要是你用他的零件只能用一天，第二天就不能用了。我在山东见过一家，原来是一个收破烂的，后来包了一个村的土地，卖三轮车，和乡镇书记平起平坐，还挣钱建学校。

晋侯：现在你包了这块土地不也是你说了算吗？

日泉：我的想法是先让孩子念书，得抓经济，不能干别的。先养羊，三个月就能出栏，下个羊羔就能卖三百块钱，先能让孩子念书。

这儿还要成林，要把这片地都成林，因地制宜，搞别的不行，种仁用杏可以。

晋侯：东边是恒山，西边是你的恒心。

日泉：我得搞得实乐点。种杏树能行，搞苹果、枣树，没水不行。种仁用杏、杨柳树，就是没有外人投资，就我两口子，我也能栽三万株。总的来说，用五十时间把这里栽满树。

晋侯：五十年后就是你承包到点的时候，你想在这儿住还是走？

日泉：五十年后我这片地成林了，国家规定也不能说啥，只是，既然是共产党领导，也不能说就没有我的份儿吧！以我的想法，我不离开这块地，死也得在这块地上。

晋侯：喝。

土豆筋

我比喻自己像翻来覆去的烙饼，半裸着睡，晋北的阳光一点都不吝啬，上下都舒坦。此地不可能有烙饼什么的，那是晋南最好吃的点心，而日泉家一日两餐都不会少了土豆野菜。从夜里的饭到中午的饭，这两样均没有变化。一次生二次熟三次就是风格，日泉家的饮食风格在次日午饭后被我确定了。墙角的一堆土豆，构成了这个家族沿袭下去的基本生存条件。

马咀的秋天很冷，但不荒凉。玉米、谷子在地上，土豆在地下，加上那个半亩地大的菜匠里结满了豆角、南瓜，和一些青涩的已不可能变红的西红柿，将这些都收在眼底，收在净净的阳光里。除了风吹过的响声没有一点变化的痕迹，像年岁老去如果一直相守就不会在意。

土豆是粮食，也是常年的蔬菜，整个北方都离不了，家家户户成年累月地吃却不烦。也是丝丝条条片片块块地做，这是与生俱来的物种，不能舍它而去。土豆如果灵性在，就会知道它永远是配角，长在一些坡地荒地里。我父母以前还在门外的几尺小地种过。土豆活在地里没人去关注，不像在麦地套种玉米会得到惦记。毕竟玉米生长所需太多，至少要靠天，而土豆藏在地下悄悄地活，再旱的气候来了它也会努出个小疙瘩来，多少也是回报。土豆疙瘩有的就拇指大，从土里拎起时和手中揣着一串珠宝不同，没有叮叮当当奢华的叫声，安静。它们看见蓝色的天空，看见日泉那张始终不变化的满是皱纹的脸，也会像我一样无言。日泉的女人隔两天就去刨出一筐，日子就这样慢慢刨着，不储存，也不浪费。他们在获取之前已经看见地下掩埋之物，说是天意的掩埋不如说是生存的观察，获悉天意传递来的信息，比如花儿。土豆开了小花可能最不起眼，白色，那是它们与上天交流的嘴巴，上天之灵又如何顾得它们？这些小嘴不像初生的燕子那样摇晃着生的愿望，让过往行人的目光生出怜惜，土豆花又怎么可能？它们撅着嘴，拗性地彼此相依，不动声色。所有庄稼开花的时节过去了，人们欣喜的感觉疲惫了，它们则躲在成熟的世界背后。前些时候回老家看望父母，老人说原来住过的那孔窑洞外种上的土豆也该长成，有时间的话就去收。老人开出三十平方米的那块地，没有人照看的小生命们还活着吗？应该活着。有些东西天生就要活着，活着的就会旺盛；有些东西天生就是要被掩埋的，掩埋的就会翻身。20世纪自然灾害的年代，土豆在北方养活多少生命，与地瓜挽救多少南方的生命是一样的。有些东西没人理会它的存在，它的生命出现是那么平常。但土豆从来没有得到过我们的回报。

日泉的妹妹挎着筐子出去，对我笑着说，今天咱们还是吃土豆，我摘个瓜一起煮能变变口味。这里的土豆是红皮的，在太原或者晋南会比黄皮的贵几毛钱。红皮的好吃，可能是其中淀粉含量大的原因。

吕梁和晋北这边的吃法是，将土豆做成面筋。2005 年，我去方山县第一次吃土豆面筋时，朋友说还有其他做法，这里光靠土豆便能够做出一桌筵席，后来果然。那几年过冬，每家都要备着一大袋子土豆，那几年人们对土豆格外器重，不像现在。再早几年听朋友说去大同或内蒙古开发荒地种土豆，几百亩上千亩都种这种耐旱的东西，一亩承包地才几块钱。我很是兴奋，从抽屉里拿出计算器，没几下就摁出了围成农场的铁丝就需要拉好几车，花好几万块钱，算计前算计后等于空想。

　　站在日泉家门口望着他妹妹远去就想到那段事，当年我要承包的也许就是这块土地呢。日泉是 1997 年承包的，在山西是吕梁山先开始荒山拍卖的，而后各地推广。日泉在晋北也属于有胆识的人，有胆识才会冲动。再过不久，晋北就入冬，我不知道为什么还会有鸟儿留下来过冬，鸟儿怎么能够在朔风中觅食，不像人早早挖出土豆堆在墙角，过年的时候削去薄薄的红皮，泛出了滋润，掩埋着生命天生的固执。

　　听我说喜欢吃糕一类的粗粮，日泉的女人就蒸了黍谷面开始取火炸糕。初到的那天晚上就有糕面在案上放着，但她们没有端去做。后来在喝酒时说起晋北的饮食习俗，女人认为旧的糕已经改变了味道，不能上桌，明天做新的。第二天中午，她们将糕面烫过，分成两份，一种是实心的，一种包了甜豆。日泉的妹妹将煤火生着，风箱一拉，呼哧，呼哧，大铁锅里倒入胡麻油没多会儿，满屋子香气。

　　女人的手从面盆中揪出一块糕面放在掌心一揉，拍圆了放上馅子再噼里啪啦几下，沿着锅边溜下去，糕在滑行过程中找到了停留的位置。如果直接从油锅中央放入，很容易溅起来油花烫手，糕落下去也会互相挤压粘黏。油面翻卷起来时的温度要控制得当。日泉的妹妹拉动风箱讲究了火候，像长跑中的呼吸不紧不慢。油炸慢活儿千万急不得，快了容易焦皮但还没熟透，慢了吃油多也费工。她们做工的认真和我母亲差不多，老人在我回家探望时经常炸糕。我是甜食爱好者，老人觉得关爱就是我能够吃到她亲手做的糕，最后吃了几个都心中有数，个数的多少在母亲看来便是对这顿饭的评价。老人心中粮食的地位与生命一样，20世纪经历了温饱难题的人已很难改变对生活的态度，包括对土地的态度。

马咀，没有我熟悉的小麦水稻。玉米结下的单薄的穗以及谷子轻飘的头颅都在北风中摇曳。一年将尽的时候考虑的问题现在已看到后果，干旱的北方，贫穷或富裕都要自己承担。手中抓不住粮食，粮食已经在风中流失，它们漂亮的壳子在眼前晃来晃去。触摸到粮食的生存之地或者手中就是一块凝结的土，常常让我想到母亲的态度。

刚刚迁徙到北方的那年冬天，一场大雪过后，能听到风经过屋脊与枝杈的声音。家里进来的人是父亲在抗战年代的熟人，白雪的光将他满脸的皱纹都雕刻出来。他捧着蓝色搪瓷碗，边沿一圈裂开了很多口子，露出黑色的铁锈。他喊我的小名，将皱纹挤得深深的。我一直盯着那只旧碗，直到看清里面是蒸熟的黄米，还冒着热气。父亲将他让进正房，母亲赶快将碗接过来倒在另一个碗里，将那只搪瓷碗归还他。母亲说这是北方的江米，也叫黍谷米。这个人是当地的村干部，住在距我家不足百米的北门，对于从异乡归来的我们来说，这样一碗软米饭就是普通生活中最高的礼节。他端着碗走过雪地。他可能站在我家崭新的院子门口想过，这家在战争年代南下现在北归的老乡是否还能接受这样一碗黄米饭。他不会想到我的记忆至今还清晰着（他已故去），包括那只圈口破了很多的瓷碗，以及当时顾虑过如何从这只肮脏的碗边入口。那年我十五岁。这种黏糊糊的黄米本身就能够做成米糕，将它磨成面也能做成面糕。现在超市里有很多这种面糕。我母亲还是经常做米糕，我也喜欢米这种颗粒状的原始感觉，有些太细腻的东西会让人淡弱了思考。

日泉家做的糕一个个盛入大盆子，我真的馋了，不言语就吃掉了七个，他们惊讶不已。日泉说，三十里莜面四十里糕。这句话让我记得很牢靠。对吃的理解也是有距离感的。在村里吃糕不是常事，有客人来了是"高待"，我考虑这种高待是不是"糕待"的意思，也许只是写下这个词时的走神而已。自家人如果为自己备好了糕，该是到了要干重体力活的时候，这是对恩赐"高（糕）待"的一种回报。于我，则是要写出四十里的文字来，吃进去的糕要化为文字的耐性并不容易。

土地上生长的不仅是粮食，还有被揉捏成各种性格的黄米一样纯粹的人，以及依附在人身上的那些灵性之物。日泉驱赶着他的羊群，每天都经过那块谷地，他是不是在驱赶着自己那无法驾驭的灵性？那些谷子和羊群看见他或奔走或站立，都没有改变孤独。我经过这里，靠近谷子，已经开始从身体中从思想中从记忆中收割它们，或是收割着自己对生命的幻想和对命运最终的呈现。

日泉的女人终于站起来舒展了腰，最后一块糕已经在锅中泛起了油花。烟煤一点点添加进入，炕早已热烘烘，坐在上面烧着屁股吃着热糕，浑身的毛孔都张开小口，温暖来得这般扎实。女人问，能吃惯吧？我答，这是第七个，不敢吃了。她们笑我，糕这种食物不宜食饱。所谓的四十里糕，就是难消化的坚韧之心。女人们端起一大盆糕放在桌子上，我很为难。

马咀的盛宴如此厚重，这种暖人的食物最适合晋北这样的地域，再往北进入更寒冷的草原可能长不起来黍谷。在冰寒之地生长的植物具备了一种热量，在冷漠的身体中释放出来。谷子站在坡地上，远远望着就是一溪芦苇，阳光的河流被风漾过去，风比水还要冰冷，水在马咀的坡地上透过去，滋润了这块谷地的根部。从最远的地方看这里，是马咀的胸口，光线很强很干净，矮矮的谷子掉下穗子，倒向一边，一匹没有羁绊的马儿在风中舞动金黄的脖子。在这匹马身上，四十里糕被我逐个消灭，四十里又能算个什么。

那晚喝得陶醉，睡到接近中午。猫在耳边喵了声，从我身上踩过去，不知不觉。日泉的妹妹从下院打着伞进来，夏日的午间，阳光透着一股狠劲。高原上的阴影似乎都不存在了，全要被打透，挥洒阳光的那个灵魂，也一定要让我的灵魂空空得白。推门，五龄从鸡舍出来，喂鸡取蛋。推门，日泉的妹妹来做午饭，洗菜削皮。盆子叮咣响，土豆在滚蛋，鸡吃饱了在院子里乱跑，刨地皮，小虫跳。推门，日泉的女人拎着几个空酒瓶出来，摆放在院子一边，走到下院去。五龄赶着驴上来，来到鸡舍边，扔了一把蚂蚱，鸡和蚂蚱一起跳起来，一场群舞，鸡们的叫声是惊喜的，蚂蚱的叫声听不到，听到也定是一片哀号，鬼子进村那种情景。我该起床了，日泉家的门怎么这么响？

> 你看见妹妹不要笑
> 打一声口哨我知道
>
> 山药萝卜土窨窨里放
> 那是咱亲嘴的好地方
>
> 土窨窨不大大咱低着头
> 黑洞洞也误不住揣奶头
>
> 窨窨不深正好好睡
> 忍着些呻唤办事体

再不要骂哥哥是二青灰

抱住妹妹才吃了一个嘴

　　日泉家的背后是空旷的原野。我说，敢不敢走到最后，那里的一切无法预料。你说，山外有山，不过如此。一棵大柳树站在我们的去路中央，挂着红布条，风里飘忽着。你说，这该是棵许愿树吧。这个荒坡种满了小松树，一尺多高，多数隐身在草丛里，只有这棵柳像个老头站在那里，望着它的孩儿们。现在它等着我们向前问询，我们在马咀的未知太多了，天地寥廓。柳树质硬，半抱粗，恐有百年，百年成精。祭祀神树，如果猜测对的话，来者理当一拜。你问，树上为何有红布条？我说，是种树的人在柳阴下乘凉，想到在这里到处动土，会惊动了树神，所以在枝条上系了红条以保平安。我们许了愿，马咀啊马咀。转身之时，最远处的恒山下有了一星灯火，我说，不能再往后山走了，夜晚来临，有虎豹出没。你惊恐不已，其实我也心虚。如果动物出现在远处，星星一样闪亮着，我们会被迷惑，互相对视中，忘掉身置何处，当它是神树上的星语，而仰望，而迷惑。如果我们被马咀的夜所吞没，也是很好的归宿，但我们还不想这样。远处的灯火亮起了第二颗，有棱有角的星，有点飘忽，不是风的缘故，是夜的潮起正在上升，将光亮柔化。我叫住你，说，文昊离我们就这么远，我们和他们已经生活在两个世界了。你说，世人在灯火下忙碌着，不会想到远方的我们在注视着，时间流逝了，他们和我们一起都在浪费着生命，存在的意义是什么？看到日泉家的炊烟袅袅，他们在等着，我们有了归来的愉悦。经过一处荒废的院落，石头和土堆砌而成，屋顶门窗都卸掉了，原来的生命也许不存在了，它还在，后人弃之远去。土院里几间套连着，土质结构，显示出主人当初的设想。在空旷的田野上，这里都是他的家，他却喜欢小小的结构，动了心思，连系着家族的每一缕呼吸。那些草继续了主人的气息，盖住了曾经的脚印，外人踏上，草用折断来拒绝。我在院子外面拉屎，到马咀一天后才开始通畅，废物连同我的思想都覆盖在草上，对草，对卑微的生命表示敬意。

冬天搭着秋天的肩膀，隔上几天过来瞅一眼。凉快，一个时辰紧跟一个时辰，快得来不及添衣裳。土豆下了窖子，雪就下了。一场一场盖过去，年跟前就全白了。二女子二琪寒假回来，马咀添了点热气。院子里，鸡吃食，个个闲步。鸡舍贴着红纸条："每天一颗"，生活的习惯便成规律。日泉的"计划经济"是暗箱操作，希望该有的就有，不该有的有了也无妨，偌大的马咀，盛得下。荒坡是白色的桌子，不够大，那马咀与恒山之间的盆地就是白瓷盆，谁在雪地里走上一天，不过是蚂蚁在脸盆里挪动了寸步。最小的窝窝是下院，白雪盖住了，留着窑洞口那些眼眼，牲畜们隐在里面，断断续续冬眠，等晴日还要到坡上觅食，觅不到就吃日泉备好过冬的，吃饱了就睡，畜生们的好日子。劈柴声是日泉的，属于他的气力，一冬天的干柴都要劈开。日泉的女人点火，五龄拿大米下锅，二琪在贴年画，摆来摆去找准去年的位置，今年覆盖上年，过去的没了，今天真好。二琪买回来年画，三个村里的男同学送她回来，二琪现在县里读高三，村里那些小伙伴难得一见。

日泉的女人：你贴完了去烧火，今儿你们去吃啥啦？

二琪：人家给下的饺子，炒的肉。我也不想吃，硬叫吃，说你来我家还客气？上去吃。我就吃了三个饺子。

日泉的女人：才吃了三个饺子？

二琪：我不想吃。我看那三个骑摩托车的孩子冻得，我说进去暖暖，吃点饭。

146

日泉的女人：都不穿厚衣裳？

二琪：没，连帽也没带。他妈也不知道让他们带个帽子。

日泉的女人：你们去了，人家就做上饭啦？

二琪：他爹见我们去了，又给下饺子，又给炒肉。

年画正位，屋子有了新鲜的光泽，原来灰突突的墙，此刻扎眼得厉害。画里的红经不住光，恨不得马上将印上去的颜料全部释放出来。二琪烧火，拉动风箱，一下缓过一下。刚才做饭的工夫，五龄将灯笼挂在房前，背后是刚贴的春联。小伙子手脚利落。

五龄：妈，我今天回村呀。

日泉的女人：你回去做啥去？路也不好走的。

五龄：我回去拿充电器去呀。

日泉的女人：你回去？过年呀，路不好走，能赶回来？

五龄：马上就赶回来了。

日泉的女人：那得早点回来吃饭，别误了饭，得小心点，路不好走。

五龄：嗯。

日泉赶驴进下院。一日劳作即将结束，驴也该歇了。日泉的女人在外边站了会儿，估摸着时间，烟囱里直直冲上来黑烟和白烟。等日泉坐在炕上，桌子上饭菜香气混杂，原本就是一和山杂粮菜果味。女人在地上站着，这是老规矩，女人不上桌。日泉的父亲上了炕，饭菜上桌，二琪先动了筷子，尝鲜。这丫头。

日泉：五龄还没回来？

日泉的女人：回啥呢可，你看啥也指望不上他。这会儿也等不回来，你看吃饭呀这都。

日泉：都是你惯的。

日泉的父亲上炕后也问五龄回来没。夜里，这后生显得比什么都重要，他不回来，一家人的饭就失去了味道，凉得也快。日泉闷吃着。

日泉的父亲：去哪啦？五龄。

二琪：回村啦，妈吃饭吧。

日泉的女人：你先吃着，我等等五龄。

日泉：我下去看看去。

日泉的女人：走的时候说吃饭时回来，这就等不回来。

日泉的父亲：又回村做啥去啦？

日泉的女人：回村拿充电器去了，我下去找他。

二琪看着父亲和爷爷，也没吱声，拿本书在蜡烛下看。过了会儿，狗叫起来，是邻村的单身老汉，日泉叫人家"小许"的来了。他隔上一阵子就要来找日泉讨酒喝。日泉让了下，小许就坐到他习惯的位置，日泉将酒杯推到他跟前，说好好喝。小许和日泉爷儿俩喝着闷酒。又过了会儿，没个吱声的。狗又叫唤了，能听到一点车声。二琪出去看，是大海开着车来。大海和五龄掀门帘进来，五龄的脸红扑扑的，眼睛呆滞。

二琪：哥，你干啥去啦？咋现在才回来？

五龄：和同学喝酒去来。

二琪：你回来了咱妈也走了。

五龄：咱妈干啥去了？

二琪：咱妈回村找你去了。

五龄：回村找我干啥？

日泉：你这本事咋这么大？看你这身相，谁能管了你。妈的。

五龄：咱妈真回村了？

二琪：找你去了，你说好的吃饭时回来。

五龄：都八点多了回村？要不你去找找？

二琪：我到哪儿找去呀，咋你不去？

日泉：哪能叫回来，朝南水头回村了。你倒也打个电话说开车上来了呀，可开车上来这里的路能走吗？

大海：不敢朝这面走，朝松树湾上来了。

日泉：你这个东西，可是个活宝贝。说等你有事哩，一伙人吃饭就等你，你是不是哪辈子饿死的你？还让你妈迎回南水头啦。你回来了你妈又不在了。你说大海花多大的代价开车上来，你有多大资格？你说要是有事嘛，离了车不行，这两步地咋啦？腿断了？左电话右电话不接，现在才说是喝酒去啦。你就给家打个电话说从这条道上回来了也算。看把你本事大的，大海买上车就为你服务吧！等上你了没了她了，看你这做了个啥。我们啥也不干就等你吧。

二琪：行啦，别骂啦，我妈回来啦。

日泉的女人：你眼睛咋灰蓝灰蓝的，挨刀子去啦？说破嘴啦，这么大的人啦，这点事也指望不住。二十好几了，还认为你是小孩啊，谁托付给你算瞎了眼啦。铜不铜铁不铁的，你要铜就铜到底。早上早早给你吃了说早点上来，把张人皮给你披上啦，你架子倒不小，还用了个车。看到酒就亲得比这些人都重要？眼睛蛋灰蓝灰蓝的你，早晨说破嘴啦。

日泉：慢点，大海。开上个车，小心啊，不和没雪一样呢。

日泉的女人：回来十来天，你一个人就花了二百多块钱。你不识相哩，是他们到这里寻你来，还是你去找他们来？你有权呢还是有官呢？你二十几了，我是不待理你，不长心眼的。我们在家里受死啦，你花钱就像花别人的。你放假回来了能给咱做个啥就做个啥，你倒好，啥也不做还尽生事。今天去了，拿上东西就回来，咱们还有事。你是不是去了酒亲得回不来咋了？

日泉：这是个铜货。

日泉的女人：要铜你就铜到底，人家不待尿你，你也没铜到底。

五龄：我错了，不好意思。

日泉的父亲：我看以后得好好吩咐他。

日泉的女人：吩咐哪个？喂个狗，狗见了我还摇尾巴呢。他看见别人亲的，连二话也没有。不好意思？就和这伙人可好意思呢。

二琪：哥，你是不是走时就没打算回来？

日泉的女人：你走时，没吩咐你早点走早点回来？

日泉的父亲：一个脑袋瓜得有一个方向呢，没方向怎么能行？得知道我走的是南是北，别到北京一股风刮四川啦。

日泉的女人：一见同学连姓啥也不知道啦。

日泉：花这么大代价，养成个不懂天地啦。念书念得都不懂天地啦，回来要钱那可是说一不二。

日泉的父亲：用人求人不容易，过不去了那就可以用，几步地就走回来啦，还用得着车？你说大海花多大代价，他钱哪来的。不要说是大海有车了，就是你的车也不对，不值得。那叫啥呢，那叫没价值。

二琪：不说啦，都吃饭去。

日泉的父亲：我又没和你说。唉！我说话五龄听不进耳朵去。

日泉的父亲：小许少喝点，多吃点。

日泉：喝吧，咱们喝好吃好。你说大海多大代价，你有啥资格？

小许：行啦。

日泉的父亲：一辈不管两辈的事。

哥哥你放羊我放牛

相跟上走在一条沟

你在山头头上我在沟
毛眼眼吊线把哥哥瞅

山沟沟深来梁头高
洼洼里睡觉正好好

咱二人相好真动情
甜嘴啜得妹妹叫疼

马咀每天都是平常日子。你说这里是文明的漏网之处，没有任何现代迹象，难道我们生活在上个世纪的上个世纪吗？我称是，不是的话，我们来这里干吗？都想脱离原来的自己，是为了找到自己，在一张白纸上看到自身的颜色与线条。活了半辈子还不知道自己是何物，多了，芸芸众生。你指给我看，这里最现代的地方就是炕角那个木柜上，放着脑白金、胃药、润肤霜等等。除此，一切古老，近于原始。我说你偏激了吧。你说，水缸上漂浮的瓢是铜制的吧，脸盆是铜制的吧，这是什么年代的器具？我说中国是青铜器国度，铜国也可称。你说，上百年前的人也在用铜，上上百年的人也在用铜，铜镜、铜尊、铜鼎，所有关于铜的可以延伸到春秋，到商周。文明的延续最后保持在民间是很难的。我们在日泉家回到了古代，回到了原始，生老病死都自然发生，谁也不去担忧。

晚霞初上。日泉听收音机，二琪在炕上。收音机的噪音有时候很大，噪音是云团吗？一会儿遮住太阳，一会儿让开阳光，这会儿又是晚霞。整个的噪，吱吱啦啦，但不影响听清说话。

日泉的女人：我给炒些瓜子吧。

日泉：簸一簸。

日泉的女人：簸箕在底下，我不待取了。琪琪，下来簸些瓜子，炒瓜子来哇。

日泉：今年咱们再养上些鸡吧。

日泉的女人：养兔哇（笑）。

日泉：拿网在院里一围。

日泉的女人：那么大的窟窿，兔子不往出钻？

日泉：哪能钻出来，钻不出来，今年养一百只。公鸡卖钱，草鸡下蛋。

日泉的女人：我看就像以前，养养就死啦。

日泉：哎，要好好养了么。

日泉的女人：以前没好好养？

日泉：要是再有间房就好了。

二琪：家里头下的土鸡蛋，在大同叫姑姑给寻个点卖。

日泉的女人：怎往上拿？那么远，你三弟去年说过啦。

日泉：你说在窑里养行不行？

日泉的女人：阴得不行。

日泉：得热家哩。

日泉的女人：热了家，那个窑也阴得慌呢。

日泉：我问了养鸡的，也得养鹅哩。

日泉的女人：养鹅做啥哩？

日泉：要是有吃鸡的过来，鹅会叫哩，还会鸽哩，不养？

日泉的女人：今年那个鸡，要是有个鹅在看护着，吃鸡的就不敢过来。可大个草鸡，不知叫啥吃了。

日泉：咱们得寻着买几只鹅，咱们村这会儿有鹅吗？人家成片养鸡的都养鹅，鹅黑夜还下蛋哩。

日泉的女人：人家养得多。

日泉：不养鹅糟蹋太大。我问了，小鸡不能上垛，你养鸡我养羊。

日泉的女人：五龄说想办个开车执照。

日泉：学那干啥？

日泉的女人：人家都学呢么。

日泉：还不到那时候呢，学执照也得有钱呢。

日泉的女人：得三千来块。

日泉：那好学，慢慢谁也会开车。

二琪：学多长时间？

日泉：一年，审本一年一次。

二琪：现在六年一次。

日泉：那就更省事了。

日泉的女人：好比说学出来，那从哪儿检本呢？

日泉：哪儿工作哪儿检，哪儿工作还没个车？

日泉的女人：比如在浑源办上，在大同工作，那在哪儿检？

日泉：浑源也归大同。

日泉的女人：不会开，办个那做啥？

日泉：那还不是一件容易事！

二琪：连个车也没有学，那做啥呢？

日泉：慢慢开个小汽车和骑个自行车一样了。

日泉的女人：在学校办了执照，毕业了那怎么办呀？

日泉：户口到哪儿在哪儿下，农村没别的，有个大队。学那就是迟一天早一天的事，琪琪你学不学？

二琪：我等有了钱再学，我等到我能买起车再学。

日泉：等能买起车就老啦，学上还有啥用！

二琪：我自己没车学上做啥？就为花钱？

日泉吃瓜子，日泉的女人不时叨叨：别往炕上嗑。日泉就把瓜子集中在桌子一角，满屋子咔吧咔吧。

日泉的女人：哎，那个狗食不往回拿会不会冻？

日泉：冻哩。

日泉的女人：我两天不在，就把半袋面给喂完了。

日泉：就人过年？让狗也多吃点，过过年。

日泉的女人：你看着火上那点鸡食，面疙瘩弄开点。

日泉：水太滚了，弄不开了，还吃生的吧。

    白蛾蛾翅膀黑点点
    小妹妹长得毛眼眼

    梅豆豆眼睫毛毛多
    忽闪忽闪在瞭哥哥

    妹妹瞭我哥也瞭你
    咱两个不知谁瞭谁

    朝南来了辆白马车
    好像是哥哥来搬我

    昏黄来了个没头鬼
    抱住我揣奶又亲嘴

    没头鬼拽我红裤带

险乎乎插进裤裆来

我怕没头鬼日塌我
再不敢黄昏瞭哥哥

马咀的冬天很冷，有扎会的话，该在这里过个冬，看看会不会冻掉鼻子耳朵什么的，好玩。冬天肯定是白茫茫荒无人烟的景象，正好考验人性的苍白。我想我会适应并喜欢马咀的冬天。现在是夏天，马咀最舒服的季节，成了享受。这几天从宋庄到潘家园到太原再到浑源马咀，水土不断变更，你提醒我，三天没有蹲茅坑了。来了马咀你说话含了乡土气，你说，各地的食物在你的体内像缓缓流动的时间，逐渐浑源（圆），形成异（意）味深长的屎（诗）意。我说，该来的总会来，该去的总会去，这叫作厚积薄发。笑。过了会儿，你问我有没有情况，正好一连串响屁出来，我说，着什么急呢，人类文明的炮声正在响起。笑。你问我，如果我在驴面前放一个屁，会不会把驴吓着？我说这很严重，这条驴没见过世面，会被你吓得不敢放驴屁了。你问，那放什么？我说，驴改放人屁。

晨光慢慢亮起，一群羊从东面上来；太阳慢慢钻出，羊群在一边吃草，白毛都染成红的，看着都暖。日泉放羊就傻呆呆看着。十多年了，白日里没人跟他说话，他那几句话只有羊听得懂。干草地，干树，电杆，什么都是干的，不是冻干，是风干的。日泉拿羊鞭一甩，一群野鸡飞起，"扑扑扑"接二连三躲到另一块草地里。树，半个月亮，日泉，松树湾，一张画里够简约的元素。今天，日泉将羊群交给父亲，自己去下面村里探询羊价。通信手段落后的地方就这样，说一句话都要走几里路才能讨个明白。

日泉：今年的羊羔好不好卖？

老杨：今年不如前几年。

日泉：今年有好几个要订我羊羔的人，泥沟要一个，我表弟要一个，金庄也有人要。我不给他们。实际出群好，出群省事。

老杨：我把那五个大点的留下了，其他都卖了。

日泉：我打算一齐出群。收羊的去了，就告他这东西价钱不低，要呢，就这，不要我就圈里养着，反正秋后杀，一年比一年肉贵。咱们也不等高卖，反正比别人的肉少卖一点钱就行。

老杨：我的羊是这样，到城里再杀。

日泉：你杀后肯定少分量，除非把羊肉冻了，拿塑料袋包住，这样你不折。也就是（秤）头高头低点儿。不上塑料袋你绝对折。

老杨：二十斤的羊也折一斤，四十斤的羊也折一斤。

日泉：那是正常的。

老杨：我前年硬是等到了腊月二十五才卖的。

日泉：那是饭铺要呢？

老杨：也是一个一个地卖。有的就要一条腿，可你也不敢砍着卖呀。

日泉：一砍更折的厉害。

老杨：你也不能给砍，一砍开饭铺的就不要啦。人家不管大小，要整的，哪怕十八九斤也要整的。

日泉：我看那只羊是个肥圆的。今年其实你有几只好羊和我那羊羔子差不多。

老杨：差不多？我的羊这两天重量跌落坏了。

日泉：去年可有几个好羊羔，告你了，你没去买。出来，走哇。

炕头饭桌上放着一颗羊头，收音机响着。二琪在做饭，烧土豆。母女俩只有在寒暑假能在一起待上几十天，亲亲热热，一锅烩菜般不分彼此。二琪把土豆一个个放进灶里，像个当家的，日泉的女人坐在小板凳上烫羊蹄。日泉的女人说报纸上的小姑娘怎么怎么的，二琪边看边"噢"，《中国文化报》 《大同日报》，翻来翻去。

二琪：大土豆烧不熟。

日泉的女人：你是不想吃个儿大的，那你等半个小时后再吃。你哥昨天回村没带钥匙，在哪儿睡啦？

二琪：姑奶奶家。

日泉的女人：他这两天又不待来，又和那伙孩子耍去啦？

二琪：妈，吃啥饭呀？

日泉的女人：等会儿做，你哥说了今儿不回来？

二琪：我哥明儿也不回来，别说今儿啦。

日泉的女人烫好羊蹄后拿了出去，开始做晚饭。煽火，拉风箱，剥葱。二琪洗头，照镜子，用柜子上那些霜抹手防裂。日泉的父亲给老伴儿喂了饭，就下羊圈给羊放草。日泉从羊圈的黑窑洞里出来，往上院走，一只猫跟在后边，驴、骡在那儿嚼着干草，鸡儿在那儿散步。晾衣绳上的尿布是日泉母亲的，每天都要晒一条线。日泉的父亲在屋里扫地，几只鸡在院子里找食物，听见动静就跑过来，往屋里瞅，不敢进去。日泉到上院抱起收音机转频道。过了一个时辰，日泉的父亲向上院走来，坐在门口的一个木墩上，手拿一个罗盘看。

日泉：今天从哪个方向出门？

日泉的父亲：东南。

日泉：可咱们今儿走的是东北啊！走哇，拿上，去那里看，把罗盘放好。

日泉和父亲相跟着，大年出门，走坡翻沟壑，到目的地。日泉的父亲又把罗盘拿出来指方向，这边，日泉手拿黄表纸烧起来。日泉的父亲和日泉有了一样严肃的表情，磕拜了一番。阳光暖暖。

日泉：这里睡觉可舒服呢，这草现在羊不吃啦？

日泉的父亲：那几年羊多，吃光啦，现在还没长好。

日泉：这草过了清明得烧呢，烧了长得快。得到了顺风才能点火。

日泉的父亲：羊也喜欢吃。

日泉：其实抢风也能烧。去年我在那垛儿扔了一根火柴，硬燎上那里去了。这道梁要想种杏树得全部耕了，然后拿播种机种。杏树就是兔子害哩，到时得打兔子。其实几丈远种一行也就行啦，种得太近了不行。

日泉的父亲：隔三丈远种一行，种得稠点，哪垛儿没有了再育。

日泉：今年我五表叔可能种那点地呀，其实这都是机器上来种呢。要不，就等秋后下场雨，把这儿全部耕过，种上种子，拿羊粪一盖。您忘了咱们那年在西湾表姨夫家，咱们割莜麦时摘过杏，吃完就把杏核扔在地里了。耕完地，第二年杏就全部上来啦。

日泉的父亲：今天天气变呀。

日泉：早晨起来可是好天气。种这一梁的杏，得些种子哩。

日泉的父亲：得一千多斤种子。咱们走吧，这梁上种树长不起来。种老汉杨吧，可要种杨树还得把水浇上呢。缺水。

日泉：其实要是哪年能用上开渠机，一梁一梁就开出来啦。

白蜡白

白蜡白，青焰青，一根白蜡七天明。在日泉家住了三夜，我念出此句。黑暗很重要，光到来之前的万物是平等的，我没有选择，思想在漫无边际地走。秋天的马咀没有多少白日可消磨，没什么农活，无事可做的日子经短暂的逗留就会远去，看夕阳到了山脊时去取相机都来不及，它就在你转身的那一刻被拽下梁子。

来马咀前知道这里没通电，我倒是习惯了黑夜，有些时候黑暗才是最真实的，不需要伪装什么，可以赤裸着笑赤裸着哭，可以默不作声地看着来来往往的声音。在还不习惯的时候声音是需要看的，睁大眼睛看，声音萎缩在角落。能够走在乡间的旷野上，连自己都摸不到该多好。那么我的手将拥有什么，还会有什么让我无法放弃牵挂？这样的隐秘包罗万象，但我一无所知。

日泉的妹妹将蜡烛点着后问我要不要一根，我赶快止住。我朝西看，那是一堵墙，风箱拉动的火焰像放大了的烟斗，一闪一闪。这个家吐纳着的那点光明正好穿过中堂，来到我独自坐着的南屋。白灰墙的影子是暗红色的。我觉得看见黑色是对光浅薄的了解，黑与白是消色，七彩斑斓的光能够分解出万紫千红来，但它们各自非凡的手段都经不住色的增减，黑与白才是事物的两种可能去向。所以墙上的影子应该复原在我的内心世界，我在另一个界面上看着生活忽明忽暗。

来马咀之前我想到过马灯之类，甚至已经看到了这样的光源。在很冷的地方，即使没有丝毫的风，也完全能够将微弱的光源凝固。这让我对马灯的渴望越加现实，而现实却不存在，马咀没有马也没有马灯。这是很久以前的事情，我本可以无忧，但还是对冬天的漫长顾虑重重。此时，如果站在几里外，窗口忽明忽暗地闪耀着灯光应该是件庆幸的事。有些时候灯是为了照亮道路，也有些时候是为了温暖，离窗口很远就能感受到，被这间房子罩着，不让微弱的温度散开。对于夜行者来说，这样的光看见了就不会消失，这比在风雪中摇曳不止的马灯更加坚固。

如果这盏灯需要移动的话将多么艰难，这个人或家族要负载于那辆曾经存在的马车，慢慢行走，马灯摇晃着的世界也将摇晃着所有见证这场迁徙的人，让灵魂摇荡。这是我的愿望，从进日泉的家门那刻起就萌生了，他们应该告别马咀，但很快就让我掐死了这个念头。我拨着蜡烛的芯子，将上面凝结的焦花挑落，啪啦响。

马灯早已离开了日泉的生活，蜡烛粘在桌子上。他说，这根蜡至少要点七天。他每次赶着骡子车去乡里买酒要整箱地买，蜡烛也是一捆。日泉每次出行就是储备时间，将未来的时间储存墙角，没有人看上也没有人拿走。

蜡烛像婴孩胳膊一般白皙修长，让光明白净柔软。远古的诗人在比这更为弱小的光照中写下了纯洁的文字，而我只有冥想。坐在炕上闻着炊烟，北屋那边每掀一次锅盖就有更醇的气息飘来，南屋在微暗中充满了红色的影子和瓜菜的香味。生活能够停顿在这个时间多好，诗人没有走开，我也不会离去。生活可能残酷了点简单了点，但什么能够阻碍梦想，没有。光线的影子在墙上游动起来，没有声响也不寂寞，默片（无声电影的别称——编者）一般傻傻地老去，在幻觉里闪动，在内心深处一遍遍演绎。

我坐在这堵墙的对面，日泉端着蜡，一只手挡着。你怎么不点上蜡呢？我说。习惯了，能看见。日泉嘿嘿地笑。

玻璃上是蜡烛后面的他，油画一样幽暗而纹路清晰，玻璃外面的黑已经是全部。秋天的光招不来虫子，也少了虫声的浪漫，倒是几只白日里盘旋的苍蝇起动了夜间飞翔。因了这噪音，北方的夜显得更加寂寞。我已经是日泉手中的道具了，不停地变动着姿势，在这堵墙上深深陷进去，陷进白蜡的时间里。我在初中之前的晚自习经常用到白蜡，同学们则点着小马灯或者自己做的小油灯。穷人的孩子买不起蜡，他们为获取一点光明可能会流失一家人的艰辛。我是那时候学校里条件最好的孩子，但我和他们一样经历着艰辛，付出着艰辛，成年之后也没有改变多少。这样的日子坚实。

坐在日泉的南屋，看着他们单调的影子，可能这就是我命中注定的那个坚实的部分。世界本来就不变，是我们自己在变；黑夜本没有路，有了灯明便有了最长的路。照不到的地方也许就是绝望之境，只是我不知道，还在往前走。

在烛明中将所有的物件安排停当，日泉一家的夜晚就开始围在矮矮的炕桌边数落着。一件一件地看过去，它们在烛光里的折皱很深，深的部分很黑，黑的部分就是夜，照着此夜衰老的过程。这时候，外面还没有收割的玉米在风中低吟，日泉端起酒，低头猛喝了一口，一匹倦了的马卧在草料充足的夜晚。哪里有北方的夜这样漫长，绝望不遥远了，沉默不作响了，像抹掉了开始也抹掉了结束。生活的意义可能在于循环，周而复始，没有始终的想象是无尽的黑暗，是死亡。这不是生活的态度，但生活却时常让我面对，比如北方的夜，在晋北的荒凉的山坡。

马咀唯一的亮点会让人怀疑它与满天的星星来源于一个星系。人类视线的局限决定了思想的局限，畅想该是多么的惆怅，但没了畅想等于夜要将我从马咀撬出来，比日泉手中甩向羊群的土坷垃还要轻易。我已经生活在这家人当中，初来的夜晚喝酒的时候，日泉就说我一点也不像外人，他的女人说我是自家人，他的妹妹说我来到这里是缘分。这些都是让我晕眩的话，比二锅头的度数要高。

走出家门，想知道北方的夜是否在视线之内是否在思想之内。在无数个夜晚，我看到的那个光点或许是在南北朝那个混乱年间发出的，也许还要更久远。所以许多人很难相信那个诗人驾着一车的诗书踏过乡下那块一隙之地，他终于踩到了这里。四面悬崖，能透出巴掌大的天空，峭壁上挂着的水珠许久都没有落下来，这一点光亮来自上天的恩赐，在中年人的上空星星点点飘过。历史疏忽了细节又在回忆中死亡，却存在于诗人的夜晚所拘束的很小的空间里。

十多年前，在老家历山下的村子里小住几日，所写的诗句就是这

161

样的情景，还留下一篇短文，所谓的永恒被我指为变幻的时空。时隔多年，当年玄妙之思今日都难以理解。今天我还在猜疑那个人为何要进入那个狭窄的神秘之地，住在那个连玻璃都透风的小二楼上写诗，可能想过自己在某些地方与古人相似吧。所以对于北方的夜至今无法困倦，眼睁睁看着上天，上天在顶篷上，顶篷上的天体在我大脑中运转，老家乡村的磨盘，越来越少见的磨盘。上天的磨盘究竟有多大，地球在一个圆形的小口往里输送着时间吗？这些从洞口被人类放置进去的时间，至今没有找到出口。没有多少清晰的夜空让我神定在一个方域，天空越混沌就越是苦思。只有在马咀，在孤独的蜡烛旁边坐着，才能与星星们相语。这个光是清透的，光的背面是我所无法获得的黑暗部分。拥有黑暗是一种乐趣，不能拒绝的侵蚀比白天的光亮穿透到身体表面要温柔得多。这时候可以在暗中选择做点什么，做点自己的事情，放进洞中更多的时间。

我推开门的响动声惊动了日泉。外面冷了，他说。不要紧，外面亮，我说。我们各自说给自己听的话短促而轻松。日泉站在我的身边，噙上一根烟，砰！火光闪了一下，仅仅能够看一眼他的脸。接着黑下来，他手中的红点子非常渺小了，正在消逝，比星星走得还要快。他赶快又吸了一口，我再看一眼他的脸。冷吧？他还是这个问题。挺亮，我还是如此答。

这些都是不变的，所以日泉看到我观看这些不变的天象时有些纳闷。星星们不像羊群的移动而引起牵挂，羊群每天经过的地方都在日泉的视线范围，他习惯这样的恒定的规律，一如我望见星星的轨迹。在晋北，透明的天，也许隐藏着黑暗，黑暗后面的烛光暂时还没有传到我的视线里，但天空的明净已经透露下来了信息。晋北和晋东南的夜空是截然不同的，晋北的夜如磨盘转动着整个人生，而晋东南的夜则洞悉了生命的精髓。我经常在姥姥家的半山腰上傻看着天，直到发觉那些秘密，黑夜中所有奇异的山都是一样的阴影，如猛然进入庙宇看到两排高大的塑像最初压迫了视觉一样，让我惊恐不安。我开始轻轻地走动，它们不动声色地排列在那里，直到我辨别出各自代表了什么。每个星星都有着自己的位置，神灵一般的位置，在狭小的能够界定的空间里，我很快获悉了它们的暗示。

硕大的转动着的夜让我困惑，这里的天空比任何时候都要低，凝望一刻便触手可及。我觉得自己站在了一个天大的广场，不可能听到前面的话语。远处的话语象涛声，无法抑制，我不知道远远近近每个人手中晃动着什么，口形紊乱，星星们就是这样忽大忽小忽明忽暗。我想对日泉说什么，需要喊出来，而喊从开始发出声音起就没有了结束，淹没了。

日泉是个老实的陪客，无法知道我要表达什么，他所看到的一切由来已久，没有变化。习惯了夜深人静的这场戏，他可能会对我这个新到的观众感到好笑，我也因他的存在对自己好笑。这场戏无始无终，每一颗星星亮了一下，那个瞬间与我无关，那可能是千年之前的那个诗人的神约，是流传今日还要费心解读的诗章。前些时候，读了两本俄罗斯作家关于神灵与天命的书，俄罗斯的精神来源于黑夜比所有文学大国都漫长，黑暗与火一起传承了一个国家文学的精神。我称之为"国家文学"是因为它强大的统一性，而今天我们的国家文学是散漫的，个人文学也是浅薄的。我们所喜欢的那些遥远的人更早触摸了黑暗，他们的开始就在北方的夜，他们抓住了灵魂中黑暗的部分，而我今天看到的身边的人们则是在放弃甚至惧怕黑暗。

世界正在向一个未知的空间飞翔，距离决定了死亡收拢我们的时间。每天二十四小时，正好不快不慢朝着宇宙的深处游荡，这样的游荡像我们在大街上散步，像我们都能够看见自己在慢慢消失。这个讲述的过程让那些学生们好笑，我突然无法说下去了，这些事情正如我在日泉家门外对天空的张望，无法言语，唯有记述。写出这些文字的时候，我已经成为另一个世界上的生灵所仰望的星星，如果我忽暗忽明地远去，那些生灵是否也会在另一个北方的夜将我称之为诗人？

> 三眼眼玻璃两眼眼遮
> 留下那一眼眼瞭哥哥

> 大榆树榆钱钱一串串
> 隔窗窗瞭见那毛眼眼

> 墙头上瞭见妹妹她
> 玻璃隔住说不成话

城市里，晚上是白天的延续，马咀不是，日是日，夜是夜。看见的是一种生活，看不见的是另一种生活。这个想法源于日泉，用老家的话说是黑灯瞎火地过夜，和那些牲畜一样黑白分明熬过日子。睡下一会儿了，日泉还在门外说话，也没人应答，他的女人在炕上安静地听，或许跟我们一样。你不解，我说，日泉可能在跟羊们说话，他喝酒的时候说现在还有五十二只羊。也可能跟鸡们说话，和狗们说话，上下院的几条狗那么机敏，怎会听不到他自言自语呢？光点从恒山下闪过来，跳动着，民歌里那句正好：东山上点灯西山上明。夏夜凉了，要盖被子，上天也许已结了冰，窗口上映着的是蓝色的湖面，星星们在蓝冰上滑行，有那么点咯喳咯喳。半夜醒来，满天星云就在睫毛上挂着，动一下睫毛，星星们就挪一下屁股，擦过的响很清晰。睡时的星座偏移到了窗户上方，扭了角度。你说，我们来这里，是从人间来还是远古来，除了我们和日泉家，世上还有什么？生命在于运动，是什么推助我们来到马咀，我一时还没想明白。运动不仅仅是为了生命的活态、自恋本能，看到这么真实的天空，我们应该理解到万物都在运动，整个宇宙都在动。以前有首音乐作品叫作《无穷动》，20世纪80年代初在晋南老家收音机里听到的，匈牙利小提琴家、作曲家诺瓦契克作的一首小提琴名曲。急速的跳弓演奏，如动荡中寻觅的感觉，一颗星星划入了另一颗星星的轨道，它们彼此都不知道未来。后来我才明白"无穷动"还是音乐体裁，指快速演奏。这个世界即是无穷动，无论谁在演奏，我们都是微小的音符，也可能是弹拨掉的音符，落了在无人知晓的地方。或者就是一点噪音，我们还没能彻底安静下来。我们只是一种微生物，生活在地球上，这个地球也是被我们看着很庞大的微生物，运动在太阳系银河系，这系那系，全部被吸引到一个黑夜里。为什么是黑夜？因为黑代表着未知。霍金说是黑洞，万物不可抗拒地走进去，那是西方哲学的精确度；中国哲学是混沌的，黑夜更体现了我们的感受。我们的归宿在哪里，正如我们为何来到马咀。你说，我们与马咀的黑夜一起进入新的一天，此刻，血液像流水，思想没有遮拦，除了进入洞里，还能做什么？说到内急时，出去奔放了一下，夏夜里一哆嗦。后半夜，没有睡意。大地之上，星空之下，只有空气的声音，起伏着，飘着，挤着。狗也醒着，刚才的热情还没有停止。你说，它是多么的寂寞啊，难怪上半夜日泉会在院子里说话。生灵之夜都是空寂的，看不到什么，只有心事满满的。下午你还对它说，好啦，知道啦。它还在舞蹈，铁链子也有了节奏，它为你准备的那些细节似乎你没有认真看，它不高兴。天狗也有链子的，所以它在那里不动，你刚才听到了夜的声音，应该是它的吠。我继续钻黑洞，周而复始，从生到死，从物体的相遇，一切都是旋转着的。如果真的有那个归宿，那个黑洞存在，那我们的旋转便是螺旋形，螺旋就是命运，被牵着指向着到达未知。我们能感受到的只是时间，时间是概念，距离决定时间的存在，比如我们分隔距离，我走向你，就有了不确定的时间。单独的我只有生死的距离，是已知的时间，我们都知道自己能活多久，这辈子能做些什么，只是无法控制时间而已，无能为力，"能"是时间的控制度。东半球与西半球，全球都是一个时间，每个人和物却不在一个时间点上。你说，看星星，又移动了，原本在我们睫毛位置，现在蠕动到额头上了。刚才那个星空方阵已经上升到屋顶，留着尾巴垂在玻璃框上。我第一次看到星体运动被框住，感慨，生活是让人走向广阔，而不是走向局限。

南水头是个村，五龄的姨姥姥家在这里。日泉赶着驴车向前走，老爹坐在上面，五龄在后边追赶。高处一棵老杏树，太阳在树梢吊着。日泉赶车进了村子和放羊的说话。

日泉：绵羊肉十块一斤。这有两个好羊呢，那个顶羊是谁的？

放羊的：我的。

车子走过戏台停下，村里的高音喇叭放着音乐，破喳喳响着。日泉给骡子拿了一捆玉米秆吃，又抱了一捆谷秆子走到车旁。日泉的父亲往家拿东西，日泉去村供销社买了烟，出去给村里人发了几支，闲聊几句后到了家里。日泉的父亲给狗热食，往灶里放柴，多了太旺，少了热不起来。他站起来看看，又坐下来。炕上有只猫，日泉拉风箱，蒸糕。日泉的父亲在炕上看《推背图》，姨姥姥在炕上坐着，五龄正准备去请祖宗，姨姥爷拿着几个炮，到村东头上香。

五龄：祖宗回家过年吧。

姨姥姥：五龄，应该这样说：我请祖宗回家过大年去吧。回来时放个炮，供饭，吃饭，阴阳一样过大年。回来烧点纸，回来上庙去，我们年年都上去。

日泉：五龄，来，你和你妈装东西，我过去问王海一点事。

门外的戏台正面空荡荡的，孩子们在翻跟斗，一个动作重复另一个动作，一个人重复另一个人。骡子车拉到一边，后边一排房子，麻雀一阵一阵落进去，院子里一定铺满了粮食。南水头供销社门前站着一堆小孩，你看我我看你，没什么好玩的，每天如此，大人看得都心烦。街道上，几个小孩玩耍着远去，五龄从巷里出来的时候，戏台正面、侧面靠过来几个年轻人说笑着，从远处走来一群人，似乎是冲着这几个年轻人而来，他们互相看了几眼。供销社大门外墙下站着几个人，摆着与整个村子都无关的姿态，靠在墙根晒暖。日泉走过来进了院子，五龄从院子里出来，往前走，父子俩都不吭声。一辆车开过来，远去，那群人走近了，拐到一边去了。年轻人各自成堆，彼此不相干，杂乱似乎也有秩序，基本按照年龄的序列，大大小小各行其是。五龄和一个同龄人站着说话，彼此脸上漾着很熟悉的笑容，可能是同学。日泉拿着东西走出院门，把东西放在车上，又从小卖部扛出一箱东西，二锅头。车在戏台前放着，日泉一件件摆放着，不时侧脸和走过的人说话。日泉的女人出来，他就只顾捆绑，不再言语。这时，有人手拿一把香烧的旺火过来，日泉的女人过去搭话，看着香的旺火满脸堆笑。一个老人过来问话，日泉的女人一直点头，嗯着。

老人：你不走了吧？回来过年吧？孩子们也回来了吧？

日泉的女人：过完年再走，有这个老习惯供这个祖宗哩。你说，活人过年呢，死人回来没个去处。

姨姥爷钉神位，日泉的女人帮忙，那是供奉土地的神位，五龄在门外看着。日泉从家里端出一口大锅，日泉的女人去打扫锅里的尘土，日泉把锅包裹好要带回马咀。五龄进屋里挂灯笼，一切顺当。接电，不亮，泄气。

日泉的女人：这几个小灯笼不亮？去年他姑姑给拿回来的。

姨姥爷：电线短哇，你抽上去不行？

二琪：姨姥爷，咱们村现有多少户人家？

姨姥爷：这会儿不多了。我还不好说，人不在户在，人可能三四百人吧。

几个人回到家里修灯笼。老人们也忙碌，安置神位，天地君亲师。挂灯笼，贴财神。

五龄：爹，财神咋贴这儿啦？走马财神，走马财神是大仙爷，是夜游神。

日泉：走马财神钱也挺多的。

女人笑出了声。村里大庙门口，很多人进来烧香、磕头、敲木鱼。日泉和五龄的姨姥爷站在门口，他们一年也见不了几回面，过年总要见的。五龄姨姥爷敲着小木鱼，日泉本想说点啥，当当几下就忘了。姨姥爷开始吆喝：保平安，保佑李振权、李振家，全家出门平安，种地五谷丰登，财势旺盛，身体健康，做啥啥顺，平安无事，行啦，磕个头。大庙里敲打声忽高忽低，大家磕头，没一次整齐的，头磕过，各自的心事就算了了。村里那个乱柴房里钻着几个小孩，在里面扑打的灰尘从窗口飘出来。太阳正在落，那些尘，橘色，点点，疏密有致，不是往下落，而是向上升。为什么？它们也是有质量的，空气也有质量，为什么浮华而上？他们闲聊了会儿，孩子们从破房子里玩耍出来，一堆旺火就地着起来，孩子们比火焰还要热烈。村里的街，稀稀落落几个人，回家的，闲逛的，冷呵呵，都聚集在火堆边。村口的高音喇叭放着音乐，五龄拿着灯笼从姨姥姥家出来，整个村子似乎都在等着他出场。村里的戏台边，骡、驴、草、树、人、房子，都在高音喇叭的音乐里呆闷着，像油画里逐渐凝滞的流动，等着五龄提着灯笼向前走，将这幅画带走。夕阳斜下，路边有一个人烧纸。年之祭，年这边就要过那边去的人，怀念年这边的人，他们将越走越远，每年都是一个坎，过不去就不再过去。五龄走到村口，一个小姑娘站在一边看着他。高音喇叭放着的音乐一会儿飘走了，一会儿飘过来，一首连着一首。小姑娘唱起来，没人听，五龄也走远了。一家子人天黑后都回到了马咀，日泉在家里烧纸，女人摆上供菜。五龄最后回来，他将旺火点开，鞭炮放开，马咀亮堂堂的，天堂的火焰照亮了日泉一家。

日泉：呀，好炮，震天雷，好炮。

几个人转旺火。马咀旺，旺，旺。一阵笑。旺火要转三次，日泉拿红裤带转。这一夜送走了，马咀还是平静的，年复一年都这样。早上，日泉的父亲端饭从上院下来，日泉的母亲睡在炕上。很多年了，旱地上的草，渐渐被黄土埋没。日泉的父亲给老伴儿擦脸，喂饭。炕头红字条写着，喜气临门福气深。

日泉的父亲：饺子，过大年给你吃饺子，好不好？

日泉的母亲：喂我，喂我（含糊不清的语言）。

日泉的父亲：给你热，热了吃。

病重者

对日泉母亲的书写被一再推迟。在写下这一句后我就一直呆呆地想着，不能再写出一个字来。等待着，那些往事一幕幕打开。母亲的事情几乎都属于往事，远远近近的。回忆没有尘封，偶然的一阵风都能吹开，也能将我吹到她的面前。这让我想到伊文思在生命最后时刻留在《风的故事》中那些东方母亲苍老的脸，风将她们显露得更靠前，几乎贴到我的脸上。我想到所有的母亲的脸，我的，日泉的，到了皱纹最多年纪的时候。在世便有一世的苦愁，一世包括了上一代，我，和下一代，她的几十年似乎又包容了百年。

日泉八十岁的母亲躺在床上很久了，而我母亲在北京将两个膝盖换成金属结构之后走动了近一年。将两个老人一并说来，是因为她们一南一北，让我无法舍弃。这间房子坐北朝南，两间相通，玻璃明净，却看不见里面，望了很久也看不见，光线很暗。我就站在它对面，中间隔着一块深深的场地，羊群在下面的居所，现在它们正和日泉散步到我看不见而能够想象到的地方。场地的四周打出了一圈窑洞，原来生活在此的人们各自散开，将羊群收容在这里，日泉的母亲一天中听到的声音都是这些温顺的孩子们的喃喃之语。正如我站在对面窑顶上面对空洞而能在耳中掏出羊群经过轻轻敲打着土地的声音，镜头中的一次蒙太奇，使那块明净的窗户收悉到人间万物的碎步。和母亲的关系有两种深刻，从孩子在母亲的怀抱看到自己的来历，从远处望着母亲却不在我身边。

这天来了一辆轿车，四门一开跨下来六个人，他们是日泉家的亲戚。那几间东房一下子热闹起来，骤然降落一群麻雀一般，将屋子的每一个角落都占据，说笑声从室内挤出来，麻雀们也发现了食物之源。温度很快升起，马咀的坡度正好可以接受午间明亮的阳光。亲戚们都下去看望日泉的母亲，我跟随在其中。他们从大同带来了一篮子水果，我在水果后面。

母亲的头靠近窗口，阳光移动着，安静得只有呼吸声，向左卷曲的身子在一张大炕上看不出起伏的状态。我母亲在北京的病床上也这样安静地睡着，白色的床单上，看不出气息所带来的微微颤动，静静守候在旁边，生命就会放慢进程。平淡的日子过去的时候没有浮世的喧哗，连那些伤痛的身体都能够平息了，那些记忆中的苦难也不再折磨。

日泉的妹妹在炕头呼唤母亲时说着谁谁来看你了，一遍遍重复着。母亲对这些名字已经很生疏，她睁开瞳孔看见脚头站着一排陌生的影子，这些影子在以前出现过，现在重新排列了一次就过去了半年时间。走了来了，母亲究竟有无所知？她还能意识到时间的流逝吗？在她面前的影子不会比昨天还要遥远，隔了一日的昨天不过是列车穿越了隧道短暂的黑。我回老家看望母亲的时候要穿越四个隧道，我就想过时间能不能这样黑下来，但声音却无法中止。声音一遍遍传进母亲的睡梦中，我们都无法知道母亲在生命最后这些年中的痛苦，只能听到日泉的妹妹叫醒母亲的急切。声音继续着，如同母亲叫醒瞌睡的孩子去上学一样难。躺在土炕上，土炕连着大地，母亲的病深入到大地的病根。依存在大地，玉米莜面，以及生命末端的这些年份里，她已经不会再有想象的存在，看不见存在便没有了存在。如果有，那便是我在文字中的愿望。

马咀这个坡地上，每个起伏中隐藏的粮食都接受了最饱满的阳光，它们将光亮沉淀下来，一如老人将往昔的日子无声无息地打磨掉。世界在她的内心，包括曾经人声喧闹过的马咀所留下的怨恨，包括那些亲戚们的闲言碎语，都像窗外的大片坡地一样在阳光中平静下来。我的母亲被置换膝关节而卧床，一直念叨着老家的事情，安慰无济于事，说了一些陈年往事以及未来的可能，母亲只是淡淡一笑。想到这里，是因为日泉的母亲无法清醒的缘故，如果她能够像我母亲一样坐着听我述说，我便能够知道日泉的母亲所牵挂的事情。人老了，牵挂也随之而老。我在晋北想念母亲，她的身体在恢复过来之后依然不停地劳作，从这个点到那个点，不间断地来来去去，她生活在一座与马咀相似的窑洞里。母亲的一生都是在代替我做着一些事情，而我却无法知道部分或无法感谢全部。

母亲苏醒过来，女儿将葡萄摘下来，挤进母亲的口中，母亲的嘴形有明显的倾斜，像雏燕，不能控制自己的举动，仅能张开，等待葡萄。这是一种愿望，原本是她的本能却更像是我的愿望。母亲嚼动的声音很大，我意外，看不清她的牙齿还健在几颗，葡萄汁顺着嘴角流淌下来，她嚼得很用力，很吃力。女儿每次将葡萄挤进去都说嚼吧嚼吧，一边用毛巾拭去从她嘴角淌下的汁液。大家站在面前看得认真，说，好啊，能吃了多吃点。他们问多久给老人翻一次身，女儿说，不能翻了，她就习惯侧在这边，翻过去睡不着，晚上叫唤不停，难受。噢，是这样，那会生褥疮啊。不要紧，女儿掀起被子一角，母亲的腿上压着的印是红色的。女儿翻动一下，紧紧勾着的脚丫子立即往回收缩，绷紧了骨突的部分都快要撑出表皮。我坐了一夜的火车去北京轻轻揉动母亲刚刚做完手术的双腿，安慰她说，这次手术能保证二十年，到您九十岁的时候咱们再来做第二次。母亲笑了，她不相信。现在日泉亲戚的孩子也伸手揉抚老人的腿，小手上肉色微红。母亲的肤色很白，因陈年卧床，因血液缓慢地流动，因这张枯燥的皮紧巴巴地贴在骨头上。风启动了，树木摇动，锁在羊圈的狗叫了几声就安静下来，午后的时辰便过去了。

小毛驴多喂二升料
三天那路程两天到

青山山绿水一条河
毛花眼门上瞭哥哥

拉住小妹妹搂在怀
握住妹妹那绵奶奶

闻一下脸蛋绵又光
对嘴咬舌头实在香

日泉家是土屋，墙上白粉刷的是泥土浆搅和了麦秸抹上去的，厚实，保暖。北屋墙正中贴了张彩色图片，水果静物，两天了我们都没注意到，纯粹当它是个色调补充。是午觉的时候发觉的，眼睛上看，图片是正的。突然醒悟，日泉跟我们开了个玩笑，也许他跟自己逗乐。你大笑，说，倒贴的效果蛮不错，篮子底朝天，仿佛大梨和黄橙不是大地上长出来的，而是天上掉下来的。我说，日泉专门让果实悬在空中，吊胃口，也可能是他觉得这些东西还不如自家地里长得好。那些鲜艳的东西打药上色，哪有原生态的好呢，所以束之高阁，不理会他们。你说，他这是要和另一种生活保持距离。

二琪的奶奶独自在炕上睡着，晾衣绳上搭着她的尿布。羊圈里日泉和他的女人还在剪羊毛，其他羊在羊圈外蹲着。大部分羊的毛被剪光了，跟看到百十个光头从院子里出来一样，笑死。这个活难得很，日泉每天都要磨剪刀，磨啊磨，日头就这样磨掉了。天底下要数日泉最能磨了。日泉的妹妹喊，二婶、表弟、表妹他们回来上坟来了。一辆小车就停在外边了，车上的人往家里搬东西，都是各种糕点、烟、糖、酒什么的，好几箱。日泉的女人从下院上来，手里提着一只桶，身上都是羊毛沾着乱飞。

日泉的三弟：那个烟更宜。

日泉的妹妹：人家就要那个便宜的呢。

日泉的女人：这是二嫦娥吧，你看都认不得了，你没领孩子？

孩二表姑：这不是我家孩子？叫露露。露露，来，出来见舅妈来。

露露：舅妈好。

日泉的妹妹：我都认不出来了，都成大姑娘了。

日泉：嘿嘿。

他们没说几句话就到下院去了，日泉的妹妹给老妈喂葡萄吃，撕开皮往嘴里挤，葡萄汁流得满嘴。二佤女看着，二表姑流下泪。满屋子女人，干燥的窑洞潮湿了。

过了大年头一天
连成哥哥来拜年
进了门，把腰弯
你一弯，我一挎
咱俩拜的什么年
脱了袍褂越炕沿
一步迈在炕中间
拾茶食，糖蛋蛋
你来吃，我来端
还有扁食两大盘

在马咀，夏天洗澡是个大难题。他们不洗澡，但要擦身子。好在他们劳作的时候也不怎么流汗，天再热马咀也沁凉。也许是高原的空气太干燥，汗水还在毛孔里挤着，就干掉了。还有大小便也是很麻烦的事情，不过换种思路就便捷了。你说，茅坑太简陋了，就是地上两块石头，踩上去，马上没了诗（屎）意。说便捷，是因为步出屋子就是野地，可以随时方便一下，随意施舍奉献。如果说人有原罪的话，那么，一切生灵都有，人的这种排泄，也算是赎罪的一种方式，奉献给大自然。何况几千亩地的马咀，就这么几个人，各自忙碌，没什么羞耻的，大自然也不会这样认为。马咀的原生态生活使我们的内心也回到了少年、童年、婴儿，没人计较我们的存在，我们也不计较自己的存在方式，只有大自然不断地变幻着脸面。人为何要与大自然争斗呢？没有必要。"天行健，君子以自强不息。"可以这样认为，天意越变化莫测，人的适应性越强。

一辆小汽车从远处过来，日泉在路边铲雪等车。

日泉的妹妹：我还以为你赶上毛驴车下来了。

日泉：没有，用不着。

日泉的妹妹：有一次回家正下雪，我走一下跌倒一下。到梁上我实在走不动了，我就叫我哥，我哥听见了，就下去接我。当时实在走不动了，上不去了。

老郝：当时人觉得很累很难，但城里人听了还觉得好玩呢。

日泉的妹妹：他们还觉得那么巧，咋啥事都让你碰上了。当时正好买了点东西，我也忘了买的啥，乱七八糟的。一回家就想买点东西，冬天穿得又多，回去穿的棉鞋成水鞋啦，全湿啦。

老郝：大雪封山，你们那边就毛驴车能走，别的车走不了。

二琪：毛驴车像那种路也走不了，一步都走不了。

日泉的妹妹：回家拿多少东西也不累。主要是这几天车票贵，车又不好坐，而且还要买东西。再说我们下车又不方便，下车还得打车，所以给老郝打电话。可去必须买东西，要么没吃的。

太阳快要落山了，上院的烟囱冒出烟。日泉的父亲从下院出来，小许跟着。老郝艰难地将车开到院子里，小许站在那里望着，嘴里叨叨着，好，好。

日泉的妹妹：小许？

小许：好。

日泉的妹妹：你多会儿回来的？

二琪：姑，你看这只狗，是谁的狗？

日泉的父亲：你舅拿走一个狗娃，现又送回来了。

二琪：妈，我叫你也不理我，那个狗谁的？

日泉的女人：你三舅的。我正做饭哩。

琪琪：我奶奶也认不得我了，我去告奶奶说我姑回来了。

二琪：上去吧。

日泉的父亲：一会儿吧，我取东西去。

琪琪：我去拿东西吧，您上去吧。

日泉的妹妹：我说买张大画吧，二女子说不要买了，太贵。就没买。

琪琪给小许扫衣服上的土灰。

二琪：奶奶叫你呢，姑姑。

日泉的妹妹：你奶奶叫我进去呢？

日泉的父亲：都回家，回家吧。

老郝：村里有小朋友没有？

日泉：有，多呢，我是在这里呢，要是在家里，三间房也放不下。一个一伙，男的一伙，大女一伙，二女一伙，放都放不下。我那小子放假回来这里，就回来一晚上，腊月二十八，按住活杀。

日泉的女人：小许，你从哪儿来？

小许：在北面来。

日泉：小许喝吧，今儿喝得好好的，摘豆芽的摘豆芽，该做啥的做啥。

日泉的女人：你可会安排哩，怎不给你安排做的，就给我安排哩？

日泉：嗯，你赶车回村去，我在家摘豆芽。

老郝：还能给领导安排活？那是最大的官。

日泉：噢，那是最大的官。

老郝：今天给你吃啥你就吃啥。

日泉的女人：估计我赶车回来了，饭还得做。

日泉：不用，我和小许豆芽一盘，酒一杯，喝完该喂羊喂羊，该做啥做啥。供狗食鸡食，我完全负责，啥问题没有。

日泉的父亲在院里坐着，小许笑，日泉拿烟。日泉的妹妹给老妈洗尿布，挂出来就冻得生脆。羊在圈里吃干草，日泉的女人做饭，二琪拉风箱。这些都是安排好的，没有人指使。生活繁杂琐碎，各行其是，这就是规律。日泉的妹妹给奶奶洗头，剪头发，洗脚。

琪琪：你在学校上学每月得 100 块生活费吧？

二琪：嗯，一个月 100，一年 1200。

琪琪：你在学校能待 12 个月？

二琪：你星期天就去咱姑姑家了，我在浑源回不来。我现在上这三个月不花不花，还花了 600 多哩。

琪琪：咋那么多？我花得比你少。

二琪：你又骗哩，要不你给我算算？

琪琪：学费第一年 7000，第二年 4000……

二琪：你念了几年？

琪琪：我念了三年，到医院实习花了几百块钱，念初中花了三千，我全部上完才花了两万来块钱。

二琪：我上高中到现在也不是就花了两万来块钱？

琪琪：你还得上大学花哩，我全部上完才花了两万来块。

二琪：哦，那倒是。

琪琪：我去年念电大哩。

二琪：你那个花钱不？

琪琪：怎不花。自己租的房子，吃饭、学费，晚上上完课九点了回不了单位。

二琪：你不是说坐单位的车？

琪琪：单位的车六、日不上班。上了两个月，学费交了400，房费300。

二琪：咱妈说你好像跟人说要，要考啥哩？

琪琪：考雁北师院。

二琪：想报就报上吧。咱妈说你都上了好几年班，自己报去吧。

琪琪：上好几年班一开始能挣几个钱？何况帮咱妈还了1000，给了英琴1000，去年办了个会计证又花了1500。会计证是在太原办的，每年审证还得到太原审去。

精气神

向西，一直沿着河道就能走到马咀，准确说是到了马咀边缘的下方，不过是马脚之地。由此上行，路过一个新建的农庄，有条碎石路刚好能碾上汽车的轮子，两排白杨直直穿天。走在小道上，风打在杨树叶上发出的声音杂乱而整齐，我听到的整齐是起伏的整齐，大范围控制的场，就像站立了两排乐队。那些消瘦的音乐家精神抖擞，风卷动他们的长发，掀起燕尾服的一角。我乐意将自己喻为乐队指挥登场，在行进中领略这样自由的排场。出了这个短暂的序幕，就进入了马咀场面。

问日泉哪儿能充电？到河边的那个村里。多远？六七里吧。下面路过的那个庄园应该也有电吧？有。日泉回答得越来越干脆。我早就想步行一趟，除掉来时走马匆匆的朦胧。一路下坡，沿着舒缓的弯度小跑几分钟。我很久没有长跑了，这么多年还是无法接受在城市里跑。奔跑需要的是气息，任何一匹马在城市里都无法迈开脚步，它会张望着这个复杂的世界，呼吸着混合的气息，渐渐漫不经心地停下犹豫的步子。

绕过玉米地的时候一时被遮挡住了视线，这样的情景在影视作品中时常见到，是为了一种情绪的宣泄。看来主观镜头的存在是有道理的，这种对应的角度就在生活当中，谁也逃避不了。可能主观是为了让客观显得更客观，那些玉米即将被割去生命，但它们看见我的奔跑，看见我的镜头在快速移动，我在纷杂的世界里将所有的物象都摒弃掉，只留下玉米退出的场景。我渐渐地远去，与马咀保持着距离。

途中看马咀是另一种心情，这是一块真实的土地，我已经脱离了夜的包围，能够清晰地看见生活中的每一个细部。无论那些枯燥的粮食、简单的天空、期待的雨水、惊恐的狗叫，还是绵羊浓郁的气味，全部铺开，沿着我走来的路一直向上，最终将到达人生的尽头。而我却在中途陷进了大地之中，陷进了文字里。

来到另一个山坡，比马咀要低得多，在这里看马咀需要仰望。我能说出很多关于仰望的山，但细想开来又非常的少，比如老家的历山，比如再往南就是一直没去过的华山。这些都是心底突兀之处，它们无法参照马咀，马咀是贫瘠的土地，是归属于生存的，而心底的那些山属于信仰，信仰在一生中会发生裂变，而生存不会停止供给粮食。所以，马咀比一个人要弱小得多，它在荒坡之上，它所拥有的田园的绿色只是一个很小的部分，比一个人身上的衣服少得多，少到恰好停留在担忧的部分，这样的担忧越离开得远越强烈。

我不时地回头望着马咀，背道而驰的马咀。离得越远其实是走得更近，小小的马咀还原到记忆中一个小小的点，实实在在存放在那里的一个点。以后的岁月中找到这个点会很容易，就在身体之中，当身体还在大地上行进，还能够包容大地上的所有的客观或主观，且容下这样的界定，于是我站在这个点上沉默或者言语。世界上的幸运或者伤悲很难用主客观来界定。走到最远的那个点上回头再看马咀，已经很难分清自身的态度，就象摆弄镜头渴望的一种远远的观照，无法说清的动机已经在过程当中了。包括这次置身于晋北的马咀，身在其中就不可能像夜行一般隐晦，来马咀的几日阳光一直很好。

半个多小时后，我悄无声息地进入了下方的那个庄园，找到主人后将那些充电器放在宽敞的客厅地上一角，红灯闪动跟脉搏一样，实在安静。任何举动都会发现自己的幅度是多么大，即使微弱的光都有感应。一个小时的充电时间让我能够感受到一种与日泉家完全不同的田园风光，我和主人有段对话，这里暂且不去拉扯，以后再说。

我开始返回马咀，要指挥那排白杨，它们都将乐器高过头顶。太阳照在我的背上，照在整个马咀的开场。碎石子们也跟着我跳跃起来，脚步快速地移动，这个乐章已经沉寂了很久，不是一个时辰，也不是一天。这些时间的概念已经很狭窄了，时间像是进入那个场的窄窄的通道，需要耐心。时间很暗但不会妨碍行进，而最终豁然喷出来的阳光比雨点还要清晰，用劈头盖脸这样残忍的词语都难以准确描述。瞬间爆发的快感像那些小小的石块一一被我踢开，找准了部位。那些叶子开始飘落，有点偏色，如果是拍摄的话，我要让它们更加偏离现在，将这样的情致带走，将阳光的线路分解开，让所有的物像各行其道。而马咀在远处，是最后的观者，无动于衷，它那张脸比日泉的脸干净些，更平静，慢慢靠近的时候，皱褶里似乎并没有藏着秘密一般的往事。在这样的途中可以享受生命的开朗，甚至将内心深处的那个小小的主意翻出来：不是从原路返回，而是直线上坡到达仰望的马咀。

后来在半坡遇到日泉是意料中的。他赶着那百来只羊从坡的西角出现，白色的生灵在他的鞭子下比刚才那些石头聪明得多。舞蹈掀起了尘土，在马咀的台前，只有我一个观者。日泉大声叫着，骂着，羊群中的每一只都认为这是叫唤自己的指令，所有的快乐其实就是一阵无法散去的尘土飞扬。日泉转过身来对着我露出事先准备好的微笑，憨厚地笑着无法收住。我们都转向北方，马咀在那里。

日泉说，我带你去看个地方。什么神秘之地，难道不在我刚才经过的地方？日泉还在笑。这时候我们都还在看着马咀，虽然上升到现在的高度但还是要仰望马咀。马咀的精神气在日泉的骨子里躲藏着，不易发现。在马咀的快乐并没有掩住荒芜的内心，我的日子屈指可数。但日泉不同，他内心的庄稼与野草一样生长着情感。

秋天来临，日泉从不提起天气的冷暖，一个季节的来去比一群羊在坡地打转还要简单。我爬坡的时候出了半身的汗，稍一停顿，凉风就携去了潮湿。风的干燥使草叶坚硬了许多，羊群拥挤着过去发出了刺裂的响声，它们的选择一天天少了，它们经过的地方不再重复往日。

日泉就站在这些草的上方望着我，已经能看见黄色的土壤了，绿色渐衰，黑色的日泉很显眼，平缓中突出来一个点。稍加注意也能发现这个坡地上还有几个土包，是坟茔，羊群在那里转悠着。见我近了，日泉用铲子甩出土坷垃，头羊扭过头来。他笑得很是开心。充好电了吧？我指着下面的农庄说，没问题，下面有电。他嘿嘿地笑，看我走到跟前，投过来想要知道什么的眼神。我意识到刚才农庄主人和我简单交谈的内容正是日泉想知道的，这个问题对于他可能很重要，但我收悉到这样的眼神后一时不知从何说起。我装作无意地看那些自由散漫的羊只，那只老羊和我们保持最远的距离，但是寻觅的方向已经回折。

突然，日泉叫住我说，走，我带你去见个你没有见过的地方。我愣了一下，好奇心上来，随着他转到坡地的西面。他指着那堆坟茔说，今天是七月十五，他们刚上了坟。离坟头几步远放着一个小纸箱，是遗弃之物，几样东西整齐地摆放在坟头的几块砖头上。香已经烧尽，那层灰好像刚落下不久，连被风吹散的痕迹都没有，而纸钱焚烧后的黑色很深，摊在那里。这是下面村子人来上坟的，日泉说的时候还是笑，一丝神秘已经挂不住。我认真地看着他，他似乎并不在意我的神态，几步走到坟前，伸手拿去了摆放着的一串葡萄，扭身递给我。吃不吃？还新鲜着。我惊讶，摇头，不吃不吃。见我胆怯，他将下来几个葡萄，张开嘴一下就送进去了。这家葡萄味道不错，挺甜的，日泉朝我点着头。我站着，看着，不动。接着，他将一只苹果捡起，在腰间擦了擦，做出要甩给我的姿势。我摆手马上制止了下一步举动，日泉收手冲我一笑，那只苹果已经落进他的口袋中。走吧。

看完了这个过程，我心中暗笑。见我没有异议，日泉开始解释这几个坟堆的来历。它们都是马咀村原来居民的祖坟，他们陆陆续续迁徙走了，到了下面临近河道的村或者乡里，但祖坟却动不得，添了新坟也还是回到这里，没有选择。大块的坡地使得坟地的距离显得松弛。日泉从这些坟地边走过去，觉得他就是王，能做出任何举动而不受任何拘束的马咀之王。他还记得将剩下的食物放好，留着给那些等待食用的灵魂，也许是给自己的明天留着。冲这一点，日泉已不相信客观生命，他只相信行走的灵魂。离开这里时，我才意识到他的内心与这个世界多么遥远，世界是人为创造并界定了的秩序，他赶着自己的羊群浪迹在这个秩序的国度，他是王，羊是臣民。那我呢，我从山坡下面爬上来是不走正道的，恰恰在这个时候遇见了日泉，是他在这里等待我吗？如果这是一次正式的进入马咀，那么他为什么要领我走向坟墓，为了那些沉睡的人们给予的安慰，还是对活着或死去的生命的嘲弄？那些食物已经放置许久，他给了我一次进入他个人秩序的机会，但这样的方式被我拒绝了，因为我还要回到来的地方。如果食之，我将如何离去？但我明白这也是日泉所表露的本性中关于善良的部分，他把这个部分留给了我。我的拒绝在他看来是正常的，我不可能成为这个心灵小国的臣民。他是王，我也是王，各自为政，在灵魂深处左右着自己的去处。正因为如此，他施展了简单而震撼心灵的诱惑。接着，他开口了，问了我关于下面那个庄园的事情。

这是他期待的，我的负重也因此放下。我告诉日泉，那个庄园的主人很客气，他也打听了你们一家的生活情况。他说上下两地之间的矛盾其实就是对于土地的态度。庄园里的人要改变土地的原貌，开发农林资源，而你只是种了承包地中的少数却让大片的荒地继续荒着。我传达了一个没有显示态度的信息，我不想让日泉难堪。

可是我错了。日泉依旧笑着说，我这里荒着但是长草了，他开发了一片，你看看长成了啥？我的玉米都成了苞，他的我掰过，空的，他才浪费土地资源呢，这里旱，长草才最合适。日泉的见解也有道理，每一个人都有自己的活法，我不能确定日泉的对与错，但还是想缓冲一下他们之间的误会。下面的态度很好的，他还希望你能够种点药材，比如板蓝根什么的，耐旱好活，也有销路。厂家投资你管理最后收入分成，能保证养家糊口，改善你现在的生活状况。没想到日泉哼了一声，这么好的办法他咋不干，让我干，什么意思，现在厂家收货还要咱自己送去，他想得倒美，你让他干啊！我再一次陷入深度判断，一时也拿不定主意，好郁。

日泉说，回吧，凉了，不是我不理他，是他太霸道，觉得自己有钱，什么都能，我倒要看看他能成什么事。我苦笑。日泉说，有些事情以后再跟你说，咱们过咱们的，跟他没关系，谁也不干涉谁。听这话，我想到了一句古话，老死不相往来。可能事情不会这么严重，矛盾就像脓疮，正常时候会在皮下让人隐隐作疼却无可奈何，也许恰是上火了便有了挤出毒液的可能，疼到了最疼处也就到开始修复的时候了。土地与皮肤一样变化无常，惹是生非，结果要看主人的态度。在马咀有很多事情日泉是不相信的，他自信的是时间，年年如此，变化都在自己的意料之中。比如能清楚地点数朝出晚归的羊群一只不少，他信这个。其余的很难说，以后我再去问他。

> 那一天晌你你不在
> 你到南梁上挑苦菜

> 那一天晌你你不在
> 你妈打了我两锅盖

> 那一天晌你你还不在
> 叫你秃头男人真打坏

> 砍倒那大树锯成板
> 单等妹妹你无人管

太阳偏西，我们往西走下山，想去看看对面的笔尖山。夏天的马咀，野花烂漫，随手就能折几枝不同花色的。以后写山村小说，可以写山村小年轻相会，女的摘了一把花，男的说，我帮你插到发髻里，女的说，那花太厚了，怕插不进去，男的说，没事的，慢慢就插进去了，后来女的不吭声了，男的还若无其事说，插上了你才好看呐。大笑。你说可能吗？我说可能。晋陕交界处的民歌那才叫作开放，直接吆喝着过来，那种事真的跟诗歌一样，起承转合，四句话就完成了交接，怪不得他们唱得那么开心。你说是哦，不成也就不成，大家一年也见不上一两面；再说，唱歌调情，真真假假很难说清，唱到感觉上了就见面去了。生活在这里，他们的精神就单纯了，什么事情都是在那里摆着的，一清二楚，所以没什么含蓄，直来直去的，我们叫作粗犷。我说，这不一定就是大气，大气一定是看得开远，有挥洒自如的心境。走在高原荒坡，心生自然，便与万物同在，我们也辽阔了许多，眼界境界被拉扯远了，呼出的气息都坦坦荡荡。早上走过的路，添上了新土，崩塌了好几处，有的堆在废弃的那些窑洞口。文明就这样被淹没了，一转身，一个窑洞就找不到了。我这么说有点严重。你说，就看转身的时间有多长，我们与这个世界经得住几次转身？突然你停步，说听到山谷里有了人声。果然，天地间终于呼出人气来了，有群羊出现。它们呼出的是人气，那我们呼出的是什么气？马气。天马行空来到马咀，没当自己是人，有时候是草，是花，是电线，是黄瓜，什么都是，没什么不好，人有什么好呢。下面是条大路吗？我说不是。下去后你才恍然大悟，河床，铺满鹅卵石的床；没有水，泉水从山根前边草丛里石子下面透过去。两边是高高的悬崖，就好像是神仙在这里开犁，一条沟一条沟，将人撒向黄土里，芝麻点点，自生自灭。

浑源县城高考第一堂下来，二琪在好多学生和家长中找到了日泉，说考得差不多。日泉喜开了花，领着闺女进饭店，买饭，端饭，吃饭。饭店有好多学生和家长，日泉大声吆喝着小后生端上大烩菜和包子，他这样犒劳女儿。日泉还是不放心，边吃边问考试情况，二琪和日泉说同学们的事，不说自己。饭后，日泉跟着二琪进了学校大门，门口有条幅悬着：2036年普通高校招生全国统一考试。父女走进宿舍楼，二琪和同学们谈考试，日泉待了会儿就退出。学校旁边的露天舞台上正在唱戏，是一户人家办红事，围观的多是学生家长，孩子考试，他们心焦，看戏正好缓解点。日泉，几个老头，戴头巾的老太，站成了堆。一个女人拿着黄表香，走过去敬表上香，唱戏又出了一折。舞台上打板的很不专心，总是看台下。今天考试，中年妇女多，家长们如过节一样。熟人也常遇到，一些有姿色的女子也不会轻

185

易放过这样的场面。看戏的人也看着身边的人，原本就心不在焉。一出《三娘教子》开始，二胡起，演员唱，后来两人唱。日泉拿了一捆香，一张黄表纸，烧香，敬表，磕头。一折完了，有人报上一折，打板的瞅好了下面的眉眼，使劲一敲，哪管侧台的那个角是否蹾好了姿势。村里的戏就是走走场，热闹一下，灶里的火，一把一把地旺，哪一把都像是在较劲。日泉点烟，走到校门口，人很少，蹲下，抽烟，走出校门口。又一堂考试完毕。校门口再次挤满了学生和家长，日泉在很多人里面，探着头，在人群里来回走动。很久才看到二琪出来，她和同学们说话，看见日泉了才分开。没走几步就有同学过来说话，考试题，明天拿东西，取行李。日泉站一边听着。

日泉：你多会儿回？

二琪：先填志愿，九号十号十一号三天填志愿，完后再要几天。

日泉：报啥志愿呀？

二琪：第一志愿不报了，第二志愿A类，报太原师范。

日泉：不报传媒大学？

二琪：中国传媒大学得月底报，第二志愿B类。

日泉：那你先把东西抱回去。

二琪：东西多。

日泉：先拿回去，没事。

二琪：得早点回去取。

日泉：噢，我把这天的地耕完就让你回去取。

二琪：行，过那边等车去吧。

青石板栽葱扎不下根
心上的亲人完不成婚

白泥墙上画马不能骑

妹妹怎好也是人家的

人家的老婆人家的妻

丢下哥哥一个飘魂鬼

我们走到河槽里，找到了说话声，是两个放羊的中年人坐在阴面乘凉，羊四面散开。问他们岭上笔尖村里还有什么人？羊倌说，没什么人，都是上年纪的，年轻人都出去打工读书了。出去就都不回来了。我在河槽里拣着彩石，走的时候又都扔掉，感觉带不走，就不费心机了。过了个弯，找到上村子的路，斜坡很陡，土质光滑，一不小心就会滚落下来，只好放弃。笔尖村终究去不成，想想他们怎么能利落地上下，就是胆量变成了习惯。四五点，天色降得快，只得返回马咀。同样的坡度，这里更陡，鹅卵石铺了最艰难的一段，但我还是上下自如，这就是习惯。这山，那山，看着一样，实则不同，不下脚可以指点江山，下了脚指点自己吧。走到半腰上，你说这鹅卵石怎么也会走路，从河底走到山顶上了。我说这是地壳运动的缘故吧，三十年河东三十年河西，也可以三千年山底三千年山顶啊。所以，我们今天能站到的任何高度都是暂时的。再往上，看见两头骡子和一头驴，它们在我们前面悠闲地啃草。你说三头驴在等着我们呢，我说三驴开泰。

阴天。狗叫。黑云一点点努动着，力量很满，却不释放。屋子背后那棵老树动摇了，高原四处有了嘶嘶响动。黍地。日泉的父亲捆着割倒的黍子，日泉将羊群赶在周边吃草，套上骡子驾车过来。葵花地，日泉的女人割大葵饼，一盘又一盘。太阳从云里钻出，万道光

187

芒，又一下子收回去，似乎没有发生过。日泉赶车到葵花地，往车里装葵饼，割倒的黍子被风刮得嗖嗖，日泉卸下葵饼后就返回来收黍子。驴还抽空要吃草，有风正好碾黍子。在不同的位置看这都是一场行为艺术，位置不是由我决定的。马咀是立体的，接近谷场的路上下左右都有，奔腾跳跃。碾完了黍子，日泉就去拴骡子。碾后的黍子失去了自然的饱满，轻风都能够吹动。黑云起兮，上天改变了调色板的角度，墨色开始流动，驴打滚，云打滚，树也打滚。树像人一样在翻动着手里的道具，身子软到极致；驴翻不过去身，碾了碾背又反过来；只有云还在滚动。太阳出来看了看又回去了，它对人间的安排无语。羊在聚集，好几个山坡上都显白了。放羊的那个黑点，猫眼一般，叫着小小的声音。碾好的黍子开始堆积，太阳穿透云层，一道光射到地面。黍子扬起来，似乎挂起一道黄色的帘子，延伸到远处地面上。风从一个源头吹来，云更沉更黑，如妖魔布袋里放出来的气体，向四边稀释。收场了，黍子颗粒金黄，抱黍秆子的人走到一边。驴自顾吃草，太阳艰难地从云层里钻出来，这里唯一的树在颤抖。日泉将羊群从沟里往回赶，吆喝了几声，羊们都听懂了。太阳落向山沟，远处的山夹住了太阳，一直落不下。那些云在嘲笑。收拾停当，场上的人都回家去了。日泉坐在草地里吃西瓜，远处那棵树不再颤抖了，静静的。羊在旁边吃草，鸡也在草地上吃东西，日泉用草帽擦了擦吃完西瓜的嘴，坐下抽烟。过了会儿日泉起来看羊。他向前走到树旁，羊在吃草，鸡在挑食。驴和骡已经在下院里嗷嗷叫开。

日泉：到你姨姑姑家没？

二琪：没去。

日泉：有曹莎莎呢。

二琪：人家曹莎莎学习哩，不放假。

日泉：不放假学习，你不能学习？

日泉的女人：惯也不惯，好几天，你以为一天呢？
二琪：一天也不顶。
日泉：惯了还要叫你跑得不回来呢。
二琪：嗯，惯哩才去呢，认也认不得，去了做啥去？
日泉：一天就惯啦。
二琪：人家曹莎莎是啥，我是啥。
日泉的父亲：这种不是石头，是炭，烧起来火焰长。
日泉的女人：都留着吧，等冬天烧。
二琪：爷，这是啥东西？
日泉的父亲：这是实炭，不会化灰。
日泉的女人：您吃面不？
二琪：我爷真勤俭。
日泉：先卖羊。
日泉的女人：卖羊还得有人买哩。
日泉：把那两个驴卖了。
日泉的女人：到哪里卖去呢？
日泉：不管怎样，先筹上钱上学。
日泉的女人：你当那是个少呢，上了万啦。
日泉：卖粮，把那点豆子卖了。
日泉的女人：这两天有收豆子的没有？
日泉：有，一块三毛钱一斤。
日泉的女人：去年贵你不卖，今年贱了你卖呀？
日泉：庄户人的东西越贵越不粜。
日泉的女人：先借点吧。说不上过段时间豆子还能卖贵点。
日泉：如果借不出来呢？
日泉的女人：你还没借就知道借不出来？先看看借上借不上，借上就别桀啦，你不吃面啦？

日泉：不吃啦，饱了。

日泉的女人：收拾收拾，去取通知书吧。用二女去不？

日泉：不用。（点烟）每人一万，先得两万。五龄一万，二琪一万。

日泉的女人：麻烦死人啦。

日泉：那麻烦啥呢？

日泉的女人：考上也愁，考不上也愁。

日泉：那也是考上好嘛。

日泉的女人：别磨蹭了，赶紧走吧。

日泉：不急，反正也是那会儿回来。

日泉的女人：吃也吃完了。二女你吃面不？

二琪：不想吃。

日泉：给收羊的打个电话，让他来把那几只羊收走。

日泉的女人：再过两天收吧。

日泉：他大姑说给借点吗？

日泉的女人：你打个电话问问。

日泉：他二姨说给借点？

日泉的女人：估计也用不了几天就走呀。

日泉：这百好说，万就不好说哩。

日泉的女人：哎呀，百也不好说，学费那么多呢。

日泉：我再喝一口就去取。二女，给咱牵骡子去，我给你取通知书。

雪天的院子里，日泉扫过的地方，一会儿又被日泉的女人筛炭扬过来一层灰。马咀从远处看，只有烟囱里冒的烟让人能识别这里还是个村庄。二琪向远处走着，不知道玩什么去了。一棵老树动都不动，感觉像死掉了。它的生命沉睡在下面，春天来了就要将死亡的部分顶开，让那些僵死的老皮剥裂掉，然后被风吹落。早晨的天上还有月亮，总有鸟们从那里飞过。月亮跟它们有什么关系呢？太阳在山后爬着，鸟们是喜欢温暖的。天气不怎么好，对面山雾蒙蒙的，所有的一切都是轮廓。日泉的父亲从羊圈里走出来，放羊去。到了太阳快要挂在一棵老树上时，羊正低头吃草，日泉的父亲则在沟沿坐着。日泉很少坐，到处跑，在他爹面前算年轻人，出力流汗蛮精神的。老人抽烟，看着日泉赶车带回了录取通知书。

日泉：学费一年 7000，公寓管理费 800，用品费 380，材料费 400，按学年交清，离校时多退少补。嗯，上四年。新生收到通知书后于 2006 年 8 月 30 号前，先交清 7800。

二琪：这么贵！7800 哩。

日泉：交了 7800 就是学校的一员，乱七八糟还得多少？

二琪：得一万块。统计统计，都有啥，一万块钱？

日泉：就这当 8000，还有生活费，生活费得多少？一个月得多少钱？

二琪：我不知道，哪能知道。

日泉：你们上高中多少钱？

二琪：我上高中一个月 100 块钱。

日泉：你这得 300 块钱，一年 3000 块钱够不够？

二琪：连啥 3000？

日泉：生活费，先兑生活费 3000，那个 8000，总共 11000。没别的啦？

二琪：没啦。

日泉的女人：你哥哥的 400。

二琪：我也 400。

日泉：400更多啦，400那就5000来块钱啦。反正一年最低得一万二三的，怎么地也得先拿上一万。卖上十来只羊、两头驴，能有3000来块，得再借5000。她大姑给拿2000，她二姨给拿3000，共5000。先打发走了，再把那点豆子卖了，到秋后再杀上两只羊，就是个这。

日泉的女人：去年说卖那点豆子吧，不卖。

日泉：先卖羊，钱着急就卖呀。

日泉的女人：豆子一斤少卖一毛钱？

日泉：现在是一斤一块三，少卖一毛钱，总共就少卖一千多块钱哩。二琪你进来，这视觉是啥专业？

二琪：我也不知道。

日泉：这还得配135型手动相机哩，还得配电脑哩。

二琪：没写呀？

日泉：这东西是宿舍配备？

二琪：宿舍的东西，脸盆，暖壶。

日泉的女人：宿舍的东西，7800里都给带了，连洗漱用具哩。

二琪：不给带。

日泉：这还开党团关系，你转了团关系没有？

二琪：没有。

日泉的女人：不懂得别乱说啦。

日泉：凭录取通知书、准考证、身份证、派出所的证明，按规定时间办理入学手续。因特殊原因不能报到者……这还有接站车呢。

二琪拉风箱，炕上放着录取通知书。日泉的脸上，每一道皱纹里都藏着心事。窗外，斧头插在木墩上，还有没干完的活。狗叫得莫名其妙。日泉的女人关门声很响，平时也这么随手关的，没这么响。她开始扫院子，哗啦哗啦的。过来一辆查线车，怪不得狗刚才狂叫了几声。两个陌生人下来，狗兴奋不已。日泉刨土豆，一锹开一个窝，土豆滚不开蛋蛋，互相连接着。日泉一会儿就捡了一筐，然后刨葱，再去摘几个西红柿放进筐里。收点完了，日泉走到旁边的西瓜地，看准了，手掌轻轻一拍，声音不错；拿准了，拧下；一掌下去，扑哧开裂；两个大拇指抠住，分开两瓣，龇牙咧嘴的。日泉和西瓜都是这样的表情。

剪羊毛

马咀有一百〇八只羊，多几只或少几只都有可能，它们从来没有去过马咀以外的地方。那天看见日泉的儿子，这个在太原上大学的小后生个头高过他爹，黑瘦但结实。我真纳闷，这几天他在哪里呢，说出现就出现。孩子回来，赶骡子下山到河边拉泉水的事情就不再是日泉的女人去。每次拉水，都要灌满四个塑料桶，够一家人和那一百来只羊饮用才行。喝了泉水的羊比人还要遵守作息时间。这里的泉水能解百毒，羊从小喝了泉水化就的奶长大，一只只健康得连怪脾气都没有，温顺懂事，从来不烦主人。

日泉将羊赶得远远的，坐在土堆上等着它们自己寻回头来。这是他一天中最舒意的时光。羊是自家的孩子，像婴儿在地上滚爬着，好几个滚爬着的孩子的父亲眯缝着眼，静静地不想说话。我问日泉，每天放养回来数不数？日泉说，数啊，都错不了。真是些乖孩子，规规矩矩地来去，从不越过自家的界限。这一片沟与坂很清晰地划出了几道梁子，这些邻家的羊们一群一伙地聚集又散开，它们会互相看一下陌生的小朋友，但不会进入对方的领地。日泉的孩子们守护着自己的领土，也在自家的土地上放肆着天伦之乐。它们的衣裳实在是脏，没有雨水的马咀会将那些陈旧的泥点子风散成碎末，将它们的外装染得白不白黄不黄绿不绿。它们远远地踱步，比低低的云还要白净还要自由，这在马咀只能是梦乡里的情景。它们是一些健康的脏孩子，在泥土间玩耍的脏孩子，生命原本就是这样轻松而来的面目。

生活在复杂的世界里记忆复杂的我，没有这些孩子们快乐，也没有自己的童年快乐。童年时还会对一件衣裳的更新而欣喜，可现在呢？保持自我的本真状态很难。我开始喜欢"矜持"这个词，羊们矜持在那块草地，而我每天都要面临新的侵蚀，连光线都不能正常到达内心。我躺在日泉的南屋想着这些郁闷的事情，周围没有一点声响。这个早晨的阳光安抚了一个南来的陌生者，让他在晋北的几日里享受到了羊只的快乐。

家里空无一人，后生拉回了几桶泉水，他和日泉一样淳朴。我走到院子边，听到日泉夫妻在下面窑洞的说话声。我该下去看看那些羊群的家，以及今天日泉为何没出去。绕过下面老人住的屋子，屋子下面有个开阔的场地，一周都是大大小小的窑洞，日泉就坐在西面的门口，被太阳照得透亮，很容易辨别出来。从他的动作幅度能看出是在磨剪子。我走近的时候，他依旧是抬头笑了笑就继续手中的动作。低矮的方桌上摆着一排铁剪，中间卡着的螺丝被拧开，一把剪子分成两部分，好似各不相干地对峙着；退化的锋刃彼此间张开，敞着胸怀，也敞着陈年的心事。日泉在磨刀石上轻快地推拉，用他放大的瞳孔看着生命的质感划过的痕迹。日泉将剪子在水中沾了一下，然后举在离鼻尖很近的地方，另一只手在锋刃上轻微一滑，从根部到顶尖。这把剪子的锋刃比我见到的剪子都要长，它所收拢的范围一定也很大。手执的剪柄也很长，该有一只有力的手掌握住它，才能完成收紧这个过程。日泉的手指短而粗，剪柄被他握着，掌心的肉显示出力量的堆积。

天已渐凉，剪羊毛的时候到了。我在七岁的时候第一次跟着母亲从福州坐了三天火车来到晋东南的姥姥家，三舅家剪兔子毛的时候让我试过，因为我之前一直观看他们剪兔毛的动作，到自己剪的时候也还有些模样。那年是我第一次见到兔子，好像也是在初秋。后来我读经济学专业的时候读到了"剪羊毛"这个词，却与童年的记忆大相径庭。术语说的是银行家利用经济繁荣或衰退时出现的机会，以非正常价格得到他人财产。这是圈子里都知道的手段，少数人控制货币发行权左右着繁荣或者衰退。像现在隐身在无人知晓之处的那些少数人控制着股市一样，他们在那里精打细算，胜过了几个世纪前的晋商。他们把玩市场的熟练程度可以胜过在人行道上横冲直撞的车辆。那些"剪羊毛"的货币操纵者时刻等待着机会来临，在"肥羊"身上"剪羊毛"。这在 20 世纪初的美国司空见惯。没有经历的事情总是缺乏感性，对一个词的理解也等同于进入一个陌生的过程。

日泉的女人从窑洞顶上下来，刚才她在这里和日泉说了几句就走了。现在摆放在桌子上的剪子都合并在一起，日泉握了握，金属摩擦的声音马上使我的牙发酸，通过心口传遍全身。这时候，日泉的儿子也下来，说现在就去县里搭车回学校，日泉放慢了动作问他衣裳怎么不多带点，儿子含糊了几声就一直朝南去，日泉骂了几句我听不懂的方言，谁知道是骂儿子还是骂羊。他恨恨地拎着剪子向羊圈走去，这个场面让我想到那句话，羊毛出在羊身上。

剪羊毛的时间很短。晚上看到作家霜州留言，他说，只有怀一颗悲悯之心，才会说"日泉和他的孩子们（那些羊们）"。文字很容易打开心扉，像一服中药解开了包装就能数出药名与克数，病症可以雷同，药方却不能仿制。病在我，病源在马咀，病根长在日泉的心里，我道出所知而不能欢乐或悲伤。在一个地方停留时间长了就会得病，我想到日泉时很难确定就已理解了日泉，比如说他磨剪时镇定的眼睛，好像转瞬便会忘掉次数而前功尽弃。他的念叨声被石头与铁的摩擦声掩去，而开始的仪式因我的走近变得喧响。他的眼睛从开阔的刺白的刃部爬上深黑的顶尖，他用这个细微的部分轻松地从羊身上穿过，将翻卷着交织在一起的皮毛分开，干脆利落。那把剪子发出了声响，十米开外的羊圈也能听得清晰。羊们依旧毕恭毕敬的样子，客客气气地看着主人和我。

西北角的窑洞很小，两米多宽，摆好的案子占据了大部分空间，案上的毛遮住了每一个接缝。看着整个案面凌乱不堪，我便注意日泉。他站在案边，那些道具放在伸手可及之处。此时，他手中那把剪子突然鲜亮了许多，日光正好在这个时辰洒进来，在洞口腾起了灰尘。非常质感的颗粒与零碎的羊毛一起浮动，光线有了斜线条的美感。

剪子在案上撩动着那些羊毛，它们是上次剪羊毛时留下的。每次都给下一次留着自然的衔接，日泉只是刚刚剪完了一只而进行必要的歇息。他瞅准飘起的那一缕，用细尖将它们逮住的时候，羊毛已经从剪子的两边分开。剪子完成铰合过程只有嚓的一声，脆生生，而羊毛早在声音发出之前便已飞扬开。声音是让我听的，日泉的笑轻如羊毛。日泉拿起墙上挂着的麻绳，女人已经赶着一只肥壮的羊来到洞口，羊摆了一下头往里望了望，一个主人，一个生客。

可能日泉的每一只羊都对这里记忆犹新，这是理所当然的，我就能找见第一次剃头的地方，被师傅按在那里不得动弹。人与羊不可比，羊更牢记着来的路，而人只是怀旧而已，到了好境界很快便忘了来路。羊顺着人意而生，而人也依靠羊而活着，这在中国的许多地方一直是平衡的自然生态关系，社会生态关系。

许多人一生都与羊在一起，每年给它们剪掉负重，像父亲当年抚摸着我的头，摇一摇，光瓢。现在我留起长发，父亲的干枯的手已经颤抖，他经常念叨着该剪啦该剪啦。这是人和羊的不同，人会将身上所有负载的东西都认作旧日之物。那年我全家从福建迁回了晋南，父亲那些三十年前的熟人隔一段时间就来一位看望，有段时间我放学回家经常被父亲叫到他那间屋子里认个大伯大叔。其中有一位跟父亲谈了很久，他的衣着跟羊倌差不多。后来我们一家去晋东南的时候坐着长途班车出县城东关，母亲指着那里半坡上三三两两的小房子说，他就住在这里，就在这一片放羊。父亲望了望，无语。后来我才知道，他是个老解放区的干部，全国解放前夕没有服从组织安排，不愿离开家去南方工作，最后落下这般结局。当我父亲从福州回来的时候，他只是个老羊倌。羊，有时候跟从了人的命，这个人却跟从了羊的命，饱受四季寒暖。羊的命苦，让我怜惜，即便是剪羊毛，动手之前都会引起伤感。有些事情虽与我无关，但它与羊有关。

正当我猜测他们怎么将羊捆在案上的时候，只见日泉的女人用麻绳在羊屁股上一甩，羊蹿起两只细细的前蹄，腰问一收，屁股一撅，已经站在了案上。呵呵，好威猛的一只羊，腹间悬挂的一串串奶头荡来荡去。它立在日泉和他的女人中间像个淘气的孩子，看着站在最里端的我有点不知所措。它的身高快要超过日泉，它的鼻子来回嗅着，很重的气息，一时在明处，一时在暗处。刚才它一跃，蹄间夹着的尘土一下扬到空中，小窑洞口顿时充满了泥土的味道和羊的膻气。洞口的阳光比刚才足了，那些飞扬的小颗粒与细毛向洞外散去，昆虫云集扑向灯火，也是这般无序地弥漫。羊将很粗的鼻息伸向日泉，正好够着他的脸，日泉摸了摸羊，一下子将它抱住，女人也猛然上前张开手中的绳子，摔跤手的习惯动作也该是这般利落。羊是日泉的孩子，他猛然发力而落地轻巧，力道都用在技巧上。羊头刚刚从案上顺势抬起来的时候，日泉已经将它的四脚牢牢掌握，女人的绳子一圈圈绕上，很快打了结。羊头起伏了几下便贴在案上，它可能有了享受的意识。

日泉和女人各自站在羊的两边。日泉一手握剪，一手在羊毛上捋

197

着纹路，这是他固定的思路。日泉很快找到部位将一面乱毛摁住，剪子发出"嚓——嚓——"的长音，最后一声脆过，空手已将一团羊毛攥住，剪子收手的瞬间，羊毛已塞入袋子中。原以为日泉的女人只是摁着羊做个帮手，没想到她在男人开剪之后也麻利地出手。就这样一左一右地开张着剪子，两种相同的乐器在相互间奏中重合，再分开。一个乐章之后，羊的脊梁已经展开大块的白，显着微微的红润。刀口经过的部分，启合之间，一深一浅，留下长长的纹路。

洞外那些咿咿哼哼叫着的羊们，卧在阳光充足的西边那个角落，它们看不到刚才发生的一切。此时，这只羊扑腾着跑出窑洞，像刚脱掉厚重大衣的模特。看我站在羊圈门口挡住了去路，它好像有点不好意思，蹄子轻飘了。那些刚卧下去不久的羊都抬起头，齐齐看过来，旁边那几只小羊羔若无其事地玩着，不搭理我们。

　　　　哥嘞哥我在山顶以上
　　　　手拿镰刀嘶喽嘶喽割莜麦
　　　　小妹妹你白格胳膊银手镯镯
　　　　手拿铲铲格丢格啸刨山药
　　　　哥嘞哥我在山顶以上
　　　　手拿镰刀嘶喽嘶喽割莜麦
　　　　小妹妹你走在那些山里
　　　　洼里沟里岔里对坝坝那圪梁梁上
　　　　你白格胳膊银手镯镯
　　　　手拿铲铲格丢格啸刨山药

荒废的高原啊，也不荒废，它是野草野花的天堂。野草野花是羊的粮食，有些还是人的救命药，《本草纲目》里有的没有的，不来这里也许一辈子都见不到。自己灿烂，自己枯萎，与我们不相干。你喜欢这里的花草，就扎一把回来，各种颜色混杂，好像掌握了满世界的野花野草。送到日泉手上，让他告诉你名目。羊尿泡，沙打旺，小葵花，油菜花，胡麻花，柴胡花，米蒿，白菊，紫菊，蓝菊，香花，驴扎嘴，山韭菜花（紫），棉籽花。有些他也说不上来，先不说，结果过会儿就忘了。那些名字怪怪的，怎么会叫羊尿泡呢？缺水的荒山上每一泡羊尿都弥足珍贵，而这种花开在水肥的幸运里。我说，沙打旺就是生命力旺盛的意思，越打越倔，死活都要活。日泉点头。胡麻花刚说出口，日泉的女人就用小碗盛了胡麻油放在炕上的小桌上。日泉递过来筷子说，你蘸着吃，很香，跟你们吃的油不一样。好香啊，一点不假。那个香花应该有个正名的，日泉不知道，便用"香"命名，他没有那么多词汇量，也许下次再来时他就有了新的命名。驴扎嘴很好玩，球状，坡地上很多。早上跟着骡子拉水回来，日光在低处正好映着那些球球，张牙舞爪，各自独立。一球一世界，一大块地塄上到处是球，荒废成了球。我说，这个花应该叫作"全球"。你笑，说是男人的暗器，马咀真厉害。日泉在家里指着它说，这个球球叫驴扎嘴，是药材，给女人调经补气补血的。原以为这么生猛的器物是男人所有，最后还是用来补调女人。形象与实质正好相反，阴差阳错。认识这些花草够难的，且不说它们的野性。利目草，没听懂，日泉说是眼睛那个目，我就懂了，对眼睛好的草是药材。活着所需，这里都有了，我们还要什么，我们的欲望哪里安置？还是像花儿草儿一样平静下来吧，从山尖到沟底，马咀的花草不需要懂得高低贵贱。

下院，日泉父母住着。一个纸箱里，三个小猫正在吃奶，温顺这个词用在猫身上最恰当不过了。猫们亮亮的瞳仁都面对我，缓慢的叫声都是娇滴滴的。人在马咀，跟土豆差不多，实实在在才能滚蛋下去，不然就会烂到地里。下院下面，羊圈空荡，外边绿树稀拉，两棵树上拴着狗，远一条，近一条，双保险。日泉在羊圈边磨剪刀，我站在下院他爹门口看，唰唰，树叶的声音，刀亮了口子。日泉的脸铁青，匀称着用力，不露声色，草帽放在凳子一边。日泉的女人扫羊圈，和日泉一样不抬头，他们琢磨着今天要发生的事情。日泉试了试剪刀，嘿嘿，冲我一笑。我回头，日泉的儿子五龄从上边下来。

五龄：我走呀，爹。

日泉：到城里呀？

日泉的女人：跟韩村走吧。

日泉继续磨剪刀，刀亮了他还要磨，说话都不抬头。明明是跟我笑，表示磨好了一把刀，也是闷头闷脑的，眼睛仍盯着刀尖。日泉的女人追上五龄说了几句话回来。太原，日泉拿着剪刀，几只羊在地上卧着，不远不近地看着它们的主人。再远处，还有几只羊摊在地上，栅栏里也有几堆羊卧着。凶器很暗，锋口偶尔亮闪一下，羊们耐心等着谁来登场，也许是自己，就扭动一下羊角，呼呼几声。

日泉的女人：就让他这么走啦？

日泉：不走做啥呀，活也不干，在家做啥？

这时，日泉哼了一声，把正卧着的羊惊起来，日泉的女人拿着鞭子跟着日泉出来。两个人把羊圈到了一起，那些羊很懂事，你靠我我靠你挤成一堆，等着主人赏脸。日泉利索地抓了一只，拉进窑洞里，放上剪毛台，叨叨了几句。这只羊有羊羔吃奶，重得拉都拉不动。两人边绑羊边絮絮叨叨，日泉的女人正给羊揪着眼周围的渣毛。日泉把剪刀一甩，从尾巴开始剪。

日泉的女人：热死了。你热不？

日泉：你热不？

日泉的女人：头都扬不起来啦。热得厉害，潮雨哩（潮了要下雨），看这头扭的。

日泉：这天气永远变不过来，潮塌塌的。

日泉的女人：打电话问羊毛多少钱一斤，说一块六毛钱。我说还没铰完呢，他说那就跌蹭跌蹭（等等）吧。

日泉：再换一把剪刀吧，这把铰了两下就不行了。磨快的剪刀还有没有啦？

日泉的女人：那把宽的还没有使唤呢。

日泉：出去，拿把宽剪刀来。

日泉的女人：一块六毛，就把羊毛给卖啦？

日泉：才不听他哩，给一块六毛钱就想买羊毛？那是人家羊毛少，不待跟他搞价。

日泉的女人：咱一只羊就产十来斤呢，得跟他搞价。今年杀羊叫真六过来杀。

日泉：不用他，今年的皮不卖给他。

日泉的女人：卖给谁呀？

日泉：叫小哇子过来买吧。

日泉的女人：就怀仁的那个人？

日泉：嗯，三根说过来给杀羊。

日泉的女人：才不听他，他烂瘘人能上来给你杀？在这里杀下往哪里卖呢？

日泉：卖不了吃。

日泉的女人：能吃多少？

日泉：慢慢吃，没人吃我一个人吃。

日泉的女人：倒是问问吉顺要不要。

日泉：东水头那个诖说要呢。我还想卖一百块哩，可得有人要呀。

日泉的女人：啥也涨了，就这个不涨。卖不了就吃了它。

日泉：就像五子炖羊肉成狗肉味，没人吃咱们吃。

日泉的女人：你这是铰了个花梨毛，怎么翻呢？人家铰出来可好看呢，你得从这面铰哩。你东一下西一下的，也不知道怎铰的，这就叫铰呢？干球。

日泉：进不去剪子。

日泉的女人：人家也是使唤大剪子，这毛就不会乱。你怎么跟那底下乱铰呢？你看，一铰一摸，得把剪子尖塞进去。

日泉：塞进去咋铰？那是掏着铰哩。

日泉的女人：那东一下西一下咋铰呢，人家一铰一摸，铰得可好呢。你瞭瞭这咋着翻哩？

日泉：从这里进剪子，羊就凉哨（抽搐）了。大剪使不起来。

日泉的女人：看你，还剜豁了个洞。

日泉：来来，铰铰这些。我的剪子铰不了，不快了，再磨磨。铰上两个算了，已经铰了六只羊啦。

日泉的女人：这剪子夹得，这朵儿毛铰不动。

日泉：那就甭理它啦，铰这朵儿也得有点技术，咱们铰不来。拿大剪简单地摸摸，旮几旯旯简单摸摸。

日泉的女人：呀，把这朵儿铰了（伤了）一下，得撒上点土呢，再给你（指羊）上点药。这是谁的草帽，是不是五龄的？

日泉：是我的。今天天气比那几天热得多哩。

日泉的女人：也没点风，这只羊的干尾巴就像个打蝇板子。啊呀，我铰吧，不用你啦。

日泉：这个羊可肉哩。

日泉的女人：啊呀，外边的小羊叫。（面对羊）你悄悄地吧，别哇哇地叫。这只羊的毛多长哩，背着这一身的毛这还能不热？上回我说我不会铰羊毛，我三娌夫说好铰，先从脊梁上来一刀。

日泉：做这个营生，三姨夫还能顶个接茬。三姨夫会不会磨剪刀？

日泉的女人：不知道，估计也就你能做那摊些儿（熟练活）。

日泉：羊来，羊来。

日泉的女人：羊还会吱声呀？做啥呀这是？你给我过来，欠揍了。过来。

（羊放了个屁，正舒服着。）

日泉的女人：我看看你厉害还是我厉害。今年紫峰村那个老汉放羊到这儿没有？

日泉：哪个老汉？

日泉的女人：叫个李啥来？那年上来说，要是唱戏的时候我通知你来，你看戏去。我说我没工夫。

日泉又拿了一把剪刀，吐上唾沫用羊毛擦剪刀，笑。女人出来又抓了一只羊拉进来。二珙进来帮忙。

日泉：啊哎，这个蛋。

日泉的女人：没有兰蟞子（学名蜱虫，寄生于植物或牲畜皮毛间——编者），这就是有这事。它（指羊）碰（顶）人可厉害了。啊哎，它可真难抓，别看我也挺有力气，刚才差点让它拽过去。哎，这毛沙（粗）的，你看看，到底这个难剪。

日泉：你把草驴牵出去，放开它会儿。

日泉的女人：拿那把剪子。哎，你看看，把都扳倒了，一个人还是抓不牢，一会儿我咋往出弄它呀？到底你也不厉害吧？哎，哎，你忘了咱们那年剪那只羊，那个大还是这个大？

日泉：今天完了把这只羊称一称，看看有多重。

日泉的女人：费力的。我可不待和你抬秤去。

日泉：这羊用力剪吧。没有事，剪不坏。

日泉的女人：干什么也没思首（头绪）。

日泉：咱能有多大的劲气？剪吧，这其实好剪。你还别说，它挺厉害的。

日泉的女人：这还算厉害？你是没看见它平时把人碰（顶）的。拽死了！哎，你看看这咋剪？

日泉：不要怕剪坏，用力剪就对了。

日泉的女人：剪不动也剪你，狠狠地剪你。省得让你有劲气碰（顶）人。

日泉：叫我拿耙子捣（打）下去它就老实了。像这样的羊可少了。来，把那条腿往下拽，再往那面拽拽。哎，行了，就这也不如那只大尾巴羊。

日泉的女人：那只大尾巴羊更剪不了。就着边儿捣（打）。你要不说，我还忘了这个招呢，这可是个好招。你咋不早使用这个招子！

（日泉用拿起耙子溜着边儿捣了一阵）

日泉：你看从哪儿剪？

日泉的女人：在哪儿剪都好剪。

日泉：你看，我这可拿耙子捣（打）来，也没有捣（打）坏。

日泉的女人：你还真往坏捣（打）呀？捣（打）坏它就起不来了。

日泉：称一称吧。

日泉的女人：抬秤？

二琪：抬秤。爹就要称这个大的哩。

日泉：噢，没有拿那根棍子。你去取，去你五叔那儿取去。

日泉的女人：拿根棍子，再找上点绳子，你爹要称呀。唉，称它干什么呢。

日泉：惹翻我还杀它了。

日泉的女人：哎，你也是没个做的了。

日泉：快剪吧，剪完称称这只羊。

日泉的女人：他这是往死整人呢。一个这，冇个啥称头！

二琪：就是这羊碰（顶）人哩？

日泉的女人：咋不是。

二琪：昨天听我爷说来。爹，咋个弄？

日泉：扳头，你往这面扳头。

二琪：（使劲儿扳羊的头）哎呀，费死劲儿了！

日泉的女人：这也应该镇镇它，那次把我一下就碰（顶）倒了。

二琪：它老碰（顶）人。

日泉的女人：你爷也说它常碰（顶）吧？

二琪：嗯，有一回我进去倒草，我爷说它碰（顶）人哩，我扔了盆就赶紧跑了。

日泉：小许也是，背袋草去喂羊，叫它碰（顶）倒了。你说这劲儿有多大。

日泉的女人：突然一下就把你碰（顶）得跌倒在那里了。

二琪：你忘了咱们那会儿西房养的那只羊？给我碰一肚子疤！

日泉的女人：有次把我碰（顶）倒，一筐草都撒了。

二琪：妈，我帮您剪一下。

日泉的女人：哎，你剪不了，给咱摁住它的头，不要让它起来。

二琪：（对着羊说）听见没？不叫你起。这还得摁住，快眯起眼睛吧。（扭回头）妈，咱们那头老驴，二十多年的老驴，叫我爹说卖就给卖了。我一拨（羊的）眼睛就想起那头老驴，比我哥哥还大哩。

日泉的女人：那头驴吃也吃不进去了。

二琪：给吃点料么。

日泉的女人：驴也没有牙了，像人一样。

二琪：喝点水。

日泉的女人：喝点水不往死饿呀？来。

二琪：（对着羊说）你想挨打呀，还不老实？我说我给剪吧，就理顺了，我妈还不让，看这毛。

日泉的女人：这毛倒也挺白的。

二琪：肯定疼死了。

日泉的女人：疼啥呢。

日泉：和人挠痒一样。

二琪：得劲了？

日泉：噢，得劲了。

二琪：我记得有回我爹给老驴剪趾甲，我说驴肯定疼死了，我爹说你脚板剪指甲还疼呢？啊哎，妈，又起来了。

日泉的女人：没事，捆住它，它就没脾气了。看它厉害还是我厉害。

二琪：妈来，我看看。慢点，有点意思。

日泉的女人：二子，你抓住那里，这里我剪了。

二琪：别把皮剪破了。

日泉的女人：那只羊我就给剪破了。

二琪：爹这抓下的是绒绒吧，啊哎，还有头皮屑。

日泉：二子，画个捆住的羊，能画来不？

二琪：画不来。妈，这剪得羊都没毛了。

日泉的女人：剪完就白生生的不一样了，不剪就刺毛的。来吧，我来剪吧。

二琪：我一看见羊屁股就想起羊屁股长蛆了。我爹那会儿就站在那圪垯，说羊屁股有蛆，让我捉，我咋知道哪个羊屁股起蛆哩？绵羊还好说，山羊我更不知道。您看这儿都剪破了，这能不疼？不要剪这儿了。

日泉的女人：那是你爹来。

二琪：您看看，还一道一道的。我爹真没思首（头绪）。

日泉的女人：都是你爹弄的，我还说他来。对了，那会儿就那个小山羊那么大，也是有蛆了。你爹把四个小蹄蹄捆住，放在小凳子上。

二琪：咱们家羊真能起蛆。天天挖蛆，一挖一上午，那起的蛆，像狗起蛆一样。哎，爹侬慢点剪。

日泉的女人：剪得又没思首（头绪），还再拿上那么密的一个抓子。

日泉：这羊就剪破了点皮，又没有啥事。

日泉的女人：还没事？像嫂子一样，剪得一个坑一个坑的。

二琪：哎，那是谁来？

日泉的女人：你二老妈，剪得一个坑一个坑的。

二琪：先拿立刺剪子剪，再拿密抓子抓，受罪死了。

日泉的女人：前头那只羊叫得可好听了，也好剪。这只我发现可难剪了。

二琪：嗯，那只，一下子毛就顺了。

日泉的女人：慢点拽吧，还硬扯开八股筋似的。这儿可难抓了，这个抓子太重太密。

日泉：你来抬，叫二子捉秤。来，先把羊放下来。二子，托住羊尾巴。

二琪：呀，一手羊粑粑。

日泉：这样抬不起来。

日泉的女人：有绳哩。

二琪：砸死你呀。

日泉的女人：咱说不用称了吧，还非要称。站在这儿称，啊哎，这羊重的，起也起不来。

日泉：起来没有？

日泉的女人：往后摸，再往后摸，再往前摸，手捏住秤砣。

日泉：没起来，没起来。

日泉的女人：没事，砣悠着呢。起来了，再往前摸。

日泉：一个点一个点地摸。

日泉的女人：往前摸。

二琪：啊哎，中间这个点，你看多高哩。

日泉的女人：啊，哎哎。

二琪：多少？

日泉：180。

羊肚子毛巾脖子里围
瞭了哥哥一回又一回

旱苗苗就盼毛毛雨
哥哥看准的就是你

哥哥钻你那毛壕壕
妹妹逮你那小耗耗

毛壕壕夹住小耗耗
小耗耗叫得真热闹

我们在马咀所经历的一切似乎不存在了。马咀和我们，都不存在，一如我们要去寻访的某个地方，找不到了，是它被抹掉了痕迹，还是我们错了？后来退出来，却遇到了新的景象，别人也认不出我们了，我们是别人。有时候梦是神乎其神的，它会让你感应到某个信息已在途中。马咀的日子周而复始，来马咀的人也像我们，无异于一场风一场雪，只是停留片刻。你说，我们以后还要来马咀的。还没离开怎么知道还要来？我可以确切地告诉你，心念中的事情是命里所缺，久而久之，你就会到达这个念头，身不由己，所以我们都在途中。去看星空吧，好像什么事情都在那里已经排列好了，然后开始运动，星星一样运动，好像又不动。别急，星星一样的运动也会到达人类的。将我的理解说给你听吧，我相信我说给你的是正确的。神造天地的第一日，形成了空间，提供了物质生存环境。天地分离，由1变2，是自身的变。这时候，地球正离开诞生地，飘向远方，像孩子般出生，长大。神分诸水的第二日，物质分解，一部分气化，一部分沉淀，在延续第一日的过程中有了质的变化，即1能变2，1也会沉淀出1/2。只有分解存在，膨胀才能成立。孩子离开母体后独立生存，依靠的便是膨胀的欲望。神分陆海的第三日，完成了自然界的最初形态，这种分离的后果是为新的物质延生提供了母体。像1等于0.5加0.5，分离形成了距离，给予了时间最真实的意义。同理，分解也是思想的开端，孩子开始思考自身以外的东西。神用水滋生生命的第四日，无疑是生命的开始，新物质的起源。谁知道1加1等于几？科学是未知数的解码。今天我们已知，脊椎动物最初的生命源于海洋，所以我们要感谢"四"这个人们看来不吉的数字，谁又能否认因为"四"（死）才有了生命的希望？当然这些生命的存在也可以被看作是肉身的，普遍存在的。神按照自己的形象造人的第五日是个普通的日子，有了神这个第一人，其余的一切就不重要。关键是有前四日客观存在的现实，才使这第五日变为具体生命的存在物，前四日充满创造性的气息吹向大地，灵性与肉身结合了。亚当是第一"人"，与人有相同的痛苦，他因为思想之"灵"而孤独。每个人生下来都如此，归宿都是这样，回到生命本源。1等于1，简单的命题。神造光体的第六日，地球已离开了黑暗的地狱般的星际，它找到了属于自己的月亮和终生归宿的太阳。每过一天，地球便离开昨日位置5000多万公里，它去向何处，谁知道？而终生相伴一个人的只有两件物体，日和月，这才是真正的永恒。所以面对1加2，答案是未知的。到此，我们未知的过去全部呈现，造物应当结束，所以第七日神歇了工。神安息了，这是人的满足，人已经利用神将未知化为已知，便满足地安息，像生命的结束。这是我理解的周而复始，每一个周都是开始。说我宿命也行，好处是知道什么在等着自己，自己该做些什么。

每年都要剪羊毛，人也要理发，使热气通畅。日泉的父亲给羊添草，日泉磨剪刀，日泉的女人剪羊毛。小羊在喝水，这些事跟它没关系。剪羊毛，磨剪刀，周而复始。小羊喝完水就吃草去，也是周而复始。时辰流逝，生命成长。

空旷的土地上，日泉的父亲在挖土，一锹一锹。上院，二琪正和猫玩。日泉夫妻回来，桌上放着西瓜、酒，日泉上炕抽烟，日泉的女人拉风箱，蒸糕，二琪帮着切菜。接着二琪拉风箱，日泉的女人炒土豆。取豆腐，切豆腐。风箱呼呼。饭后，五龄要走了。日泉的女人洗锅，日泉、日泉的父亲看一张纸。

日泉的女人：要啥就打电话叫大海给你往下捎。下去就打个电话，你三叔的手机天天开着。趁天凉走吧，今儿也不热。下去就把东西买上点吧，别黑夜不吃，早晨也不吃的。

日泉的三弟：五龄也不是混世那种孩子。这钱说多吧对咱们也挺多，就看做啥了。你说把 3000 块钱要了，吃了，这就挺多的；你说 6000 块钱能拿个大学文凭，又学了这么多东西，就值。只要学就值，你看是做啥哩。

五龄：是了。

日泉：土力学。道路，公路建筑材料，公路规划与几何设计，结构基本原理。

五龄：等这些学完了，明年还要学路基路面。

日泉：挺好，你就好好学吧。

日泉的女人：那他得愿意学。不愿意学，给他花这么多钱去干啥？

日泉：愿意学就学，学比不学强。你有半天的时间，要去就赶紧去，把这当回事。

五龄：我想叫我姐姐报会计学。

日泉的女人：你姐姐太远。

日泉的三弟：会计学不如去上函授，效果比这个好，另外也省钱。在学校里费用挺高的。

五龄：在校生便宜，函授贵。

日泉的三弟：到时给你发的是同济大学的毕业证吧？

五龄：同济大学远程教育。

日泉的三弟：那也属于同济大学。我估计你赶实习就上完了。

日泉：啥时实习？

五龄：到三年实习。

日泉：这马上就是二年级，你这英语不行，得加紧学哩。

日泉的女人：星期天就去你五叔家。

五龄：太原那么大的地方。

日泉的三弟：学啥东西不是有没有好老师，关键在自己。当然是条件越好点越好，有个好老师辅导上，数那好哩。但这个东西你得想学，好好学，现在自学成才的有多少？只要想学，自己也不愁学。再个，五龄咋说也有一定的基础，我有个同学，以前 ABC 一个都不认识，最后人家通过自学，现在都当翻译了。人家就不是哪个老师教出来的，就是买盘磁带，听听带，就这样也不是学成了？

日泉：咱们不是有老王这个好英语老师吗？你报上他的辅导班，学得又快又好。

五龄：好得多哩。可要是报了，那就挤得没时间了，一天都得学英语，根本就没时间学其他。我英语底子太差。

日泉：时间就得挤，时间就是金钱。你没看那个电视，一个老人做好饭了，给这个儿子打电话，给那个女儿打电话，都电话里说不回去吃饭了。老人在那儿难过地说，你们都忙。现在就是这，你是你的忙法，我是我的忙法；我是忙着干我这套呢，你就得忙着干你那套。你要真正把这东西学好，我就是踏踏实实地干农活，也高兴呀。

日泉的三弟：像五龄学英语，根本不是个学不好的问题，他主要是有惧难的心理。真正的这个英语学起来也没有那么困难，词汇量上去了，那点基本语法好学。

日泉：这个学东西，我感觉他爱好啥就能学成啥。他只要爱好就会用心学。

日泉的三弟：他一用心学，效率也高了。

日泉：看你是点啥材地，这就是这。说你爱好这东西就是点这材地，说你不爱好就不是点这材地。你就像我那会儿爱好车，又没人教，就跟二舅跑了几天车。二舅说说道理，不对了就踢你，哪儿不行，踢上几脚就知道啦。那我以后开拖车拉砖，谁也拉不过我。

日泉的三弟：学习这个东西就是一个尽力。你爹的意思是，有时间就把这英语学上来。毕业后，一个是这门学业掌握了，再一个学位也拿上了。如果自己感觉到实在是太吃力，就先把英语放放，把那些学好也行。

日泉：你记住，冻死迎风站，饿死不说没吃饭。有这个精神啥也能做成。这就看你的决心大小啦。

日泉的三弟：有个旅游区的老太太，文盲，大字不识一个，就是卖纪念品，卖了几年以后和外国人交流，一口流利的英语。人家就是为把这点东西卖出去才下的辛苦。外国人说一句人家记一句，天长日久，一口纯正的英语也就学会了。

日泉：你五姨现在给那伙孩子做饭，也会说英语啦，回家锅碗瓢盆都拿英语说。你五姨七一多岁了，一个字不认识，回家还和那伙孩子说英语呢。你说人家怎会的？还是看你学不学。我跟我舅原来是开柴油车的，后来跟人家学汽油车，一有点时间就跑到人家跟前问这问那，问得人家都烦了，你问啥说给你啥。你应该是啥也懂才行哩。我和你妈在这里见过个啥，黑夜听猫头鹰叫，白天看着几只羊，别的一抹黑，啥也不知道。还是报上吧。

日泉的女人：报上尽点力。

日泉：得好好尽力哩，你说的尽点力又给落了个尾巴。这得真刀真枪地学哩，我这钱这真真是钱哩。

日泉的三弟：关键是想学不想学。

日泉：咱们不看别的，就看电视里那个霍元甲。人家一开始学的是霍家拳，后来又学赵家拳，最后人发明出迷踪拳，既是霍家又是赵家。这得你肯爱好肯钻研。所以，关键在你学不学，这是主要的。这个疙瘩解不开，别的就都解不开。你现在条件好得多了，比你三叔那时候的条件好多了。

日泉的三弟：我们小时候学习不要说别的了，就想买个录音机都买不起，那时一个录音机得三四十块钱。

日泉：比如说你学的时候憋闷得厉害了，有个人一点，就通了，通了就再也忘不了啦。学吧，你上高中的时候我告诉过你，你今天把书扔开，你这辈子的书就算念完了。大钱花了，那是个小钱。

日泉的三弟：念高中那年，要不是你抓得紧，他就没有今天啦。

日泉：没有，绝对没有。到底走哪条路呀，到最后是我给捅了一下，捅开啦。你这个学习今年放开，你就再拿不起书来了，因为年龄不等你。没有我那会儿赶着你，你哪有今儿呀。其实那会儿你不学，我省事，我抽着烟呢，我还能抽点好的。

日泉的女人：现在也一样，还得给攒钱娶媳妇。

日泉：那是又一回事了。

日泉的父亲：五龄学这也是机会。

日泉：管他收费高低，主要说你的爱好吧，爱好就行。

日泉的父亲：那个钱难挣，可要看用在哪里，好挣也要看用在哪里。你说好挣，结果供子弟去了舞厅，啥料子也不值。

日泉：我挣钱的难度和你学习的难度是一样的，都是那么个难。你说你一学就费事死了，你说我这费事不？今年你妹妹一考上，我一年得出三万，你说我这难度大不大？我想比学习难度大。二琪年跟前考上，我就愁上了，那天拿回通知书，我问你嫂子这是啥东西？你认不认识这是啥东西？这是方圆几十里最费钱的通知书。二琪念出来不得十万也得八万。

日泉的三弟：念四年得八万。

日泉：那灰桌冷板凳，喝墨水哩，那不容易。那家寒的人有的还交不起学费哩，眉头再挤出几个疙瘩也交不起。他老子也就这么大本事，想指望老子是指不上了，只有自己找出路。五龄上高中那年，我就跟五龄说，前头就两条路，是背靠背的路，你走这条路是登学校门的路，走那条路就是当小工的路。你要都不想走，就回头和我放羊、锄田去。这话他上高中时我就和他说了，不管啥先把高中念了，以后有条件就往上走；没本事，你念完高中自己想做啥做啥去。

眼睛派

日泉的孩子离开马咀去太原的时候，日泉的剪子也磨到了最细的节骨眼。日泉没起身，只是抬头说了几句。这孩子在家待的时间最少，却让日泉夫妻最操心。孩子去年上大学后，日泉已不像以前那样关怀备至，看孩子的眼神里都有了点恨恨。这孩子个头高过了老子，父爱就有了审视的味道，孩子也觉到了严厉，所以一声不吭。因为少言寡语加上白天不着家，晚上也是坐在小板凳上呼啦啦几下便扒尽了饭碗不见了影，我也就没多少跟他交流的机会。毕竟他太年轻，个头刚成型，想法简单，还不到我深究的时候，就没太多留意。

黄昏时的马咀依然保持天空的清亮，有风，能从裤脚边透上来。我的步子加长了点，身体在坡上起伏，收紧的热量从腰间向下到达底部再返回来。在身体内部的风是看不到踪影的，它在呼吸之间游动开来，没有任何拘束。它愿意到达我的意愿深处吗？在我这样喜欢行走的人看来，一生都追不上风的脚步，但能将它收在内心。

风也在行走中，太阳快要离开马咀时，风安静了，云都痴呆状地望着我。但我明明看见一些云彩被装饰，被太阳这张血口喷出来，那种干旱的气息一丝都没有减弱，在它下方的羊群成了红色的斑点，将马咀的背景涂抹出印象画的效果。现在我所要说的是镜片中的山坡，好几处斑点渐渐聚集在一个色块里，那只执笔的手有了短暂的停顿，色块就转化成深色，偶尔还会变成肥硕的头羊的形状，走动在倾斜的大地上。这样的色块比天上的云彩散得要快些，天上的行走是上天的旨意，羊们聚合是羊倌的旨意。我在镜片中收紧他们，他和羊们，这是三五里的距离，影像工具无能为力。但我看清了在坡地上飘忽的颜色，直到太阳在更远处的高坡上悬挂着的头颅实在累了。这个明亮的家伙看了马咀一整天，也看了我一整天，我有点厌烦了，它才依依不舍地低头。

落日之时，日泉的女人冲过来。我并没有发现她从家里出来，可能像风一样呼然而去了吧。她嘟囔了两句，就跑过村西的坡道，我看见背影恍惚了她那张惊恐的脸。再扭头，听到日泉在马咀下方坡地上叫喊，但什么也听不清。我很快放下手中的器具，日泉的妹妹也从下院跑上来，出事了。谁出事了？是日泉吗？孩子出事了。孩子怎么了？被人打了。这工夫日泉的妹妹已经跑到了那个坡的弯道，我在她身后紧跟不舍。

朝南的小路，没几步就经过几排窑洞。这些窑洞被遗弃在山腰，门窗都卸掉了。破窑洞都是这样，门窗是它最后的遗产，被主人继承，带走。这一连串败落的洞穴盯着我，像黑暗的眼睛。我在日泉的妹妹两三步之后跑着，气喘不上来。马咀，马咀，我心中默念着，我相信离开马咀的人都望见了这个近乎狂奔的过程。眼睛们骤然惊醒，黑色的瞳仁在草丛中张开，它们不让我知道，但我用带影像的思维看到了它们的存在，以及在惊讶中的风吹草动。很多奇异的现象是用镜头收取到的，而我用的是眼睛，但也有些人能够在亲眼所见的物象面前让镜片中的过程空白，这是科技都不能解释的现象。不过，我此刻什么都没有带，自己才是最真实的，世界就是我所看到的一切，以及在我眼睛内部所反映的一切。我在别人的眼睛中跑过了曾经的马咀，转过弯道就是陡坡，过了陡坡就是连带弯道的陡坡，冲下去，没有选择的余地。

究竟出了什么事？日泉的妹妹说，水。孩子拉水去了，在下面怎么啦？对面村的放羊的打了他。

跑到悬崖边，我看到了对面的山，以及山上的村庄和比马咀多几户院落的人家。下面的陡峭使我突然放慢脚步，路面有些小石子，我此刻已经感觉到更小的石子落进鞋子中，还没来得及脱鞋抖掉石子，争吵声便传来。日泉的女人一定到了事件的中心，孩子是她的中心，我正在接近她的中心。哧溜一下，我很快探到了扎实的一步，冷汗这才从骨头上冒出来，很快又哧溜一下，争吵声渐大，日泉的妹妹熟练地左倾右斜。我是爷们，有事的时候怎能落后，偶尔还快步赶到她前面，但心有余而力不足，基本还是循着她的落脚方位走。争吵的声音更大了，还能辨别出日泉女人尖利的嘶吼。就她一个女性，也是最大的嗓门，怎么能听不见呢？让她这样气愤的事情一定很严重，更严重的是几乎听不到日泉孩子的声音，虽然他平时比较寡言。后来，好几个男人的声音渐渐盖过了女人。天已昏暗，能看到山底的河道，天的红比陈年的老漆还要重，河道压抑得不知会让什么事抖搂出来。日泉的妹妹突然一声喊，你们敢打他？！可能她已经判断到了什么。我也一惊。

　　事件分为两部分。先说一场打架事件，可定性为水源之争，当时我就站在他们中间，现笔录为证。在事件中的我肯定要说话，无动于衷的是畜生。那头驴在一边看着，一群人，很乱，场面糟糕极了。驴不是证人，驴是证驴，它可以无言，但谁也不能否定它的眼睛比我们更长时间地盯住了这里发生的一切。驴是低级动物，暂且放在人之后来说。这是人的习惯思维。我知道有些时候放弃一些观点就像遇到了顺毛驴一样显得可爱。我第一眼看到的是四男一女的对峙，他们的叫喊声在两边峭壁间来回穿梭，枯水的河道上波涛汹涌。日泉的妹妹瞬间离我而去，冲向人群。在接近人群的时候，她一猫腰从河滩上揣了块卵石，一声大吼：你们敢打他？你们都过来！狮子扑向对手的时候有风，离我而去的风。对峙的人群顿时纷乱，站在对面的三个男人瞬间拥挤起来，很快列成了纵队：高个子在最前列，五十岁开外的男人在中间，小后生在最后。几乎同时，我上去拉住日泉的妹妹，高个子男人也一手护住后方，一手推挡着来势凶猛的女人。现在双方的力量已经均衡，如果一方逞强的话，双方都将受到重创。很明显，事态不能恶化。现在两个女人站在了最前沿，日泉的孩子也握紧着一块石头，对方的小后生已经将一把一尺左右的匕首倒握在手腕。河道的光线很快暗下来，上天关闭了一道道门。双方进入了混战状态，谁也不像此前能够耐着性子听对方的指责，两边的山黑得快没了影子，如两只手掌将这个场面悄无声息地合拢，压住呼吸。那片黑色中有灰暗的色块，是很难辨别方向的群羊。往下是这个充满战争气息的河道，往上是与马咀遥遥相对的村庄，现在对方的三个男人就是那个村子的。站在最前列的男子喊着，误会，误会，他的嗓门一再调高，但还是显不出能够引起重视的效果。日泉女人的声音亮得出乎我的意料，她在家务中做事麻利说话低沉，现在却是一只暴跳的狮子，面对群狼没有一丝惧色。她的右手几乎是一直与身体保持九十度角，像个战士不放松瞄准的姿势。她选择连发，让三个男人左右躲避。你们敢打我孩儿？他怎么你们了，你们打呀，我看你们打！她的眼珠是倾斜着的，不知是否因为她歪着头，扭着那股劲才这样，反正这样的眼光猛扫过来，我心顿时一紧。站在最前面的高个子男人却像个女人，对着日泉家的三个人和我音容渐软。在我和日泉的妹妹到来之后，双方实力出现了逆转，对方开始尽力地解释，两个女人依然责骂，不依不饶。七个人的位置没有一点变化，继续僵持着。天色越加暗淡，双方的脸色很难再有激烈的变化，都保持着固定的表情。我想接下来可能会有一方就范，或者会延续一点类似京剧《三岔口》的剧情，不了了之。事件的高危期过去之后一般都会按照戏剧性的效果了结终场，这也是我这个拥有双重身份的旁观者与当事人的期待。戏的结束一定要让观者接受，也要让戏中人接受。

　　一幕开了一幕落了，上天按照事件的顺序摆置好，驴在这个过程中只是站在靠北一点的山脚下观望。这头生来就追随主人的驴看得很明白，因为日泉在几乎四十五度角的坡上出现的时候好像是被空中某根悬绳放置下来，空投到事件的中心，他都没有我期待的一声怒吼，耶，耶，哦呵，哦呵，是驴叫欢起来。驴叫是能够舒张血管的，我老家县城的南关种满了蔬菜，供养着整个城区几万人，那个年头整车的菜就是通过驴拉上两百米的长石坡运到城区的。坡很陡，汽车也只能调到最低的档位才能通过。菜装得满时，菜农就要在一头驴前面再挂上一头驴，类似两个火车头爬坡，吆喝着一足一足蹬上去。卸货的时候，有些驴就喜欢长吼一声，比长管独奏要粗犷得多，沉重得多。这是劳动力的嗓门发出来的。

　　驴的叫声比较怪异，能够让人的心在绷紧的时候突然舒展开来。在太原的前北屯住着的某晚，我被人叫去看贾樟柯的电影《站台》，电影里一对男女相遇在一个村落，女人说想喊，就长长尖尖地喊了个长调。我突然感觉到这时候如果能在声落之时出现一声叫驴的长鸣该多好，个人的发泄也需要环境的共鸣。我说了这个想法，那人称是，他是贾的高中同学。再看这个片子时是在四年后的学校里，我放给学生们看，当这个情节出现的时候，我的脑子一下子出现空白，我需要证实当年的判断是否有价值。当女人的叫声停息时，我依稀听到一头驴长吼一声，我的大脑一阵轰鸣。我将对驴叫的期待说给同学们，大家都笑。现在的学生有不少没有见过驴的模样，他们怎么知道驴叫的那种目中无人的自在。

　　在马咀事件中，驴是边缘的无能为力的旁观者，但它却装作"君子动口"的参与者，因此，事件一结束就有了驴证。驴不能逃避我对马咀事件的证实程序，它所提供的驴证不以人的意志为转移。驴就是驴，它不屑于人类的谎言，谎言是极度的不快乐，这样的行径不符合驴的准则。驴属于眼睛派，至少是这样，眼睛是真实的记录，眼睛是灵魂与事件的介点，从事件到达灵魂的是时间派，从灵魂到达事件的会派生出无数的观点。我放弃这些人为的因素，因为我只需要眼睛，即使是驴的眼睛，也属于我的取证范围。现在事件开始进入第二个层面，因为日泉出现了。这时视线已不足两米，双方的阵地已经进入黑暗的隐蔽中，都不敢贸然行动。驴的眼睛比人类好使，每一个细节都在它的扫描中。

日泉愤怒，但很理智，对方看见当家的出头了，就拉住他一再解释。但日泉并不表示什么，驴看到了，蹬了蹬蹄。接着那群羊的经过给这个场面漫过了一股臊气。羊们将他们围了一圈，它们也能看清楚这些人狡辩着，彼此冲动也彼此退让。羊的主人站在双方中间放下了狠话，你们就打吧，打死了就都别活了。驴听到了，噘着嘴摆了摆头。我看到了平息事态的机会，将日泉的女人扯后了几步。那个高个子男人走到方阵里交涉，缓解气氛；我顺便过去以外人的身份训斥了那个肇事的小后生几句。他早已将长匕首藏起来，驴看得明白，甩了甩尾巴。日泉也被羊主人劝到一边。接着，日泉转身对我说，那个孩子跟我孩子是初中同学，他不上学了，就是个放羊的。我孩子还上大学呢，跟他们动手，不值得。没有什么不会被黑夜覆盖，最后还是驴驮上水走在最前，将我们几个人领回了黑色的马咀。

人证驴证俱全，我也将出来一点事件的原委。日泉的孩子在谷地的出水口接水，对面村子的那个男孩正好赶着一群羊路过水源。羊吃了一天的草，早已干渴得耐不住，一拥而上围住了泉水，一阵踩踏之后也留下了臊气。日泉的孩子就与对方说理。两个后生本是同学，初中毕业后一个放羊一个上大学，多年也不交往，可能某种情绪在内心彼此抵触。驴站在那里不动，羊才不管人的意见，转来转去。孩子们口角一出，对面村的后生就将坡底下顺水的石头掀了，清冽冽的水冲开了泥土，浑浊一片。血气方刚的孩子粗口之后立即上手，这时正是村民下工和往回圈羊的时候，河槽里就过来了俩人，也是那个村的。打架一拉偏，日泉的孩子就明显吃了亏。幸而坡上还有几个放羊的，赶紧呼喊山这边的日泉，日泉又高喊着叫女人倾巢而出，欲将事情摆平。驴都喜欢世界太平，更何况人？驴又欢腾地叫了的时候，黑色的河床有点颤悠悠。

> 八月里来秋风凉
> 咱姐妹三人去打酸枣
> 大姐姐手拿竹竿竿
> 二姐姐又提竹筐筐
> 酸枣打得满山跑
> 咱姐妹三人捡酸枣
> 酸枣捡了满篮篮
> 咱姐妹三人回家转

马咀的事情很多，想不起来的都忘掉了，想起来没记住的也忘掉了。用笔记下的还是太少，记忆力又在衰退，使用的汉字一点点也生疏减少。我还要继续写完马咀，不需要挖掘，一铺开面就很大，它的意义是存在，将来会变为曾经。现在我不得不跟你谈汉字，商讨了一周的汉字似乎还没有结束。汉字是与思维一起伴随我们一生的有形与无形，眼下我们不过是匠人，距离艺术的境界尚远，还要后半生去揣摩完成。午夜观看马咀的天象，白日却在脑海中挥之不去。汉字其实是"运动哲学"的产物。中国汉字最早出现在摩崖岩面上，那些太阳神形象，从圆到同心圆，到椭圆（这是艺术突破），直到方面人（艺术的想象与变形）出现，汉字之母诞生了。李斯统一汉字的标识后，汉字的形象依然是立体的，运动着的。现在去看那些早期的字体，可以让我们从它的形体艺术中联想到象的来源。说汉字是方块字，这是现代的理解。中西交流后，伴随现代印刷术的发展，汉字在与我们的生活越来越紧密的同时，也越来越平面化，最终形成了方块字的概念。这其实是对汉字（李斯之前）的记忆流失。运动哲学的汉字产生的是运动思维，随遇而安的状态，中庸调和主义，泥巴主义，水天一色与空明初原的混沌主义。而西方的拉丁字母则像虫子，细密地走向逻辑，走向科学。我觉得那些虫子数量不多却实在可怕，二十来个字母就搞定了整个西方哲学和西方科学，简直是在摆布人类的命运。所以，我称西学就是"摆布学"，好笑。相比于西学，中学就复杂到天文概念了。《康熙字典》收了几万字，字数多证明古人对自然现象的对位程度高，表达精确、多义，但最终还是繁杂到不可摆布的境地。最后干脆搅和起来，混沌起来，太极起来，阴阳起来，你中有我我中有你；在说不清中说清一点，似懂非懂，似是而非。这原本也是奥妙之处，但成为汉语使用者思维方式的还是中式"运动学"。这是马咀的提示，你我都感悟得出来。

　　日泉的父亲：五龄你去取一下供的苹果、馍馍、饼子。把羊调过来跪下吧，让老爷领吧。给老爷献个生，保佑咱们顺利，身体好，心态好，一切顺利。老爷领啦，放炮吧。今天给老爷献个生，保佑我们马咀一切顺利，招财进宝。

　　中秋祭祀。点火，放炮，给羊鼻子、蹄子抹水。日泉边给羊鼻子抹水边说，领吧，老爷。噼里啪啦，羊身子抖了一下就安静了。日泉把羊抱走，日泉的父亲敬表，磕头。大家磕头。杀羊。日泉和他爹扒羊，日泉的女人站在上边看。羊圈里的羊也在看扒羊，傻呆呆地摇头。一只鸟飞过来站立在烟囱上，看着下面叫了一声。狗看见了，也胡乱地叫了几声。羊的腥气让飞禽走兽都食欲大振，它们很久都没有饱餐一顿了。鸟距离日泉的女人那么近，懒得飞走，马咀的生灵都是一个念想。秋天，粮食都入了仓，能吃的越来越少，煎熬的日子越来越多。狗又叫起来，日泉的女人过去帮助将羊下水接到盆子里，哗啦。日泉的父亲从上边下来，树上吊着羊肉，他上手捯饬羊肚肠。

　　日泉：您说这只羊能杀多少肉？我们称了，28 斤。本来最少也能杀三十四五斤呢。一般八月十五不杀羊，没人敢。去年杀了一只，差点没吃完，剩下的也全喂狗啦。这只，下水整理好就能吃。

　　狗间歇地叫着，狗会不会想起去年杀羊，还有吃羊肉的滋味来？只有狗知道了。杀完了，日泉走到羊圈门口，看着羊圈里的羊，好半天才离开。今天开始少了一只，他要纠正一下心里默念的数目，也许明天早上起来又忘了，回头赶羊的时候怎么也找不到那一只。日泉叠羊皮，日泉的父亲供羊的心、肝、肺，上香，神位领了日泉几口子的诚意。夜里，远处县城烟花不时升空，但也高不过坡上。月亮在云里慢慢走动，钻出又钻进去。最后挂在树梢上。整体看，月亮就是一张画布，树则是松散的画笔。家里点了蜡烛，日泉的父亲凑过去点烟。炒菜声、捣盐声将与往常一样的夜消耗掉。日泉的父亲给老伴儿换尿布，她很快在炕上睡着。天明，日泉担筐子继续去挖土豆，收点完了走出地，走回来抱了颗西瓜，还是一拳下去，掰开就吃，红水流淌了一地。日泉的女人将土豆挑回来，然后赶骡子、驴驮水，没啃完的西瓜扔给狗啃，狗一样吃得叭叭作响。正门口，二其用锹铲了一条细蛇，猫看见了，悄悄等候在一边。蛇还在翻腾，猫扑上去用爪子挠。另一只猫听到呼叫，也赶来玩耍。猫们吃掉了小蛇，鸡打鸣，很长的一声。日泉坐在门口看猫玩，他头戴草帽，似乎马上就要出发。鸡们突然聚拢起来，去草地刨食，可是什么也没发现，有的散开，有的争斗。又没有什么吃的，怎么能争斗起来呢？日泉站起来，说去赶车。二琪出来，拿着纸去了下院，她很快就搀着爷走上来。两个人坐在窑顶上，二琪要给爷画像，老少神情悠然。

二琪：您不要看我，看羊群。

日泉的父亲：到学校多团结同学，多锻炼身体。厨中有剩饭，路上有饥人。

二琪：啥意思，爷？

日泉的父亲：你厨房的饭吃不完，但路上还有饥饿的人哩。酒要少吃，事要多知。事要三思，免劳后悔。你做一件事之前要反复想，这样以后就不会后悔。得人一牛，还人一马。你不要想着占人便宜，别人送你一头牛，以后得还人家一匹马。

二琪：牛不是比马贵？

日泉的父亲：贫居闹市无人问，富在深山有远亲。你要是没钱，住在闹市也没人理你；你要是有钱，住在山里也有人来访问你呢。白马红缨彩色新，不是亲者强为亲。一朝马死黄金尽，亲者如同陌路人。比如说当时是骑马，现在是开小车，你要是坐上小车，本来不是亲戚的也说和你是亲戚；你要是啥也没有，没办法，即使是亲戚人家也不认你，说那是个过路的，我们不认识。言多语失，食多伤心。

二琪：爷，我是不是说话可多呢？

日泉的父亲：关键是你得让对方说话。别人说你也说，你这就是抢话头。听完别人说后，你再说。你出门在外住学校，既要脑子明白，还要聪明；脑子要灵活，但不要太滑头。就这样吧，我看羊去，羊跑远啦。

二琪和爷爷下坡找羊，骡子驴子已经驮水回来了。烟囱里的烟徐徐冒出，驴在吃草，隐隐能听见雷声。日泉担着土豆上坡来，日泉的父亲赶着羊往回走。小雨渐渐沥沥，日泉赶羊到院子里，圈进去。一个雷响起，敲锅一样吭当。日泉的父亲从羊圈走上来，收起尿布。树哗啦啦响，闪电从黑云里钻出来。十来分钟后，晚霞满天，院子里却一点水都没有。天上的气撒到了人间，鬼天气！日泉骂了一声，地里的活耽搁了不少。

日泉：二琪，明天走呀？

二琪：走呀。

日泉：得拿多少钱？

二琪：学费 7000，书费 400，行李费 300，还有生活费。

日泉：把我一年的辛苦都花完了。

二琪：我再给您挣。

日泉的女人：别去了大地方了，就知道要，就知道逛街。别乱花那两个钱啊。

日泉的女人把一个盒子给日泉，日泉打开，取出钱数着。日泉的女人盯着。

日泉的女人：把钱拿纸包住，零的留出来，做路费。

日泉：受了整整一年，又让二琪给花啦。不要丢了啊，那可就完啦。哎，这还没有生活费呢。

日泉的女人：生活费再拿吧，再说现在也没有。

日泉：一个月得多少？

二琪：不知道。

日泉的女人：还没生活能知道？

日泉的父亲：400 块？

日泉：节省点吧。

日泉的女人：节省也得吃饱呀。

日泉的父亲：一天得十块钱？

日泉的女人：可不敢仔细得不吃。别的不该花的就别花，穿的不要多买，有穿的就行啦。去了好好学习，别看别人今天穿这呀明天穿那呀，咱没有那条件。

日泉的父亲：去了学习姿态高点。

日泉：学那正经的。一个月300吧，也得4000块钱。

日泉的父亲：得这些。

日泉的女人：我给你煮了几个鸡蛋。

日泉：先拿着这些钱去吧，那4000到秋后打下粮食卖点粮，再卖几只羊。

日泉的女人：给你鸡蛋，走道时吃。再装点瓜子，第一次出远门，碰到想家了的时候吃点。

日泉：吃瓜子就想起你妈来啦。

日泉的父亲：君靠臣，民靠官。

日泉的女人：那肯定想呢，头回走这么远。怎，这是哭啦？

二琪：没有。

日泉的女人：人家都是高兴地走，你咋哭了？

日泉：哎，没出息的。走吧，咱们睡觉吧，今儿早点睡，明儿早点起。哪天猫赶你回来，你就长大了。行啦，行啦，咱们睡觉吧。

朝霞烧着。日泉牵骡上来，日泉的女人扫车、装车、套车。日泉和二琪上路，日泉的女人站在高处，日泉的父亲也站在高处。骡子车晃晃悠悠走在土路上，路边的玉米秆一闪而过。太阳刚照上来，老玉米恍惚还鲜艳着嫩着。赶车的日泉唱起："有一个没有意思的传说……"坡道上野鸡飞起，与往常的情景一样。到了南榆林站牌下，日泉将骡子拴到电线杆上，和村里等车的其他人说闲话，二琪则和骡子玩。车上坡来了，他们拎起大包小包；车停下，他们把包放到行李架上，坐上，车走在路上。日泉看了好半天，骡子也看了好半天，相伴回马咀。

城墙跑马一搭手手高
人里头挑人数哥哥好

山畔上长一苗灵芝草
谁也比不上咱妹妹好

人好心好脸巴巴好
你是哥哥那耐端毡

满天星星一颗颗明
十三省挑准你一人

　　山底下立秋过后就不吃西瓜了，太行之北则正当时候。夜凉，降水少，西瓜熟得慢。摘回来的瓜切开，不是成熟的红，稍微感到遗憾。日泉的女人笑呵呵，拿起菜刀，当当当，四分五裂，不吃不行。她说，这里的瓜不一样，可甜呢。不是王婆卖瓜吧？心中闪过一念，想到她不是说谎的人，就随手拿起一块。没想到一口下去就叫喊开了，呛人呀，马咀的西瓜那叫个甜。说这话时，又呛了我一下。马咀的瓜还很脆，吃着有声响，像猪，鼓鼓地吃。

　　驴在吃草，太阳正落。起土豆，装土豆，土豆撒满地；拉土豆，放土豆，土豆入地窖。日泉放一筐下去，女人在地窖里堆积好；绳子一松，日泉就顺手拎起来，解下扣，搭上扣，将另一筐装好的再放下去。七上八下，一筐不落。树叶后面有月亮的影子，薄薄得跟透亮的面饼差不多。远方，荒沟下传来摩托车的怪叫。傍晚，日泉的父亲和日泉的女人去收田。天上的云无精打采，稀薄的地方不再聚合。一群鸟飞过，太阳落山后的一棵大树很亮，不是黑。早晨，日泉的父亲和日泉的女人依旧去扬场，好像日子就没有间断过，他们的活儿也没有间断过。夜里只是打了个盹，恒山后便露出鱼肚白，他们就站在土地中。太阳出来已无关紧要，太阳升起来也无关紧要，粮食和秸秆落地才是要紧的。日泉的女人肩扛扫帚，站着；日泉的父亲扬场，站着；太阳有一竿子高了，站着。白天，一切都站立起来了，恒山一样站着，能探到很远的视线，很远的马咀。日泉的女人和老爹往骡车上装黍子，黍子遍地，要有多久才能全拉走啊。他们经过玉米地，秆子被风吹得沙沙响，装满车的黍子头蹦蹦跳跳。狗叫，四轮车走上来；狗又叫，摩托车跑上来。日泉的父亲点着烟，粮食堆积在一旁。等摩托车进了院子，日泉的父亲才知道是大孙女琪琪回来了。琪琪把车钱付给骑摩托车的人。

琪琪：好走吧？

摩托车人：比上岭好走。

日泉的女人：上岭哪有这儿好走？这儿跟下韩那儿差不多，你哪个村的？

摩托车人：下韩的。

琪琪：我爹呢？

日泉的女人：放羊去了。

日泉的父亲：回来啦，琪琪，坐火车还是坐汽车来？

琪琪：坐火车来，您做啥呢？

日泉的父亲：扬那点黍子。

日泉的女人：底下收割完了没？

摩托车人：完了，山药全出啦。这里还没收割完吗？

日泉的女人：我家的玉米还没卷呢。

摩托车人：你种了多少地？

日泉的女人：不多，就那点，收的吃么。这里和底下差一个节令，吃糕还是吃面？

琪琪：吃糕吧。妈，二琪她们军训半个月。

日泉的女人：还没完呢？

琪琪：完了。

日泉的女人：就在学校训？

琪琪：嗯，她们宿舍可好呢，还有电视。

日泉的女人：那也不知一个月得几百块钱呢。还不如不去呢。

琪琪：不去就在家做饭，要么出去放羊。

日泉的女人：你姑知不知道你今儿回来？

琪琪：我下车给我姑打电话啦。

日泉的女人：你还没睡会儿吧？

琪琪：没有。

日泉的女人：我下午割玉米秆去呀。

琪琪：先割倒再剥。

日泉的女人：你一去你姑家，你姑就打电话告我啦。在你姑家吃啥来？

琪琪：稀饭，花卷，还有菜。比我们那里好多了，我们那里的饭一点也不好。

日泉的女人：现在咋不好了呢？

琪琪：别人承包啦。

日泉的女人：不好能不好成个啥？你一个人去的？

琪琪：嗯。

日泉的女人：那也挺有本事，花多少钱？

琪琪：50块。

日泉的女人：就 50 块呢？你二舅爷说你工作的性质和长期干的一样。

琪琪：照我看快不行啦，主人不一样啦。以前是公家的，现在是私人的。

日泉的女人：那还不如收费站。

琪琪：看怎说，收费站每天坐班，还有个年限，贷款还清就不收费啦。

日泉的女人：那你们还算是长期干的。你姑明天上啥班？

琪琪：不知道。

日泉的女人：你处的那个男的是哪儿的？

琪琪：霍州的，在矿山上班的。

日泉的女人：相处几天啦？

琪琪：半年多啦。

日泉的女人：你觉得怎样？

琪琪：我觉得还差不多吧，要是不行，能处那么长时间？

日泉的女人：这事你还得自己考虑，我们见也没见过。

琪琪：就算我一个人考虑也得你们参考，不是说我能做主的。

日泉的女人：那你感觉能合得来吗？

琪琪：差不多。

日泉的女人：人给介绍的一定得靠得住，不要叫人骗了。

琪琪：没事，啊呀。

日泉的女人：这会儿啥人也有呢。

琪琪：装不可能装半年哇，再说也装不出来。

日泉的女人：你要能考虑好，叫我参考啥？见也没见过，我知道个啥？他说来咱家吗？

琪琪：肯定来呢，能不来？

日泉的女人：嗯，来了众人看看。

琪琪：嗯，我觉得差不多。

日泉的女人：反正尔考虑，别人只给你做个参考。主要还是看人好不好，那可是一辈的事。不是今儿想啥就是啥，明儿不想就完了。

琪琪：再处一段时间看看吧。

日泉的女人：多了解了解，考虑好。

琪琪：已经处这么长时间了。先让他过来，你们看看吧，肯定不是想象中的那么好。

日泉的女人：人，差不多就行了。

琪琪：人长得倒也没多出众，平平常常的一个人。

日泉的女人：那领二叫你大姨看看？

琪琪：不想让我大姨看。

日泉的女人：为啥？

琪琪：找个对象，让那么多人看，看啥呢。

日泉的女人：让众人给你参考参考，不比你一个人好？那么远，谁去哩，还不让回来都看看？

琪琪：他明天就回来哩。

日泉的女人：不早说。

琪琪：可能是欣赏角度不同，我觉得他对家庭方面特别重视。

日泉的女人：他？

琪琪：他以前家庭不太好，所以他对家庭就特别重视。肯定长得不帅，工作也没有多好，前途也没有多好，就是平平常常，能过得去。

日泉的女人：咱们也不要求多么优秀，主要是你们得合得来。

琪琪：肯定能合得来。

日泉的女人：那就让众人都看看吧。

琪琪：主要还是先让您和我爹看看，如果咱们家的人没啥意见，再让我姑我三叔看看，下次回来再去我舅我大姨家。不想一次全走了，过五一我们放假还要回来呢。

日泉的女人：我是说只要你们好就好。

琪琪：肯定不是多优秀的。我注重的不是他的工作、家庭，我注重的是他有责任心，以后能为家庭全部付出。

日泉的女人：现在还说不来。

琪琪：工作不是特别好吧，文化水平也就那样了，不可能再去学去，就是白上我也不让他去上。拿到本科又能怎样？也不是真正学来的。我就是想让您和我爹看看，要是你们觉得能行，完了再让他们看。如果你们不同意，我们就不处了。

日泉的女人：主要是你们俩离得那么远。

琪琪：远倒不是啥问题，明天来就是让您和我爹看看，看看他说话了啥的。

日泉的女人：主要还得你们，别人是辅助的，你们是主要的。

琪琪：明天来了你们看看，给我的感觉和给你们的感觉一样不一样。

日泉的女人：明儿怎做呢？明儿怎来呢？

琪琪：就算作为一个普通朋友，他也不能空手来。

日泉的女人：不要让人家买东西。

琪琪：买不买那是他的事。他没来过，对咱们家根本不熟悉，买点东西是应该的，难道他买啥东西都不知道在哪里买？

日泉的女人：待上两三天？

琪琪：再去我姑家住上一天。我初九还得上班，初八就得走。

日泉的女人：你们的事情你们安排吧。

琪琪：我还得去他们家看看。

日泉的女人：这俩人不在一起，还是两地生活……不过这么大了也是时候了，合得来就这吧。

割倒的黍子排成片，日泉的父亲在远处放羊。葵花秆还没有割倒，两头驴在高处站着，一只羊找不到羊群了，日泉的父亲在远处叫。日泉赶车到地里，葵花倒下，葵花接着倒下，一车一车送进上院，摆在下院窑洞顶上。羊只关心眼前的草，一只啄木鸟在沟边站着，等待机会。日泉的父亲在地塄上坐着，驴在吃草，然后驴和骡谈恋爱，不断割倒的葵花躺在地里，它们知道谈恋爱不会影响到冬天的口粮，人会做好这些事。

水啊水

那股泉水在几里外的山底，对面山与河道的交接处。人畜相继离开时的嘈杂声都不能够淹没泉水清晰的声音。我走到源头，山泉从草丛和小石块中间钻出来，没有掩饰地经过眼前。泉水的周边非常凌乱，即使这样我还是觉得自然。被牛羊舔过的水留在大地上，并被大地吸入怀中，没有了痕迹。大地化解伤痕的过程竟如此无声无息。

山泉之上是陡壁，陡壁之上是村庄，与马咀遥遥相对的村庄。村庄之间被一条河床分隔，但它们的联系还是能看到的，水会在更隐蔽的地方将它们牵系。水在地下掩埋着，穿透着，像血液从血管内穿过，甚至某些时候能够感受到大地的心跳和被穿的震动感。日泉看到我无能为力地站着，就过来把已经挪开位置的石头翻过来。这块石头可以把水流引高，形成一尺多的落差，正好能够对上管口。我对此的了解还是源于刚刚举家迁徙到晋南的时候，我向邻居借来挑担铁桶到半里远的沟中挑水，水是从麦地的一个豁口流出来的，中间铺设了直径二十厘米的瓷管，距离上面的麦地不足二尺。第一次将桶口对着管口，水声清脆震响。从此我在北方的生活就从这旦流向了在原有古城墙底座上建起的那四间平房。

那年是冬天，这个水源正好朝阳，在一米开外的地方结了厚厚的一层冰凌。接近流水的地方冰凌有些薄，强烈的阳光能够融化它的结构，下面的水绕过枯黄的草在土地上划出一道道纹路。马咀的山泉正好也是自西向东流出来，冬天应该会极度的冷，在它的上面几十丈高的荒壁早早就断了阳光。我在老家有很多年就蹲在这样低洼的水源处，听着挑水的人们将大大小小的桶排列整齐之后的唠嗑。老县城一些古怪的事情和最新的消息会源源不断地流出来，跟接水是一样的。一只桶在即将盛满的瞬间被用力提走，另一只已经对准了管口。有时候个别的桶会陷得很深，拔起时还能听到被大地吸住的声音。这时，刚平静不多时的水壕会突然浑浊，有些秋天里被埋没在土里的小草也在这工夫冒上来。不会有人在意这些，人们欢笑着将拎出来的那只桶放在一个较平坦的地方，继续等待，继续听着东家长西家短的事情。我望着与肩膀一般高的麦地，麦地干旱异常，似乎叶子都会被风吹断，即便水从它们生命的底部经过，也无能为力。

听父母说这股水是从再往西边的村子里一口井的半腰引流来的，这让我十分好奇。为什么它一年四季都这样汩汩不断？我在福州生活的时候可不是如此，在那里，水井里水的深度在一天中都会有变化。后来慢慢琢磨通了，在南方，水井中的水是由地下水的高度来决定的，尤其是在一条江河旁边生活，更是如此。大地是漂浮的，人生也是漂浮的，连呼吸都会紊乱。

北方的水来源于山，地下有一条细细的漫长的河，像梦中的呼吸，从不间断也从不被我们发觉，安静地流走时光。我取水基本都在凌晨，每天两担。冬日天亮得晚，挑水回来时常常能听到那些汉子们的铁桶在黑幕中咿咿呀呀摇晃的不紧不慢的声音，小城在很长时间里没有改变这样的节奏。

秋天的水经过皮肤时，能感觉到骨头紧缩。我将石头下面的泥土碎石拨开，与日泉一起将石头摞上去，而后再用一旁的油毡盖住，三面堆上砂石泥土，留着一面引出来泉水。手在泥水中挖着，堆积起来的砂石泥土很快又被水冲散。石头也松动了，倾斜了，于是重新开始用我们的双手挖掘，收拢。

天色昏暗，月亮在我转身时一次次破碎，纯净的白中泛起泥浆。月亮不时转身，换着位置，不愿承受这么多人的折磨，不愿相信昨天那张平静的脸已然沧桑，不愿看见那头驴有些沮丧地张望着什么又不时低头饮水。月亮能够感受到生活的变化，能够看到一些可笑的事情在被我们乐此不疲地重复着。其实很多时候，人类都是在无奈地做着一些事情，他们身不由己，他们不像驴能够被人牵着或者驱使着做事情。所以有时候日泉会看着驴发笑，我则会看着驴发呆，我们都不懂驴的心事。水却不管这些，过了这夜与那夜并没有多大的区别。马咀的泉水没有青春期，不会去想无边无际的事，更不会想着去交汇于大海。它能够一直从大地的内心中流出，并哺育生活在马咀的人和曾经香火旺盛的马咀人，这我感到欣慰。

穿上红鞋房顶上站
瞭不见哥哥瞭山畔

大红果果中梁上吊
等哥哥等得好心跳

数九寒天瞭妹妹你
前沟石头后沟沟水

东山山一亮寒风吹

没瞭上妹妹白受罪

　　浑源，天地人神浑圆之境。我之所以这样解释这两个字，是将我们放在马咀的缘故。在这里，我们感悟了很多东西，并将这些想法带回尘世。我早早去拍日出，可惜雾气很重，从恒山顶到脚，只有垂直的白纱被风拉动时，太阳才会露出点身子。恒山是男人，硬朗，黑。你说，晨光雾气，高原流金。被子里面臆想的词语，有时候也蛮合适。公鸡打鸣，羊们开叫。日泉扎上羊肚子毛巾，背后一头驴，一头骡子，跟着他撒欢。下山取水要走二里路，山路弯弯，山花烂漫，七拐八拐就到了山腰腰。曾经的马咀村，一扇扇窑洞门像没牙的嘴朝南张着。黄土层从上面坍塌下来，有的遮住了洞口，浅浅的，窄窄的，高高的，那些洞眯成了猫眼。跟在驴蹄子后面跑，尽吃驴屁，你还别不相信，驴屁，就是野花那个味道。驴没有我们欢腾，但驴蹬开的土比我们多。物外的世界就是这样，在内心找到自己，或在他物身上看到自己。那泉呢，它就在一个位置，自己就是自己，与万物无关。我们走近它，触碰它，它依旧不为所动，只有永恒才不会受伤害。驴子和骡子在草地上喝着满地的山泉，一会儿，骡子打滚，有点表演的意思。它翻滚的时候看着我们，那种眼神没有思想。直愣愣的眼神都没有思想吗？不一定。驴被绳子拴住，你走近它，它想回避，原地转圈，鼻子都是僵硬的。我说，别招惹它了，一会儿要爬坡，会很费劲的。你说，多可爱的驴子啊，像个含羞的小姑娘，看到生人就怯情。那骡子呢，像个小伙子，一身肌肉漆黑，安静地候在远处。日泉说，这头驴五六岁了，很顺溜。从泉水往上，悬崖之上，是笔尖山，山上那个村好像也叫笔尖。再往西南边上还有个村，叫什么名字，你没记住，我也没记住。忘掉是很轻易的，它们的存在在外人看来本就是可有可无。其实，我们将它忘掉，是因为我们根本就没有走到笔尖山。

我们现在暂时居住在这里，只能算是过客。那个在记忆里无名的村子，已经没有活人，空村寂寂，窑洞黑黑，其苍凉不言而喻。你说，马咀村就在马咀山上，笔尖村大概就是马的生殖器；日泉每天取水的泉眼，就是马身上流出的液体，血液或者马尿。我说，也可以是精液。苍凉的太行山延伸到最北端，因为这股泉涓涓如帛而生动。前几年我第一次来这里时就说，那水不只是清和纯，显微镜下都没有杂质，那水还是圣水，源自马咀山，大地的心脏。所以，马身上流出来的是血液或尿液都无关紧要，那都是生命奔跑不息的象征。我们饿了，人真的不如驴耐使。从泉底回来，开始拉风箱做早饭。还记得当时那个样子，他们在抽风，我们在拉风，拉着，匀速。我说你去抽风，样子很疯。花馍在大铁锅里拥挤着，一旦掀开，都开嘴了，也很疯。

冬日的干草地，远处的高压线塔将浑源切割成几片，那些钢铁的家伙白亮白亮，冷冷的。日泉放羊，抱着胳膊。羊踩过的坡，尘土里荡起冷冷的颗粒。二琪跑来，她闲着无聊，朝着太阳的方向走进羊群里。羊在这片干草坡上来回吃草，其实它们挖掘草根里那点新鲜也很难。那里有棵树，我们停下，日泉甩了下鞭子，脆响，从对面坡回响过来，成了粗厚的中音。二琪在后边跟着，一排电线从日泉家旁边的铁塔伸到后山。文明的差线在这里很突兀，很陌生，像画布上描了些器物，显得烦躁。他们的日子标准平和满足，只要能开荒种树种粮种菜养牲口，就觉得够了自己的幸福。日泉拿鞭，直直走向铁塔下，二琪向前走了几步又跑回来，她穿红衣，远远看着似乎是初春扭出朵花。这只是外人的感觉，因为陌生而新鲜。日泉他们是麻木的，羊、人、树、沟，一年到头，没什么变不变的。日泉的女人倒是在意这些变化，每一个节日都好像是任务，应付也要应付，不能空落过去。过日子的感觉就是每隔一段时间扭一个结。中午日泉在远处放羊不回来吃饭，家里就少了生烟这个环节，清凉了许多。日泉的女人给父母做点饭，自己胡乱扒拉几口就上地了。风箱拉起，呼呼作响，日泉家的晚餐开始准备了。日泉坐在门口小板凳上，看着外边，鸡们正争食斗殴。酒瓶子的圆屁股越来越多，人蹲下干活，鸡就围拢过来，跟人一样爱凑热闹。二琪抱猫出来，那只黄猫下了小仔，个个乖巧柔软。

二琪：黄黄你又偷吃肉了？李东阳你回来了？

五龄不吭声，推门就进。日泉的女人在剥葱蒜，也没理会他。日泉进了南屋的库房，揭开洗衣机盖子，从里面取出酒来。日泉的女人开始调土豆条，二琪进来洗韭菜、切葱、包黄糕、烧火、炒肉。房檐下挂着葫芦，今天又挂上了两只山鸡，那是日泉从外边捉回来的。他看起来木木的，却总要搞出些稀奇的事情来。过去成年在外面跑车，啥没见过，马咀单调的日子对他也是个考验。十多年都挨过去了，偶尔给生活添加点欢愉，反而显得他开通，不是一根筋。当时他来马咀开荒的时候，谁都笑话他是一根筋。

五龄：下去看看有没有套住的兔子，等会儿往回拿个兔儿。

这话不是指派他爹，是自言自语。孩子们忙碌起来。日泉的女人抱着猫，和猫说话。收音机里音乐变来变去，和过年的单调正好融合起来。桌上摆放着已炒好的菜，一碗接一碗端上来。锅里还在炒，咚锵咚锵。日泉的父亲早就在炕上候着，饭菜全部备齐了，五龄不知从哪里取出一盒蛋糕，摆到了桌子中央。他把生日帽弄好，一家人嘻嘻哈哈。

五龄：吃饭啦，爷，给您戴上，是不是大？爷？

日泉的父亲：不大，正合适。

又是嘻嘻哈哈。大家在蛋糕上插蜡烛，灶上正炸油糕，麻油香气满屋充盈。日泉的父亲坐在那里看蛋糕，半天不动弹。看不出他脸上有特殊的表情，什么时候都是祥和，白日里也是。

二琪：吹完许个愿，爷。

吹了蜡，切蛋糕，吃蛋糕，满上酒，油炸糕端上了桌。日泉的父亲老眼昏花。日泉的女人开始炸带鱼，日泉的父亲喝了口酒，一家人祝老人生日快乐。正吃着，五龄的同学来找，五龄将他让上炕，盘起腿来喝酒。热闹完了，日泉的父亲端着剩下的一块蛋糕回了下院，他挑下一小块喂进老伴嘴里，还说着，给你吃蛋糕啊。过了会儿又给老伴喂饭喂水。吃喝完后，日泉的父亲给灶点上火，炕又热了，老伴很快睡着。

半夜想起眊妹妹
狼吃狗啃不后悔

抱住妹妹亲嘴不要抖
咱俩相好顶上两颗头

越搂越紧搂出了水
哪怕去阴间变冤鬼

哥哥说话放大些声
细声声碎语听不清

咱二人天生一对对
铡草刀剁头不后悔

我指着远处的恒山山脉，你看，山壁上有道道间痕是为什么？这是地壳运动的结果。这个世界不是平静的，所以我们去寻找平静。来到马咀，满是平静的日子，虽然与世间纷杂隔开了，但运动还是存在的。我们的心永远无法宁静到终极，没有终极，只有死才是结束。周而复始是主观的，充满希望。现实一点看，周而复死才是客观的。面对现实、为死而生才能坦然生活，才能找到最简单的安静与平衡，这些都是相对的。平衡的存在证明我们还有无法抗拒的一部分，但我们用生命来对抗这一部分。归结于零，便是一种安静。那些山无法抗拒地壳的欲望，要一直推动什么改变什么，但恒山用沉默来应对。"恒"这个字多好，都是石头，坚硬，忍耐。你说，这样的提示只有北方的山才能给予我们，南方的山仿佛千人一面，那个面是面具的形态，变化多端，看不到它真正的面目。一方山水养育一方人，山水都不愿示其本质，何况人呢。南方的物欲横流似乎吻合了这个道理，所以，北方的山就本质多了，勇敢，坦率，撕开生命的伪装，露出铮铮硬骨。

沟下结了冰，日泉的女人装水。泉水流进桶里，冰块里的洞洞还冒着热气。日泉的女人提起桶，围在桶外的流水哗啦一下溢开。日泉的女人给骡子身上放水桶，牵起，上沟。回到院子，往家里放水桶，然后把骡子牵进圈里。日泉下来，放出小羊，大羊过来了，小羊叫。大羊喝水，小羊吃奶。日泉的父亲进羊圈，手里拎着一个盆。上院，几个人在扫雪，羊圈旁边是驴、骡，雪就在脚下。

日泉：啊呀，小许来了。

日泉的女人：小许你才来？

小许：这家发了啊。哦，才来。

日泉的女人：你从哪里来的？

小许：我从圪坨铺来的。

日泉的女人：把皮袄放下，上炕暖和暖和去吧。

日泉：来，小许，这可有几年没见了。

小许：连今年三年啦。

日泉的女人：那就别走了，就和我们过年吧。

小许：好。

日泉的女人：我给去倒点水。

日泉：这几年在哪里干了？

小许：在大同县，怀仁县。

日泉：在外面挺好吧？

小许：好。

日泉：还是放羊？

小许：嗯，放羊还是。

日泉的女人：小许，今儿啥风把你吹来了？

小许：啊呀你不知道啦，好啊，啊呀，今年发啦。

日泉的女人：哦。

小许：发得个堆堆的。喜笑容颜，发财的头脸。好呐。

日泉：骡子昨天病了。

日泉的女人：牵进圈时没见病呀！

日泉：那时你没注意到。

日泉的女人：吃不？

日泉：不吃。

日泉的女人：怎办呀？

日泉：灌点药。

日泉的女人：吃完饭灌去吧？得吊起灌吧？一个人还灌不了。

日泉：得两三个人，人少吊不起来。

日泉的女人：榆树上？就灌点三黄片？小许，你往上头坐。

小许：行啦，不冷。

日泉的女人：坐上边去烫烫，出去不冷。

小许：不冷。

羊圈里，日泉的父亲干完活出来，走到上院来理发。琪琪、二琪贴着窗花。灶上热着药，日泉摆弄着药瓶子。小许学着鸡打鸣，也上来，等着理发。

日泉的女人：过大年响大炮，小许带个大草帽。那你不说，你的鞋也不知穿了几年了。今儿不穿大衣，把瓜子装上就走就嗑。

日泉：顾人吃就不管牲口？

日泉的女人：人高马欢喜，鸡狗高挂起。过大年就是顾人吃了，不管牲口啦。给，把瓜子装上。

小许：出去有冷风，吃着瓜子多不好。

日泉：说的是。接住。

小许：啥药？

日泉：三黄片，通肠的。念念，都有啥成分？

小许：看不清。灌牲口的，人不能吃。

日泉的女人：人也能吃。

小许：劲气大，人吃上会烧的。

日泉的女人：人少吃上点就行啦。这笨呢，不就是一个庄户人的手么。

日泉：庄户人的手就不怕烧啦？鸡爪那么厚也烧呢。

羊圈门上的横幅写着：驴骡吉祥。日泉拿着药走出去，牵上骡子，给骡子灌药。日泉的父亲走下来帮忙。日泉的女人提桶从羊圈出去，回到家里。琪琪和朋友进家来。

日泉的女人：冷不冷？赶快上炕去吧。这里冷，不和你们那里一样。骡子病了，我和你爹给骡子灌药去。

琪琪：啥病？

日泉的女人：结住了。

日泉：给小许拍张照。

小许：我是山西省浑源县北榆林乡西格托村人，我名字叫许全。

钻了心

马咀的平静让人几乎可以忽略它的存在。在许多人看来，马咀就是三五个人的生存，他们的喜怒哀乐与世界相距遥远，只是黄土中的一粒。日泉说，今年春天来了一伙人，在东面搭起架子，每天轰隆隆地响。我去看了，他们是地质队的，来探煤。我意识到这个事件会真正影响到马咀的未来。日泉说，他们已经探出煤来了，现在他们在南面坡正探着。

在马咀只有昼夜之分，秋天来临意味着昼短夜长，一些要做的事情自然就紧凑了点，得赶在白天早点做完。夜晚就不同，看着星星闪动，好像离我并不遥远，很想大声喊，问候一下它们。当我渐渐靠近它们的时候，那些微小的白光变得硕大无比，形成了一个空洞的世界。这个世界不在我的生活中，而是在意念深处。当我最近距离接近它的时候，夜就结束了，我看见自己站在白昼中。

在马咀的几个晚上，我总是这样，喜欢站在门口望望天。我知道，这样的机会并不多。此时，日泉也总会出来招呼我回去。入秋的马咀很凉，所有的光源看起来都似乎都单薄了，冷冷地穿过夜幕。在马咀的南面有个方圆一庹里的亮处，日泉说那就是探煤的地方。话音未落，就听到了一种撞击声。这撞击声源于脚下还是源于心脏？我不知道，总之在突突地响动。马咀的平静也在不经意间失去了。我问日泉，如果探出了煤，这里可能很快就会变成煤矿，到那时，你们就不能在这里长住了吧？日泉黑嘿笑，没事没事。我说，如果在马咀建煤矿，他们应该给你一份补偿，这也是好事。日泉说不知道，希望是这样吧。南面的光源在沟底散开，一会儿变化一点，这些光点有时可能是被什么遮挡住了，在天空中映出光线，一条条的，左右摆动，没有目的。我凝视了半天，确实没有目的。

偶尔有两声狗叫从下面的羊圈传来，听声调是懒散的，还打着瞌睡。马咀正在被一根粗粗的钢管钻进皮肤，但它却无动于衷。就像是蚊子的嘴巴钻进大象的内部，蚊子晕了方向，大象则进入梦乡。南面传来的声音有些淡弱了，那种持续的嘤嘤作响可以忽略不计。

与日泉说了一会儿话，感觉他对探煤这件事并不怎么忧心。他说自己曾经到钻井队看工人钻出了什么，也问过他们来自何方。他说，资源是国家的，他们怎么干都行，但是不能对我们家造成损失。日泉是个能明辨是非的农民，老实巴交但有着自己的观点。他说他以前曾经下过煤窑，后来开车跑运输，也算是开了眼界的人。现在身体不如从前，就想守着马咀这个山坡过日子。

晚上，我看到许多车辆来往穿梭着，车头上都有明晃晃的灯，进退交错，调整到各自的位置停下，也不熄灯。一辆大铲车的铲斗已经对准了最近的一辆，轰一声，车斗摇晃了一下，半吨重的煤块让一边的车轮努了一下，又挺了起来。在旁边一块儿更大的场地上，煤块从传送带上源源不断地落下。司机在马咀的河道上点起了篝火，这三千亩土地中央的房屋明亮着，也摇晃着。日泉守在羊圈门口，羊都睁大眼，我也睁大眼，梦与现实能有多少差距呢？这几年我去过很多煤矿，绿色变为黑色的乡村比比皆是。上个月还有个亲戚说他们村子整体搬迁了，因为挖煤导致村子整体塌陷，类似的事情听多了已很木然。现在站在马咀则有点不同，它是一张让岁月侵蚀得发黄的纸，任何书写都要改变它存在的意义。

日泉放羊去了，我要去寻找那个发出光与声的夜之源。从马咀往南一路下坡，转过玉米地，再转过那个有几处坟冢的坡，声音便越来越清晰了。南，再往南，这声音可能会因西面的谷地形成回音而沉重许多。顺着来马咀的那条砂石路南下，能够分辨出声音来自右方，于是穿越一块耕地，到它边缘时，井架已赫然在目。我没有走正道，而是顺着一垅一垅的坡地往下跳。荒芜的土地接受了我，柔声细语般化解了我的冲动。井架终于完整地出现在面前，钻井声轰然大作，一股机械的力量坚定地进入了大地的内部，进入了马咀的内心。

我在离井架几十米远的位置环绕一周，从不同的角度观察着这个陌生的钢铁结构。旋转，不停地旋转，在任何角度看，都是一样通往内心的搅动。柴油发电机的轰鸣到达脚下时，震动很轻微，但不同于心率，它激发了一种情绪，带动我的脚步不断移动，我不知道要走向哪里。井架旁边二十米远的地方停着两部车，一部越野车，一部客货车。这时候又一辆车进入场地，几个技术员模样的人对着井架指指画画了一会儿。他们看见了我，但似乎并不在意陌生的来客，可能马咀的一切都与他们无关吧，他们只关心地下资源能否探到。过了一会儿，他们走了，可能只是来询问进度的吧。

井架竖立在一个坡的边缘，为什么选择这样的地段定有他们的道理。井架的高度有十米左右，南边的枕木被加厚过，四周拉着牵系的钢索，显得非常扎实。通过这个垂直的高度，钻头便持续地进入大地。

踩在井架上，它钢铁的身躯似乎从空中吸纳了充足的力量。这样的情形在很早以前看大庆油田的片子中遇到过，20世纪90年代初我去河南路过中原油田时也见过。人的意志通过钢铁的力量叩问着大地，无论是痛苦或者快乐，一切都在时间里远逝。时间经常让历史重复出现，只是曾经的对此时可能是错，曾经的错此时可能是对。不知道日泉也像我这样站在井架前观望会怎么想，或许对他来说，只是生活中的一个补丁吧。环境的改变是整体的国家行为，并不针对马咀。

工人们过来问询，我说自己是马咀人，来看看热闹。他们说，马咀有一个放羊的，经常过来看钻井。这都是预料之中的，我想，现在我更容易揣摩日泉内心的变化了。站在这个钻井平台上，发动机的声音强劲，但淹没不了几百米下方钻头在岩石中固执而激情的叫喊声。它从我的脚下到达灵魂，不必要通过耳朵。每一轮旋转都是在历史深处的舞蹈，不是芭蕾指尖的磨砺，也不是工匠们在院子里敲打着石头的火星。他们将探出来的地质标本放在西北面一块较平坦的地上，这些圆柱形的混合物按照时间的顺序排列着，上面贴着标识，署明了时间与地质内容。我已经能看到往事在追溯中的每一寸境遇，每一秒时光。从最初的黄土到河卵石，每一节都在变化，比年轮要清晰得多。已经到三百米深处，却还有河卵石出现，这让我意识到黄土高原形成的厚度。

　　我问他们，这里可能探出煤吗？他们说，还不能确定，但是这个地方是专家确定的点，应该不会错。我摇头，你们钻一个井给多少钱？他们答，三十万元。我说，这次你们可能不会探出煤的。那个核验标本的人用怀疑地眼光看着我，他是这个工作小组的头。我没有告诉他原因，这只是一时的幻象，很难说清楚，正如他们也是根据专家的某种判断而选定了这个点。我是在看到从三百米深度钻出来的地质标本时突然有这个想法的，原因是此地在马咀这个山坡的最下方，按照煤层与造山运动形成的可能性，煤矿更容易在马咀的北面形成。此外，几百米深度出现的物质还这么复杂，说明这些都是后来地质变迁的积淀，与形成煤的时间相距甚远。

　　不知道自己的判断是否正确，但又有什么用呢，今天他们只是用一根长针试探着马咀，总有一天他们要用刀子将马咀的皮肤劙开，直到流出黑色的凝固的血。朝北望，马咀被遮挡了；朝西望，相对的山坡上几群羊聚了散，散了聚，一切好像没有发生过。

妹妹拉住我的手
我要亲你小口口

叫声哥哥你不要急
解不开裤带我帮你

妹妹你不要大声叫
过路人听见往下瞭

管球他过路瞭不瞭
妹妹亲得你把命要

咱俩石崖下睡好觉
哪怕大石头往下掉

　　马咀的夏天很短暂，太阳刚眷顾到这里就要转身走了。我们在马咀也是到处转身，还没走到一个地方，太阳就开始往下落，我们就得往回返，刚冒出来的汗就成了凉水。上了多半个坡，看见对面有微小的男女身影，我说看那儿，他们可能刚对唱完民歌吧。你笑着说，他们刚勾到手，正手拉手。又说，可惜我现在写的小说里没有农村题材的，要不然我就写他们在山沟沟里相亲相爱。你说哪有什么稀奇的，还不都是这样。我说，他们要到泉水边约会亲热。你问为什么。我说他们可以在那里洗屁屁啊。你说是对着泉水撅着个大屁股吗？我说不应该是那样的。泉水啊泉水，那是马咀的圣洁之物，不可污染，必须在泉水流淌下来的小水窝窝里洗，洗下来的东西最后被泉水冲走，稀释化解到土地里才行。你笑我如此认真写，小说一定意味深远。我说，他们可以一个人是放羊娃，在沟里。一个女子在山上望，就唱这首歌："对面山的那个圪梁梁上站了一个谁，那就是那个要命的二啦二妹妹，二妹妹在那个圪梁梁上招呀一招手，我把我的那个三哥哥魂勾走。"你说，勾魂接下来就是勾手，然后把人整个给勾走了。我说不这样就没意思了，他们就在这个卵石沟里来个原生态亲热。你说，那不是洒向人间都是爱吗？我说，是啊，你看两边山势竖立起来，像两块厚实的门板夹着过道，他们就站在门板边，手搭在门板上亲热。你问那羊呢？我说，羊在他们四周，厚厚的羊毛垫子一样围着，热乎。你问，羊的叫声好听吗？我说是啊，它们将男女围成一圈，叫声是转圈的，浑圆（浑源）的，跟这里的地名一样，咩——咩——咩——，在河道里回荡开。很远地方的人都听到了，但就是不知道声音从哪里发出来。你说，传得远了就变调了，可能成了很好听的小曲儿。

冬天，来了个老周，北京搞摄影的。他这几年经常来恒山拍照片，好多次就走到了马咀，认识了日泉。

日泉：来，喝，酒是好东西。

老周：酒是好东西。

日泉：这是羊头就酒，就这样揪着吃。

老周：这样揪就行了？不拿刀子吗？

日泉：这边好揪，给你。

老周：哎呀，来，喝，真好。哈哈，这羊头炖了多长时间？

日泉：炖了半天，时间短了炖不住。来，有筷子么？喝。

日泉的父亲：有。

老周：这只羊是多大的羊？

日泉：这羊杀了四十多斤肉。

老周：四十多斤肉，长多长时间？

日泉：长了两三年了。

老周：两三年就卖了肉或自己吃？

日泉：主要是卖肉。咱们这里主要靠卖肉，绵羊肉。

老周：一年得卖多少只？

日泉：四五十只。

老周：养多少只？

日泉：养一百多只吧．再留三十只到四十只。

老周：留三十只到四十只，再生小的，还能到一百只。

日泉：噢，一年下一个半羔子。

老周：一个半？那就是每年都续每年都卖，别的养不养？

日泉：养狗，养鸡。

老周：鸡有多少只？

日泉：冬天养二十几只，夏天就多养，养一百多只。

老周：弄个栅栏，然后养鸡，鸡大了就没有事了。这里有没有别的，比如鸡出去了，让别的动物叼了或咬了？

日泉：有。

老周：有啥？

日泉：这里动物多呢。

老周：有啥呢？

日泉：它们都想吃鸡。

老周：都有什么嘛？

日泉：有野猫，有狗。

老周：什么狗？

日泉：地狗

老周：地狗？

日泉：还有狐狸。

老周：还有狐狸？那狼呢？

日泉：狼没有。

老周：哦，有人就没有狼了。卖鸡蛋？

日泉：卖鸡蛋，还卖鸡肉。

老周：哦，还卖鸡肉。

日泉：来，干。

老周：来，大爷，碰杯。

日泉：我听别人说养鸡还得养几只鹅，这个鹅不需要搭窝。

日泉的父亲：它看门，黑夜叫。

日泉：它是有别的动物来了它就叫，一般小动物，鹅还可以吃掉它，比如说耗子。像地狗就特别的怕鹅，狐狸最狡猾，一听到有响声就不来了。养鸡必须有鹅。

日泉的父亲：鹅，生人来了也啊啊地叫，还咬他。

日泉：养鹅和养狗一样，像你们生人来了就在大腿上咬一口。

日泉的父亲：鸡黑夜不能走，鹅就黑夜能行动。

日泉：鹅没窝，它黑夜能看见，是种走窜的动物。我没养过鹅，咱们在哪儿买几只鹅？

日泉的父亲：买鹅蛋，用母鸡孵。

日泉：没有鹅蛋。原来咱们有来，现在没有了。

老周：比如养猪、牛，有这种可能吗？

日泉：能养，咱们主要是人力少。现在是一雇人就赔钱，现在雇人不好雇，工钱太多，一个一般人也得三千多，连吃下来就五千多了。

老周：还要管吃？

日泉：对，还要管吃，烟呀，酒呀什么的，也不能少。

日泉的父亲：最低也得三千多，要雇个好人得五千多。

日泉：要雇咱们以前那个小杨娃最少也得五千。

老周：以前的工资没有那么高。

日泉：以前的差不多，我上来九年了，连今年。

老周：刚上来时啥样？

日泉：刚上来就一片荒地，后来在这儿盖房，搞建设。

日泉的父亲：就现在这儿是用铲土机铲下的。

老周：这些房多长时间盖起的？

日泉：我们头年来了没有力量盖房，先打窑洞，先紧着人住，然后是牲口。你看，我现在胳膊也不好使了，都是盖房时候落下的。

日泉的父亲：打窑洞得用平车推土。

日泉：一开始我们一块儿上来的。那年我妈病了，脑出血，到大同做了手术，以后就不能动了。

日泉的父亲：在大同待了一年，在内蒙古待了一年。

日泉：我大姐在内蒙古。看病回来我妈就一直在这儿，现在有我爹照顾着，我们干活。

老周：这里的地利用了多少？

日泉：三分之一也没利用上。能耕种的有三千多亩，我们现在种四五十亩，剩下的地都放羊。

老周：有没有想过以后利用的面积更大一些呢？

日泉：现在不敢说。有点钱先给孩子们拿上上学去，孩子上学完了，再搞个啥项目吧，比如栽树。啥树？这几年数栽仁用杏好，只要栽活，成了林就行。等他们毕业了我再干，现在是啥也做不了。还得三年，三年才能毕业了。小子还得给找个对象，麻烦事多呢。到时儿子结婚我一定请你，给咱们照相去。

老周：孩子结婚也不回这儿结。

日泉：肯定不回这儿来，但也不好说。看是找那儿的对象呢，要是找个山村姑娘，保不齐来这里。

老周：不是在太原上学吗？

日泉：那说不上，没有别的干的，还得回这块土地干来呢。

老周：你在上这儿之前开车开了多少年啦？

日泉：二十八年啦。

老周：就干过两个职业，开完车就上这儿来了？

日泉：对，来这儿的冬天我还跑车呢。过完年，也就是初几，咱们出门就来了。来了就看地方，搞建设。刚来那天我就打窑洞，打了一米来深，下雪了，我们每个人吃了块馒头，喝了点水，就准备回。当时风交雪的，这是来这里的头场雪，最后没回去，那就在这儿住吧，又没住的，拿点干粮也没顾得吃。雪有二尺深呢，最后走上松树湾再也走不了了，就住在松树湾。这头天一来就碰见下大雪，以后就没见过那么大的雪。

日泉的父亲：第二天走路还走不了呢。

日泉：我坐在车上赶车，我爹坐在后边，回去人和车基本都成雪的了，牲口连蹄子都迈不开了。当时我想着，来这儿年年这样可不行，所以后来我们就打了那个圈羊的窑。

老周：窑洞住了有多长时间？

日泉：窑洞住了有四五年吧。这个房子盖起来也没几年，先盖的底下那个房子，人得有个住处。底下窑洞圈羊，上边住人，这才有个安静的地方。没盖房子前买回来几只羊，一边放羊，一边搞建设。要是一看天气不对了，就下以前的旧村子去给羊找个破窑洞，找柳树条编个圈，把羊圈在破窑洞里，人回土窑洞睡觉来。半夜还得去看，一夜下几趟。吃水也很麻烦，先是吃水人抬，后来才设计了个毛驴驮水。

老周：你先时就知道这儿有泉水是吗？

日泉：知道，这个泉水自古以来就有。要没这个水，这块地根本就不可能存在。来吃，老周，不干不净吃上没病，你是客人嘛，咱们养羊就有羊头吃。

老周：咱们平时不到冬天就没时间这样做羊头吃是吧？

日泉：有一年我爹烫了一袋子羊头，没时间做，后来天热了，全扔了，顾不上吃。吃东西也得有时间的，主要是没时间洗，活儿一个接一个。养羊也麻烦，羔子多半在黑夜出生，有时候下羔子的羊多，你还得在羊圈睡。要不下下来没人管，就都死了。于是我在羊圈里铺了一张床，晚上就躺在那儿守着，哪只羊下羔子，就先接出来放到一起，第二天挂牌认羊。这一星期，下羔子的羊少了就不用了。每年冬天下的多，羊发情是在夏天，有膘时发情，怀五个月。

老周：第一年来种些什么？

日泉：第一年雇了两个拖拉机，耕了三百多亩，差点忙死。年初抢旺火时我还在地里割菜籽呢。后来一看这广种薄收可不行，就光照顾门前那四五十亩了，细耕细种。羊也不能多养，越养的多越灰，越多越没收入。雇些人，给羊倌拿些工钱，自己就没有了，不合适。最后是缩小种地，少种，养羊少养。少养点收入才大，种地细耕收入才大。

老周：咱们种的什么？

日泉：谷子，黍子，山药蛋，玉米，菜籽，豆子。

老周：施肥怎样？

日泉：不施化肥，养的羊多，有羊粪就行了，化肥农药一般不用。我实际上没搞过农业，也没搞过养殖，外行一个，来这儿才学呀。我爹是个老农民，种地由爹指挥，养殖慢慢学。

老周：比开车怎么样？

日泉：比开车难干。我这要开车去，好赖都有口饭吃。这个农业，还得掌握季节、天时。

日泉的父亲：又讲天时地利，又讲科学，这个比那个安全。

日泉：那倒是。你像我们跑车，装起煤了，到你们北京去呀，愁走呢。去了，一卸下煤两个眼熬个红，又愁回呢。一回来没睡几个小时，又得装煤去。人家掏上工资雇上你就为了让你干，你要是干不下来，你这工资就挣不上。这一年一年岁数大了，就想找个安静地方。当时是乡里动员我来这里的，我就想着还是种地、养羊好，来这里起码每天先能睡上觉。以前跑车睡觉就睡不好，没长觉，每天只能睡两三个小时，太危险。有一次我去北京送东西，到八达岭时，车给坏了，民警过去行礼后说：师傅，十分钟修好。这还没进市里呢，在市里就可能出人身事故了。后来拍卖"四荒"，乡里一动员，我就来了，硬是干了几年。你看像你现在来，看见我们还有个房子住，几年前来，就那土窑洞。现在好了，吃饭有菜了，冬天还能吃个羊头。我们刚来那会儿，吃面没菜，炒菜没油，每天就是土豆泡糕，其他根本没有。那时候人们还闲言碎语的，说我干不成，说我是开完车从火锅城出来的，干这个不成。就因为这，我当时想，硬着头皮也得继续干。干到今天终于吃饭有菜啦，有油啦，有酒啦。一开始上来这儿只有地皮菜和苦菜。

日泉的父亲：第二年我来了这儿才种瓜种菜的。

日泉：现在，老爹除了忙别的活，还能种点瓜，种点菜。等我也找到头绪了，把这块地管理好，让这两个孩子念完书，不花钱了，就准备在这儿搞个项目：种仁用杏。另一方面再多养些鸡，慢慢向这方面发展吧。我要是到老爹这么大岁数，这块地能成林就满足了。农民就是种啥养啥就吃啥，种瓜得瓜，种豆得豆，养羊啃羊头，种黍子吃糕。也卖点儿，但主要目的不是卖。来，再取个酒；来，老周吃个羊眼。你是照相的，吃上眼睛亮；我这放羊的吃个耳朵，听得真。

老周：咱们这儿的电不好引是吧？不好接过来是吧？

日泉：咱们现在没钱，接电得几万块钱吧。有这些钱不如让孩子多上几年学，省下来的钱就点油灯。

老周：羊油灯（笑）。

日泉：素油也点，没羊油就点素油。有时买蜡，经常去县城买不方便，偶尔去才买上点。蜡不够点了就点羊油，点素油，反正都是咱们的东西。来，喝！吃点山药蛋，你们在北京吃这个不？

老周：也吃，不是这样做。土豆也吃，豆腐也吃，没有这样做过。

日泉：这哇，你把那个面热热。我们喝酒喝不动了就吃点面，喝好吃好。

日泉的女人：喝好就行，不要喝倒呢。

日泉：喝倒才好呢。来吧，喝吧，喝倒为好。

日泉的女人：喝倒就灭了。

日泉：今天喝倒明天起来，给咱们照个相，也做个留念。今天碰到老周照相真高兴。来，老周，喝。

老周：你这粮食打完卖一部分，还是都留下？

日泉：得卖一部分，有两个念书的孩子，不卖不行，必须卖。

老周：收粮食是私人收还是公家收？

日泉：私人收，一般黍子九毛多一斤，今年比往年贵点。你就说羊肉，前几年七八块一斤，今年涨到九块十块了。

老周：你那羊有没有固定的人收？

日泉：有固定收羊的，他们常来。比如羊羔子，告他有三个月了还是四个月了，他就说毛重一斤多少钱，然后他就买上走了。我现在就凭这几只羊和干点农活，供这两个孩子念书。

老周：上大学吗？

日泉：嗯，上大学。我觉得这挺好，我干得也高兴，有时还唱呢。

老周：现在唱一个吧。

日泉：这个唱呀也是瞎唱，一拿羊鞭就想起青松岭来了。来，老周，边喝边说。咱唱得不好，但唱得有劲儿，有时候从猪八戒就唱到三国去了。自个儿图个高兴。

日泉的女人：老周老不来，听你唱，还以为你有病呢。

日泉：高兴得厉害还哭呢。你没见毛主席接见红卫兵，红卫兵一见毛主席就高兴地哭了，热泪盈眶的。我高兴起来也唱也哭呢。其实我不会唱，可我不会唱也要唱呢。吃，老周，来咱们这儿吃好喝好啊，东西不好得吃饱。

日泉的女人：老周认为你有病呢。

二琪：爹，哪里有钳子？

日泉：我还以为问我要钱呢，又把我吓坏了。你是要截铁丝的钳子吧？在堂屋。我还以为和我要人民币呢，哎呀，我叫没钱给吓坏了。

老周：呵呵，一提钱，就吓坏了。

日泉：越喝越高兴。老周倒上，倒上。

日泉的女人：别喝多了啊。

日泉：哎，喝醉才好呢。今天和老周坐，必须喝醉，喝好。来，倒上倒上。我告诉你，咱们这养羊的，不管你上过大学也好，上过小学也好，掰开羊嘴得先懂得牙口。我说给你，头年的羊一生下来有两个牙，这叫一岁口；第二年一面加一个，这叫两岁口；一面再长一个就六个牙，六个牙以后第二年，就是八个牙。齐口了，这就到了，就像人到了中年一样。长齐口以后，牙就开始磨短了，磨得短一下齐口一年，短两下齐口两年，齐口三年就老了，四年就吃不进东西去了，这就来这儿了。（拿起一颗羊头）咱们养羊的必须清楚羊。

老周：不清楚有你教呢么，你教不就清楚了吗？

日泉：像你们念了大学的，该学学照相。什么侧面照，正面照，我就来不了啦，还得你老周来。

老周：养羊请教你日泉，照相问我。

日泉：来，喝酒，今天真高兴。放羊一个是抽烟，一个是唱，唱没人听，我就只能叫羊听。我也没调，只是自个儿高兴高兴，想起啥唱啥，着急了想起毛主席时候的歌，我就唱：大海航行……

二琪：猫跑了，爹，你唱得猫也吓得跑了。

日泉：这是我们在农业社时唱的，咱们大海航行靠舵手，种啥植物就得靠太阳，没有太阳不行。农业学大寨时唱的是，领导我们事业的核心力量是中国共产党。

老周：大寨也在山西，你去过没？

日泉：没去过。

老周：面太多了，我吃不了。

日泉：我放羊回来，一大碗还不够，还得再来一碗。

老周：来两句。

日泉：来两句，嗯，来个李玉和的啊。

老周：行。

日泉：让我喝口酒想一想啊。喝，吃点吃点。

老周：共产党……

日泉：唱共产党……啊呀鸡叫啦，我给想想《智取威虎山》里是怎么唱的来。

老周：你们当时也有大车的吧？

日泉：以前农业社有大车，现在没有了，因为现在嫌煤车脏。哎，老爹会唱"耍孩儿"。

老周：现在能唱吗？

日泉的父亲：呀，现在不行啦。

日泉：现在没牙啦。

老周：没牙没关系，现在小声唱几句吧。

日泉的父亲：躺着哼耍孩儿？

日泉：来，坐起来唱唱。今天老周来咱们这儿，咱们也娱乐娱乐，爹，坐起来。

日泉的父亲：那就来个《猪八戒背媳妇》吧。（讲耍孩儿，哼调子）

日泉：耕地盖楼得好骡子，知冷知热得老婆子。

老周：你修车也行吗？

日泉：哦，修车我也学了一段。

老周：那车有点毛病呢？

日泉：自己修，我以前给车大检修也是自己干，别人干出来不合适。

老周：你也是，好像车是自己的，别人都不让动。

日泉：不能动。我有这毛病，我不动别人的，别人也别动我的。

老周：应该这样，别人动了总感觉别扭。

日泉：像我那几年跑长途也是。呀，今天病了，换个司机，他一回来，我就得修车。主要他们一使用，刹车、离合就不得劲了，就得重修。

日泉：讲段农民的故事吧。

老周：好好好。

日泉：这个农民调教牲口，就像咱们养孩子，从小就得调呢。过去有个人买不起牲口，可是拉犁得两个牲口，正在农忙时，向别家借也不合适，这个人干脆就配上牲口拉。当时儿子耕地，爹拉犁，爹配上牛拉犁。两个人拉，一开口就走，因为他爹拉犁，还配了个牛拉犁，儿子耕地，拿鞭子一打这个牛，就说爹走哇，这个牛就拉上走了。以后他爹老了，不能拉了，这牛就不给干了，就配上别人拉。配别人拉他就不能叫爹了呀，没想到不叫爹，这个牛就站着不走了。这个牛以前配他爹拉得那么好，咋现在就不给干了呢？哦，以前拉犁的时候叫的是爹，牛还以为是叫它呢。没办法，以后他想让牛走，就得喊爹，管谁来帮忙都得喊爹。

刮起东风日落下西

铺开炕睡觉想起你

前半夜想你关不住门

后半夜想你扇不熄灯

二更鼓想你翻不转身

三更鼓想你等不到明

太阳从山坳坳处下去了，山边还霞光万丈。上弦月不知怎么冒出
来的，当我们往山顶走的时候，月亮边的一颗星星也闪出来了。昨晚
看到的最亮的那颗，大概就是它吧。站在高处往下看，远处亮起了第
一盏灯；接着，另一个山坳坳里也亮起了一盏灯。你说，原来"星星
点灯"是这样来的，星星不出来，灯就不亮。那些毛眼眼般的灯盏亮
成一大片的时候，我们站在高处，现代文明就在对面，却离我们那么
遥远。我说，如果是在中秋，日泉爹肯定要给我们宰一只羊吃。你
说，我不吃羊肉、狗肉、鸣鹅肉，这些肉都不吃。我说，老人会以为
你是回民呢。你解释说，从小就不吃，可能前世与佛有缘吧。日泉嘿
嘿笑着，说我如果杀了羊，你一定吃的。我们都惑到惊奇，怎么会
呢？日泉说，以前有个念佛的来这里化斋，也说不吃，但我把羊肉做
好了，往桌子上一搁，他就忍不住了，说我不念佛了。我们大笑，念
不念佛那是命里的指派，估计他只是个临时走场的，或者假冒的，这
种人多了。可是你从不违背不吃这些肉的习性，似乎真的定性了。佛
不在嘴里，在心。可是我真的很想吃日泉的羊肉，你也鼓动我，冬天
来了，多吃点牛羊肉暖暖身子。说这话的时候，你的佛在你心里听到
了吗？我想，你的佛与我的佛是不一样的，每个人都不一样，我们各

自敬重自己的内心。

　　冬天的驴子骡子照样起得早，天刚眨眨亮，日泉就去圈里将它们吆喝起来。驴子骡子的睡眠时间少，除去夏日蚊虫叮咬、冬日寒风侵袭，它们似乎有着使不完的气力。相比较，人是弱者，个个神经衰弱。冬天牵驴驮水小路上走，路上一冬只有两个人三只牲畜的脚印，每天重复着。有时候被雪盖住了，三两天就印上新脚掌，依旧是二加三。在陡峭的雪坡上行走自如的也只有日泉两口子，他们来马咀之前也是走平道多，所以来这里开荒的那个冬天，日泉肯定在这个坡上摔过不少跟头。很难想象，在这里跌一跤会溜滑梯似的被甩出去，直线飞下一百尺，直接趴到河滩卵石上。他们是怎么练的？走呗，出门靠走，活着只有走。踩着冰走斜坡的功夫就是生存技能，驴子骡子也经受了磨砺，它们长大了，日泉的孩子长大了，这对老夫妻也实实在在地老了。地里的活过了劳作的季节，驮水就由日泉来做，女人做家务、喂牲口。沟底结了冰，一如偌大的冰库，凝滞不动，人到了这里都要打寒战。站久就僵，跟站在冰川里一样。这里没有冰川，只有巨石和黄土混合的峭壁，干枯冷漠，比面对冰川的绝望也弱不到哪儿去。这口细细的泉水是活的，大地给我们这点生命的气息该有多难。流水漫延过，像毛笔刷过一样，正好与黑相反。冰围着水，但涓涓细流并不在意天候。冰面不断地接近水源，泉水则冲刷出小小的涟漪，不断敲击着冰面。冻结与消解的力量，在晚间与白日里此消彼长，好像有暗自谋约似的。一年之中，冬日毕竟占多数，因此，这样的僵持倒像是泉水在忍耐着，以不变应万变。泉声空灵，站在半山腰就能悉心听到。这是它的轻叹，让人顿生敬畏，小家碧玉般的涓流也有偌大的气度。日泉在泉边掰开一块冰，放进嘴里嘎喳嘎喳咬着。水柱对着水桶的圆口，哗啦哗啦，一桶接着一桶。时间不长不短，由不得人。

骡子脖间的铃铛晃动，隔很远就能听到，于是狗懒懒散散地叫起来。等日泉和骡驴进了院，狗见到主人，一下子跳跃起来，欢叫不止。日泉骂了一句，它才停当，转身进窝里，它的表演结束了。待日泉的女人将空水桶送出来，日泉便将剩下的两桶送到羊圈里。骡子转身，铃铛摇动，那只黑狗就不再出来，几声叫唤也有气无力，仅表欢送。

日泉的女人：操心那个顶羊碰着啊，别毛毛躁躁的，我那天就是叫那个顶羊碰着了，现在手还疼呢。

日泉：没事。

日泉把羊羔放出来，给它们派奶吃。小羊吃奶，日泉的女人将骡子背上的水桶取下，倒水，羊们围过来。可怜的羊，寒冬腊月喝的是冰冰的泉水。日泉给羊添干草，羊吃草的声音像是有人在秸秆堆上打滚。刚丰收的秸秆，还生硬着。日泉看了一会儿羊吃草的样子。每天都这样，这是他的工作。羊就是他的机器，运转良好也要不时看看。有时候看是无聊，不看更无聊。他给羊倒上草，铁叉子一挥，站在那里又看了一会儿，也可能他是要闻一会儿窑洞里的气息。那是日泉的感觉，与羊的气味分开的时间不能隔得很长。城市的气味是混杂的，即使辨别出来，也没有方位感，晕头转向。整个马咀高原，某种味道的出现是可见的，比如炊烟，比如粪场，比如玉米地，没有什么香臭之分，那都是人类传承的痕迹。痕迹就是上一代人留下的规矩，等发现规矩不一定对的时候，也就发现上一代人不仅仅是父母，而是整个社会。于是，除了被唾弃，就是主动反叛，反正都是一死。味道在马咀高原有自己的气场，一如在白纸上画几个不相干的圈子，互相不碰撞的气泡。城市不一样，所有的圆蛋蛋都要撞击，你中有我我中有你，人际物联，混杂不堪。从高空从远处望去，都是泡沫。羊，只有一种味道，宰的时候也是这个味道，熬成汤汤骨骨了还是这个味道。地窖的味道只有地窖知道，日泉和他的女人不在意这些，在意的是地窖里土豆的味道，其中有没有出现异味。烂土豆里有一种霉菌，会繁衍，是否也会在气味里繁衍呢？羊们吃饱喝足了，日泉的女人就担着篮子和桶下地窖，顺着土洞口直下，洞的两边挖了脚窝。下到底后，侧面是小圈窖，就是地下储藏室的意思。日泉往下放桶，过一会儿，里面就装着土豆吊上来。日泉的女人在地窖里接桶、堆放，等日泉喊上来吧，日泉的女人就爬上来。日泉的女人上来时，日泉已担着土豆远去。女人将窖口用草垫子封好，土豆的气味就全部压在下面。她拍打身上的土，舒了口气，下次爬下去就该到年后了。女人不紧不慢回到上院，午餐挨近，女人拿菜刀削土豆皮，羊圈里的日泉拿剪刀找羊，一个土豆掉进盆子里，一只小羊被日泉抓住，尾巴上结块的脏毛被剪落。光溜溜的土豆疙瘩，干干净净的小羊羔。太阳快要落山了，光光的鸡蛋黄。日泉提水走到羊圈给羊倒水，回来时在经过的草丛里捡了一颗鸡蛋。他拿起来对着太阳看，看不透，粉粉的蛋悬在半空。日泉的母亲还在炕上睡着，日泉的妹妹给她拍了几张照片，悄悄地。老爹坐在门口看书，书旧得掉渣，风都不敢吹动。午饭后，日泉赶车和父亲回到村里磨面。

铺子老板：今年有没有山药？

日泉：山药不多。

铺子老板：三两以上。

日泉：我都是三两以上的，没有小的，要三两以下的都没有。

铺子老板：三毛六。

日泉：我没多种，山药不敢多种，没把握。西瓜、山药要有把握，绝对能挣了。

老板：我每年收，已经走了三车啦，马咀西瓜不好吃。

日泉：品种的过。

老板：我看是土壤的过。

日泉：换种，我去年从西水头拿的种子，今年还中了几窝。

老板：西瓜一毛五也比种粮强。

日泉：最多批的是西瓜。山药最好种，就是销不了。

老板：你是嫌价钱低。前年就是，开始贵以后贱了。山药有行情就卖，不要老等着。你到内蒙古看看，有收的就卖，不等。

日泉和父亲赶车返回，一伙小孩在戏台前玩。二小院里，日泉的父亲和五龄的表姑奶奶聊天。

日泉的父亲：过年出门不要从正南走。

表姑奶：说得比日泉还伟呢，出门。

日泉的父亲：在街上看见了本家弟，（握手）说你精神着呢。

姑表弟：精神。

日泉的父亲：都老啦，你今年也七十岁啦。我回呀，你转弯去吧。

粮食备好，菜瓜备好，牲口喂好，年夜到了。日泉一家子出门去，老爹走在最前。到祖坟，日泉的女人走上来扶住老爹，日泉烧香、敬表，一家人跪下，咚咚咚，磕头，放炮。年饭开始，琪琪和二琪包饺子，琪琪和面，锅里豆腐咕嘟着。五龄的同学二海上来，二琪嚷着要跟他们一起贴窗花贴春联。那就写春联，二海写"福"，日泉的父亲也写"福"，还给鸡写了"每天一颗"，年年不寻常。五龄生日在年三十，好福分，写那么多"福"字都不多。小许进来，要日泉的父亲给他算个卦，看看来年甚光景。

日泉的父亲：今年嘛，做啥啥顺。你今年六十三啦，过年木星，后年做啥啥不顺。

二海：许师傅一会儿喝一个吧。酒是粮食精，越喝越年轻。

上面热闹着，日泉的父亲去下面端草出来给兰添上，两只小羊衔着奶，乖巧地跟着母羊过来。孩子们跑来跑去到处贴春联，日泉的父亲继续给羊加草，提水给羊喝，然后扫羊圈、牵骡子、关门。下雪后的马咀，很远就看到通红的春联。日泉在上院垒旺火，家里的烛光亮起来，灯笼也亮起来。旁边悬挂着、堆积起来的玉米棒红起来了，旺火被日泉点着，炮被五龄点着，嗵嗵嗵。他们在旺火前转，一圈圈，磕头。生日饭、年夜饭，倒酒、点蜡，两个女人唱起了生日歌。

日泉的父亲：今儿是你的生日，爷祝你高升。

同学：（举碗）五龄，祝你生日快乐。

日泉的父亲：今天正式过年，为年初的过年。明儿正月初一为春节，元旦节是个节令。今天五龄过生日，他为啥叫五龄，我五十岁时生的他，因此就叫五龄，他的官名叫李东阳，他生那年是大海的水年。阳是太阳，我们姓李，李是水姓，木有水有太阳就能生长。爷祝你以后，升官，成为……成才。

小年轻们摸蛋糕给五龄脸上花一下又花一下，五龄大花脸，可以唱大戏了。日泉的父亲呵，日泉呵呵，小许呵呵呵，大家呵呵呵呵呵。

黄土堆

村庄星罗棋布，都在黄土堆上，马咀是最普通的一个，剩下了一户。我关注的是诸如他们与邻村的关系与土地的关系与勘探队的关系，这些都在某种程度上决定了马咀的存在，以及马咀的意义。个体与群体的关系不像人写字那么追求单一，作为单独的马咀，可能更适合于人类学上的一种现象，这就意味着它在公众视线中的淡漠。

马咀村在著名的雁门关之北，从雁门关往北地势高耸，一片开阔，总让人想起杨家将们在这里驰骋厮杀的场景。很小的坡度，稀疏的树木，杂草丛生，直达山底。没有千军万马的回旋就难生惊世之战的转折，在马咀我也想到了四面的坡势，正是攻守从容之地。西面虽有悬崖，却是天然屏障与绝妙的隐退之地。马咀允许胡思乱想，至少排一场戏足够调度。晋北的开阔让人敬畏，这几年去晋北的机会颇多，每次在高速路上望着这块厚厚的黄土地，都会想到上苍所赋予的宽厚胸襟，从我的老家晋南到晋北都身处世界最大的黄土沉积区中。

黄土高原将中国中部偏北的胸肌隆起来，横向一千多公里，纵向七百多公里，这样有力的胸肌呼出的是北方气魄。如果以山为证，山西太行山以西、青海日月山以东、陕西秦岭以北、内蒙古阴山以南，就像一群站在高坡之上的唱着不同方言民歌的汉子。我愿意将这片厚土喻为汉子，是因为他们结实的胸肌结实地靠在一起。有时候看中国地形图，立体的那种，那块连片堆起的地方真的拥挤着一群汉子。这一广阔的地域究竟包含着什么？1988 年 11 月，诗人潞潞为《黄土诗报》创刊号写的《黄土象征着自由与包容》一文，我一直保留着原稿，它的意义远远超出了这份早已老黄的刊物。对于黄土高原的认识，我在二十年前有了一个初步的界定，包括在这块黄土地上写作的诗人这么个稀有动物。现在我想到了同样稀有的马咀村和几乎是孤独的日泉，他不懂诗，但他所吟唱的却能让诗人进入神会的境界；我想到自己在过往经历中生命的狭窄与视线的单薄。

去马咀的车过雁门关后向东北方向行进，正好与恒山山脉一个走向。山在车右或远或近守候着，到达浑源县城的时候就已经到山脚下。马咀的海拔不会低于千米，从高耸入云的恒山到南面的太行山，大多是陡峭的石质山地，似一条巨臂坚决将黄土搂抱在怀里。而另一臂则从阴山向西伸向青海，这个高原它是搂抱不住的。对于黄土高原，想象一如逐日的神话，一直在我的行程中无法停步。

马咀是我经过的一个村庄，它处在深厚的黄土层上，50 米到 180 米厚度的覆盖足够养育人类。当我快要离开马咀的时候，听到蚊子一般嘤嘤响着的钻探声，我意识到经过权力进入地层中的表面是轻易的，但愿望很快就遇到了难题，这让在马咀深钻的那几个人苦恼万分。每天都是一笔不小的消耗，但还是没有结果，等待煤层出现就是等待戈多。等待，黄土高原就是在经年的等待中形成的，日泉的等待从生活在马咀之日起就没有多少改变。

我在黄土高原的各种地域走过生活过之后，就觉得整个高原是一座大院，四面山脉如高墙，自东向西的屋子有着不同的景致，它们都与我息息相关。北方的城市都是村庄景象，比马咀大到无法比拟的程度，但我所走的每一步都踩到了高原最柔软的部分。高原向西我还要继续走下去，在最西的村口看着太阳离开故乡。这是一个硕大的村庄，像陇中高原、陕北高原、山西高原和豫西山地，山川河流间隔成几个聚集着的村落，村落群构成了北方的体魄。但是，当我偶尔听到某个村庄要进行整体迁徙的消息时，悲哀就涌上心头。当人们都汇聚在一起生活的时候，灾难就不会远了。

在北纬34°—40°、东经103°—114°的圈子里，上苍赋予了我们自由与包容，而现在，成千上万年的世袭却面临着拘束或囚禁。我画了这个圈子，用一条线，上天会用这条线说明什么？我不知道。秋天来临，我从东南的太行向西北望去，暖温带半湿润气候、半干旱气候和干旱气候依次打开门窗，考验着地域性生存的人类和那些物种。在我晋东南姥姥家的蟒河原始森林直到吕梁山和晋中晋北的森林草原，向西也是这样的排列，最终到达平草原和风沙草原。

前天刮着黄风，让我想到了青海，也许掉进我脖子里的那粒沙子正是从那里的屋顶卷上了天空。可能只有走到更高的高原上才能对它有更深刻的了解。我刚刚住过马咀，此前游历阴山，面朝南，看见整个高原。早先的中国没有黄土高原，大陆的东边是太平洋，北边的西伯利亚地区和南边的喜马拉雅地区都被浅海淹没着，西边的地中海也伸进了亚洲中部，也就是说当时的中国四面环海，远古神话中的某些论断惊人的正确。现在暂且不说文化的传承，先说地理的形成。中国被海洋暖湿气流滋润着，直到印度板块向北碰撞亚欧板块后，青藏高原隆升，挡住印度洋暖湿气团的北移，中国西北部渐渐形成沙漠和戈壁，也成了黄土高原的沙尘发源地。到二百四十万年前，青藏高原已长到两千多米高了。我关注这个年代是因为这时中国已经有了原始人类，无论是从域外迁移还是本地进化，他们都要从这时候开始见证黄土高原的形成。是中国人见证了自己生存的这块厚土。

大地到处是门窗，通过门窗，我们能够看到世界的每一处模样。青藏高原这道门非常缓慢地闭合，它将西来的风分成两个流向，如剑客闪现，一剑划开水流惊起两个世界。山势改变了大气环流的格局，向北的一支亲近了我们，它像一个巨神般来到东方，好像与东方之神有了神秘的汇合。那会是他们约定的计划，为即将到来的人类撒落生命的土壤。

关于生命的起源，诸如从海洋爬上陆地，我倒是更希望来自天空，这些黄色的颗粒聚集而成，经过女娲之手成形。我觉得风向完全可以导致远古人类的迁徙，如果真的是类人猿从非洲来到中国，我倒要咏唱一首西风的颂歌。也许感谢喜马拉雅的原因就是它将西风的严酷送达了东亚，气候骤变使得西北很快山崩地裂，岩石成屑，遍地砂砾呼啸而来。字典上解释的砾是小石块，但在地质学上被界定为直径大于 2 毫米的石块，次于砾的是直径在 2—0.05 毫米之间的砂，于是我们也将这种质感称为颗粒状以及文学描述的沙砾。再下来是粉沙（0.05—0.005 毫米）和黏土（小于 0.005 毫米），就显得粉尘状了。我对颗粒的界定是很敏感的，刚参加工作就从事建筑工程检验，无论是钢铁还是石子砂砾的直径大小都要符合建筑质量的要求。前一段听说某地高速公路建设中，承包方将路面最后一道应该使用的花岗岩石料改为青石料，此石与彼石的密度之比就是车祸发生率之比，这怎不是生命源于细微呢？这件事情目前还处在秘密状态，可能秘密本身就是细微的极致，常人无法知道的事情就像空气中的尘埃一样看不到而存在着。

黄土高原的形成也是讲究质量的，那个西方之神估计兼有搬运工的职责，它将岩石分化成碎末，一袖轻扬便鼓动起那些细小轻便的黏土和粉沙颗粒进入三千五百米以上的高空。黄尘被卷入了西风带，这时候神话就是一种合情合理的想象，完全能够解释未知。神灵的力量挥动高空气流，成为搬运沙尘的主要力量。这个西方之神体格硕大，每一步行动都弥漫了整个东亚。而东方之神或许是位女性，也许是有着补天能耐的女娲一样的女神，也只有女性胸襟能够将浩浩荡荡的黄云尘埃收拢在一方之域。在这个尊贵的女性面前，西方之神放慢了步子，守住衣袖，屏住气息，此刻云开雾散，霞光万里。他们约好了时节，也许女神根本就不想见到他，但这个男性之神一如既往地面向东方，步履匆匆，那些西域的尘埃能够轻易地被他飞行的风携带到东方，而后逐渐飘落在黄河中下游。这就是神交，时间不需要太久，不过二三百万年，这个过程历经了，神也不会后悔。

古籍里看到风沙的不同运载方式，"雨土"、"雨黄土"、"雨黄沙"、"雨霾"，每一个词都让我感觉那个神灵所到之处采用的不同的神交方式。晋代《博物志》也记："夏桀之时，为长夜宫于深谷之中，男女杂处，十旬不出听政，天乃大风扬沙，一夕填此空谷。"夏朝的君主是神人合一的，他能够通天，传递上苍的意思，但是夏桀之神交与天之神交决然不同，他甚至冒犯了天庭，以至于朝代更迭。某些天意即使到了今天都没有改变，我站在马咀依然能够感受到这个西方之神的爱慕的气息，每一年都不曾有过停止。与马咀相望着的恒山，往南的五台山，再往南的太行山，这个东方女神的臂膀上都会飘落西方之神的一声叹息，黄土，也成为她精神的慰藉。

黄土地上的人们生活在恶劣的环境中，所不同的是有的环境更为恶劣。今天看到作家霜州的留言：日月山以西便是牧区，在那里，风吹草低见牛羊的情景只是陈旧的记忆了。沙化、鼠害，步步相逼，更甚的是，挖虫草的人从四面八方涌来，像一拨一拨的蝗虫，啃啮着草场。

有时候觉得人也是一粒松散的黄土，残存的精神是它身上尚未褪尽的村庄，黄土高原另一端的青海也是如此。山西的马咀，土地松软，不敢想象风沙中的马咀会在多少年后被刮为平地。地质学的专业研究者会将诸如褐土、垆土、黄绵土和灰钙土等进行各种物质元素含量的分析，甚至找到不同地域相应的人类生存条件与差别。我站在马咀这个软绵绵的坡头上望着南方时，怎么就觉得这是一块最容易被雨水与风沙侵蚀掉抹灭掉的村庄呢？土壤和植被是有明显的地带性分布规律的，但是如果放在人类学这个大课题或者大视野来看，一切都显得那么脆弱，他们之间的区别在今天的生存环境中不再是个例。

马咀的心脏在日辰，他站在我的身边望着南方，太阳照在他的脸上与照在我的脸上没有什么不同，但是我与他望着南方却有很大的区别。颗粒细微的黄土一直绵延到千里外的晋南，老家的农民将土地犁开，一条缝贴着一条缝让整个大地松软，这种富含可溶性矿物质养分的颗粒松散地粘结着，像人一样亲近着又保持着距离。这样的结构形成了孔隙，透水性强，有了沉陷性，本身就具备被伤害的可能，可我们又无法回避这样的痛创。改变自己或改变世界都不是一种好的选择。

植被渐失时，流水将地面分割得如此破碎，沟壑交错，塬梁峁各具其态。地形高起、上方平整的为塬，塬被侵蚀成为梁，梁再被侵蚀剩下孤独的土堆成了峁。也就是面、线、点的区分。日泉给我指了指方圆一周见得着的地方，基本上是按照丘陵、沟壑、沟谷来区分，这种区分的方式就源于水土流失。黄土的到来与流失都是时间的见证，生灵聚散，万物归一。黄色沙尘堆积的厚土是一本书，被传诵着，流失着，挖掘着。

你要唱来好好地唱
再不要喉头鬼掐上

面对面咱俩好好唱
唱的唱的咱相跟上

石河河流的清水水
甜嘴嘴唱的蜜曲曲

蜜曲曲里头和上汤
嘴对嘴唱着迷魂汤

迷魂魂汤汤迷魂酒
馋嘴了裤裆伸手手

晚饭是一天最热闹的时候，一瓶小酒上来，就春暖花开了。你唱："走山路，淌水路，藤蔓牵衣留不住，留不住。一片痴情啊问秋风，亲人踪影在何处，在何处。"我唱："桃花来你就红来，杏花来你就白。爬山越岭我寻你来呀，啊格呀呀呔。榆树树你就开花，圪节节你就多，你的心眼比俺多呀，啊格呀呀呔。"日泉的父亲、日泉和他的女人，马咀就剩下他们三个，他们听到的歌声越来越少了。日泉说，今年六月份，下村里搭了个棚棚，请了城里的歌唱家来唱歌，他们还没有你们唱得好听呢，都是胡乱应付。你点一个他点一个，唱到半夜，我在那儿听他们唱，我烧羊肉串，可是热闹呢，一天一夜都不停。我半夜里回来了，没意思，他们唱得不好。日泉的父亲说，坡底下红红的，这里都能看见，呼噜呼噜的，也听不清。日泉说，到时候，这里有了太阳能，有了电，咱也弄一套唱歌的工具，把城里的人也请来，把你们也请回来，好好唱。你们一唱，一下子就出名了，都知道你们了。我问日泉什么时候会有太阳能，他说快了，准备了点钱，明年看看能不能实现。我说，到时候专门来为你的太阳能发电庆祝一下，唱歌什么的都行，马咀会经常来的。日泉的女人说，最好冬天也来，能吃羊肉。羊肉就酒，快意日子。我们鼓动日泉也唱个民歌吧，他跟我碰了几口酒后才清了清嗓子说，那我唱了啊。大家都放下筷子酒杯，有了期待。"有一个没有意思的传说……"这句出来，我们大笑。他被笑声打断，非常短暂地笑了一下，我们异口同声应着下句，"精美的石头会唱歌。"下面不会了。日泉说了这话就端酒来碰，大家喝酒的姿态不同，但一样开心。我开始期待太阳能，又问这事，日泉喝着酒也解释不太清楚。日泉的父亲说，这太阳怎么这么能？

冬歇的土地到开垦时节，日泉备好车，背着犁，往地里去。黄土地上面结了一层痂，残留的庄稼秆都让人想不起云年的情景了，一切都要重新开始，万物复苏。日泉在做耕地的准备，日泉的女人将辘轳拉下来，调耧。耕后的土地黄澄澄的，日泉干了一晌，回来填肚子。日泉的女人拉风箱，还看着报纸上的明星。她用热开水烫了狗食，狗的尾巴摇得想超过人高。四轮车停在路边，五龄的四姑爷来了。日泉的女人取来豆腐炒菜做饭，日泉看姑爷送来的种子。

日泉的女人：四姑父您一个人来的？您没去我四叔那里？

姑爷：去啦。

日泉：这是西瓜子，能种十来亩。

表叔：这会儿那籽种贵的，玉米种子六块多呢。

日泉：这是抗8号。

姑爷：风抗，品种一样，那是个小日期。

日泉：哎，这个瓜好，甜。

姑爷：这个是西龙 8 号。

日泉：咱们那年就种的这个瓜。

姑爷：这个是风抗，那个是黑皮子，那个瓜好吃，你先种上吃去吧。

日泉：那个切开里头一个沙，这个切开里头是粉的，我就种的这个，日期大。这儿种得早也熟得迟，我这里又卖不了，要是能卖了也不用种，将就点儿就行。咱们有点籽机哩。

表叔：那种种法挺好，硬窝不齐，生的芽也不齐。

姑爷：你说下雨啦，用温水一湿捞出来点吧，数那个好，出芽也大。出了芽不如自己生芽，很好。

日泉：我有点籽机，调二尺大的。

表叔：你散上薄膜，不用除草。

日泉：去年紫峰有个人种了些，可卖了几个好钱呢，草越高西瓜越大。

表叔：哪儿长草就长西瓜。

窗外，猫逮住了一只老鼠，正耍得起劲。老鼠死活不得，在地上一会儿装死一会儿动弹起来想跑。猫来了兴致，舍不得下口。风徐徐，下院的小羊羔叫唤了几声，羊圈门口两只狗呼应了几声。日泉的父亲唱起了大同耍孩儿。耍孩儿戏源于雁北大同、怀仁和应县一带，由金、元时代盛行的《般涉调·耍孩儿》曲调演变而来。早期演员皆系农民，农闲季节组织临时班社演出。耍孩儿戏的发声使用"后嗓子"（声音从喉咙后部发出），唱词"叠褶"，如"叫一声婆母娘靠前听，咱的家墙外边杀死了人"，这两句唱词便成了："叫一声婆母娘呀！婆母娘靠前听呀，咱的家墙，家墙外边杀死了人呀，杀死了人呀婆母娘呀！"老人唱起老调子，悠然自得。唱归唱，做归做，豆腐炒好，油饼炸好，端上来吃饭。

日泉的女人：好啦，就吃就喝。

> 山药蛋开花结疙瘩
> 疙瘩亲是俺心肝瓣
> 半碗豆子半碗米
> 端起了饭碗竟想起了你
> 白日里想你不敢吭
> 黑夜里想你吹不熄灯
> 想你呀想得迷了窍
> 寻柴禾掉在了山药蛋窖
> 天明公鸡咕咔叫
> 五更已过还睡不着觉

木星、北斗星、北斗星座，围绕地球的光环，我们只能看到半个圆。站在马咀看天空，风的声音很小，所有的声音都很微弱。距离天空那么近，就像站在一个大皮球上看着远处一堆小皮球，很可怕的。身体上到处透风，冷。日泉过来，看着我们，说那叫天河。我说银河。你说鹊桥。反正就是条河，星星在河里洗澡，水花四溅。许久，我说每次站在星空下，都是茫然不知所措的样子，天象的启示让人感到无奈。你说没有这样的感觉，只感到自己的渺小，微不足道，只是过客，悄悄地，就消失了。我们是两种类型的人，正如天与地之分，各生一隅，吸收养分，感知空与实、生与死。如果有神灵存在，他不能解释现在，他只对我们无法经历的一切负责，这是人所赋予精神依附的光点。思想的存在使我们所探知的结果成为万物的归宿，从无穷小到无穷大的开始与反之的结束。他守在两端，思想的起点和所能到达的地域，他将两端系在了一起，完成我们的生命。他是一种特殊的物质。作为物，他无所不在，而作为质，他死亡的躯体要小于他思想的躯体，死亡改变了他的存在形式，这是信仰的最通俗表现。而最大范围内存在的我的未知，这个飘逸的物质，像众多肉眼看不见的元素，在死气沉沉的概念中组织着自己的生命，所以他是在运动中存在的，不停地发展膨胀，就像他拥有的整个精神，就像一切普普通通的繁衍。所有的物都在运动，停顿的物也倚居母体游历；所有的质都在运动，停顿的质凭借自身变化。我们在人世间旋转，在黑暗中凝结，并飘荡四方。离开马咀，一直是个时间的问题。走了，我们回到各自的身体里，灵魂已经依附在这里，也需要时间来断裂。存在与断裂，都在怀念里。继续北行，出了浑源县城，在山里拐来拐去，再去找马咀的方向，颠簸中它真的出现了，起起伏伏，马咀的嘶鸣已经是人间的噪音了。你说，它只是个圆心，让我们绕着圆心走。

二琪：您没喂羊羔料呢。

日泉的父亲：喂了三次了。今儿风大，让畜吃吧，羊圈别打扫了。

二琪：您眼睛都花了，还看书？

日泉的父亲：我们当时读书读的是《百家姓》《三字经》，都是三个字。读完《三字经》就念《大学》，《大学》完了就是《中庸》，《中庸》完了就是"上论语"（《论语·上》）、"下论语"（《论语·下》），再就是"上孟子"（《孟子·上》）、"下孟子"（《孟子·下》），这就"四书"读完了。我们那时农田里忙，到冬春请个老师念一冬一春；到了夏天秋天，农田里又忙起来了，我们小，不下地，就得割草、放驴。当时碰上几家雇了个老师，我续着念了几年，年年到冬春念。你就说《大学》那书，它就是，"子程子曰：大学，孔氏之遗书，而初学入德之门也。""德者本也，财者末也。"作为一个人，你得先修德，你说你挣钱啥的呢，那才是末也。"有德此有人，有人此有土，有土此有财，有财此有用。"他是说冇德你就有人啦，有人才能有土地，有了土地你就能靠土地生财，有了财富才能使用。万物之中人为贵，东西都是人造的，有人他就为贵呢，贵他就是品德好才为贵。"人之初，性本善"是《三字经》的第一句话，它完全是一种历史，它讲这个："高曾祖，父而身。身而子，子而孙。自子孙，至玄曾。乃九族，人之伦。"这是讲你家的历史呢，从高开始，老老爷为高，是高祖；太爷爷为曾，是曾祖；祖就是爷爷，父就是日泉，身就是你，在下来就是儿子、孙子、玄孙、曾孙，乃九族。他这一下盘了九辈来，你就像咱们共的那个家谱里就这么排。"父子亲，夫妇顺。"就是说父子是亲的，夫妇是顺的。你就像家里，夫妻要和顺，有的家庭闹意见，打呢，骂呢，那就是一种相反的意思。这个书的后面说："曰春夏，曰秋冬。此四时，运不穷。"它又讲天时地理，金木水火土。古书里说得简单，可代表的东西多，不和现在一样，他一句话代表好多东西。我们小时候念《千字文》，一千字就把这天时地利都代表啦。它开始是"天地玄黄，宇宙洪荒"这几个字，代表的东西多啦，然后是"日月盈昃，辰宿列张"，分出了生辰日月。就像《周易》也分九宫八卦，它其实也是历史的东西，它里面讲天为阳地为阴，男为阳女为阴，左为阳右为阴。你就像孩子起名就分奇数、偶数，你就像我这姓李是奇数，下亥孩子起名复也好单也好，要配偶数呢，这就是起名阴阳的搭配。《同易》里还说五行相生，五行相克。有克就有生，都生没克也不行，俗话说这个人穷得不行啦，那就快富啦；富得不行了呢，那就快穷呀。阴卦、阳卦，你就像夏天就是火胜，到下个月就是土胜。生的年、月、日、时为四柱，四柱通天，这又归六十花甲子啦。比如有个人生在金年，又生在土月，这叫土生金；日又生在水日，这就是金生水；时又生在木上啦，这就是水生木。这就是说五行相生，是通的；要相克就不好，克就又反回来了。金克木，木克土，土克水，水克火，这就是相克。《周易》的大道理就是这，这在书上都记着呢。子丑寅卯辰巳午未申酉戌亥，这是十二地支；甲乙丙丁戊己庚辛壬癸，这是十天干。地支是死的，天干是活的。你就像咱们看喜神的日子，它就说的是天干，这就又套到六十花甲子啦。它是地支转五圈，天干转六周，这就对头了，六十天转一圈，六十年转一周。男女配婚也好，人的流年也好，都是这样。男女配婚相冲相克，婚就不好，你比如说你是属羊的，和属牛的配婚就不好，是相冲的。再下来是大婚不合，小婚不合。比如说你是天上的火，派上水命就不好。《周易》里是四柱分八卦，八八分了六十四卦，六十四卦再往下分。你今天生这个时辰是啥时辰，今天是啥日子，就根据这判断人的流年呢。就像你大嫂她是山上的火，你大哥是沙中的金，按说相克，可他是沙中的金，生金不怕火，生金离火还成不了材。就是这，这里东西多呢，杂学里头包括得多呢。

他摘下眼镜，从炕上下来，将书放进柜子里，出门，阳光耀得他睁不开眼。

往后便是，日泉的母亲病故，小许意外而死，小后生和俩姑娘婚嫁了。马咀还剩下日泉两口子与老爹。

附：马咀

1

天空是块画板，你飞翔而去
屋檐是虚设的墙角，陷进倒影

孩子说，那是一只大雁
我说，那是一块床单

2

他们笑你仙子模样，芬芳饱满
你是我从天河边摘的朵朵
双手还停留在天空中，看哪
手，也开成了花瓣

3

与内心对唱的人回哭了
比雪还罕见的客人
坐在四周倾听，风筝拉动
呼吸一样舒畅的爱情

4

他耕耘，你播种，没有欠债
收获玉米，搂住，吊起
躺在玉米身上，舒展，晃荡
傻蛋，陷进食粮